VOCÊ CONSEGUE DESVENDAR ESSE CRIME?

ANTONY JOHNSTON

VOCÊ CONSEGUE DESVENDAR ESSE CRIME?

Tradução de
Regina Lyra

2ª edição

EDITORA RECORD
RIO DE JANEIRO • SÃO PAULO
2026

CIP-BRASIL. CATALOGAÇÃO NA PUBLICAÇÃO
SINDICATO NACIONAL DOS EDITORES DE LIVROS, RJ

J65v Johnston, Antony
Você consegue desvendar esse crime? / Antony Johnston; tradução Regina Lyra. – 2. ed. – Rio de Janeiro: Record, 2026.
(As flores do Elysium ; 1)

Tradução de: Can you solve the murder?
ISBN 978-85-01-92357-8

1. Ficção americana. 2. Jogos de mistério. I. Lyra, Regina. II. Título. III. Série.

25-100570.1 CDD: 813
CDU: 82-3(73)

Gabriela Faray Ferreira Lopes – Bibliotecária – CRB-7/6643

Título original:
Can You Solve The Murder?

Texto revisado segundo o Acordo Ortográfico da Língua Portuguesa de 1990.

Impresso no Brasil

ISBN 978-85-01-92357-8

Seja um leitor preferencial Record.
Cadastre-se no site www.record.com.br
e receba informações sobre nossos
lançamentos e nossas promoções.

Atendimento e venda direta ao leitor:
sac@record.com.br

Para Steve e Ian

COMO DESVENDAR ESSE CRIME

As flores do Elysium não é um caso como outro qualquer e este não é um livro como outro qualquer.

Você consegue desvendar esse crime? é um romance *interativo*. Ao contrário de um livro normal, você não deve lê-lo direto da capa à contracapa. Ler o texto em sequência não faz sentido e vai estragar sua experiência — porque esta história também é um quebra-cabeça no qual VOCÊ faz o papel de detetive e VOCÊ precisa desvendar o crime tomando decisões a respeito da investigação.

Quem vai interrogar? Que pistas vai seguir? Que dicas vai encontrar? E, por fim, quem você vai mandar para o banco dos réus? As escolhas são suas — e somente seguindo o caminho correto será possível desvendar o assassinato.

Funciona da seguinte forma:

SEÇÕES NUMERADAS

A história é dividida em *seções*, cada uma delas numerada. Primeiro, preste muita atenção ao texto, já que dicas importantes e sugestões sutis podem estar escondidas nele. (Mas tome cuidado com pistas falsas...)

No fim de cada seção, você, no papel de detetive, poderá escolher qual caminho seguir. Cada alternativa levará você a um número diferente: decida entre as opções disponíveis, encontre a seção indicada pelo número associado a ela e prossiga com a leitura.

Por exemplo, digamos que você tenha acabado de ler a seção 86 e ela termine com as seguintes opções:

🔎 *Para examinar o corpo, vá para* **35**
🔎 *Para investigar a cena do crime, vá para* **143**

Você agora precisa escolher uma entre as duas ações disponíveis. Se optar por examinar o corpo, volte no texto até achar a seção **35** — lembre-se: você está procurando o número da *seção*, não o número da página. Se optar por investigar a cena do crime, por sua vez, avance no texto até encontrar a seção **143**.

(Esses números são apenas exemplos, não representam o conteúdo real dessas seções no livro.)

Se estiver lendo a edição eletrônica, nem precisará voltar e avançar no texto.* Em vez disso, apenas toque no número escolhido para ser automaticamente levado a essa seção.

CADERNO DE ANOTAÇÕES DO DETETIVE

Todo bom detetive tem um caderno de anotações para anotar informações e indícios vitais para desvendar o caso. No fim deste livro, você encontrará páginas pautadas para usar como um caderno e anotar os *números das pistas*.

(Porém, você vai precisar dispor de lápis ou caneta por conta própria. O orçamento do departamento vai de mal a pior, cortes por todo lado.)

Se preferir não escrever no seu exemplar, fique à vontade para utilizar um caderno independente ou mesmo um documento digital, o que for mais conveniente para você. O importante é que possa escrever com facilidade nele e consultar as notas enquanto lê, já que executará ambas as ações várias vezes.

---

* *Exceto em um punhado específico de circunstâncias que você talvez descubra à medida que avançar...*

Anote informações sobre a história, os suspeitos, suas próprias teorias e qualquer outra coisa que considere relevante. Desvendar um assassinato requer boas anotações, e *As flores do Elysium* não é exceção.

NÚMEROS DE PISTAS

De vez em quando, você será instruído a anotar um *número de pista* em seu caderno.

Os *números de pistas* consistem em uma letra e um número, como C2, P5, T4 e assim por diante. É importante que você os anote sempre que receber uma instrução de fazê-lo, porque seções posteriores vão lhe pedir que verifique se existe um determinado *número de pista* anotado. A partir dele, você receberá direções de diferentes seções para as quais seu acesso depende destas pistas. (Existem vários caminhos diferentes a serem considerados nesta história, razão pela qual, eventualmente, você poderá receber instruções de anotar um *número de pista* que já esteja anotado. Não se trata de um erro — na verdade, é um sinal de que você tem uma grande habilidade para encontrar pistas. Por isso, caso venha a acontecer, não se preocupe e siga em frente.)

Digamos que uma seção oriente você a anotar **C2** e mais tarde outra seção lhe apresente estas opções:

- *Se já tiver* C2 *anotado, vá para* **45**
- *Caso contrário, vá para* **118**

Nesse exemplo, você deve seguir para a seção **45**, pois tem **C2** anotado. Por outro lado, se não tiver o *número de pista* no seu caderno, você deve seguir para a seção **118**.

Às vezes, você será instruído a consultar seu caderno por *múltiplos números de pista*. Quando isso acontecer, compare-os com suas anotações na ordem apresentada e siga as instruções com base no primeiro número informado que você tiver anotado.

Por exemplo, imagine que você tenha anotado tanto **C2** quanto **T4**. Mais para a frente, uma seção apresenta as seguintes instruções:

Verifique seu caderno na seguinte ordem:

- *Se já tiver P5 anotado, vá para* **87**
- *Se já tiver T4 anotado, vá para* **165**
- *Se já tiver C2 anotado, vá para* **45**
- *Caso contrário, vá para* **118**

Você não tem **P5** anotado, então ignore essa instrução. No entanto, você anotou **C2** e **T4**, e a instrução relativa a este *número de pista* precede o **C2** na lista. Assim, neste exemplo, você deve seguir para a seção **165**.

Os *números de pistas* têm importância vital para a solução do caso, além de determinar sua pontuação como detetive após a justiça ser feita, portanto preste bastante atenção neles.

VOCÊ CONSEGUE DESVENDAR ESSE CRIME?

Lembre-se: VOCÊ é o detetive, cabe a VOCÊ desvendar esse crime covarde! A atenção aos detalhes combinada à sua habilidade para investigar e boas anotações serão essenciais para encontrar o culpado.

- *Agora comece sua investigação indo para a seção* **1**

1

— Aparentemente, hoje em dia é um spa — diz a sargento McAdam, manobrando o carro em alta velocidade por curvas fechadas margeadas por sebes.

— Acredito que eles preferem a expressão "retiro de bem-estar" — você observa.

Ela estala a língua:

— Seja como for, não imagino que a vítima concordaria.

— Tente guardar esse tipo de comentário para você quando chegarmos, sargento.

Seu tom é um tanto reprovador, embora internamente concorde com ela. Ao menos quando consegue pensar por mais de cinco segundos sem temer pela própria vida graças às habilidades de direção de McAdam, que parece uma piloto de fuga. Ela acelera para sair de uma curva e passa por uma lombada, o que faz seu estômago ir parar no teto do carro.

Esse é seu primeiro caso com McAdam como parceira, logo depois de ela ser designada para sua delegacia na semana anterior, após ter construído uma ótima reputação na Nortúmbria. Quando você lhe perguntou por que fez carreira na polícia inglesa e não na Escócia, o país de origem dela, McAdam deu de ombros e respondeu:

— Mais ação!

Ela é baixinha e magra, com músculos bem definidos, na casa dos trinta, tem cabelo preto e uma tez avermelhada que sugere bastante exposição ao sol. Talvez reencenando perseguições de carro hollywoodianas.

Depois de uma última curva quase fatal, vocês chegam aos portões do Elysium: não os da recompensa celestial, mas os do retiro em questão, que funciona no terreno e no prédio da antiga Mansão Finchcote. Muros altos de pedra a circundam, interrompidos apenas por um portão amplo onde uma placa com o nome da empresa saúda os visitantes. REDESCUBRA SEU LUGAR NA NATUREZA E REVITALIZE SUA ALMA é o convite estampado no meio de uma bagunça de cores pastel e rosas pintadas.

Uma viatura e dois agentes fardados guardam a entrada. Ao reconhecer você, eles abrem passagem com um aceno de mão. McAdam põe o motor para roncar, passando a toda por uma pontezinha de guarda-corpo baixo, que atravessa um rio estreito que corre pela propriedade, antes de prosseguir por uma longa alameda que leva à mansão.

A Mansão Finchcote é alta e imponente, quatro andares de pedra pálida, típica da região, num estilo neogótico com janelas em arco, balaústres barrocos e gárgulas maliciosas em cada canto, em cada junta. Um cenário incomum para um retiro de bem-estar.

Ao se aproximar da fonte e do círculo pavimentado, onde há mais viaturas estacionadas, você se pergunta onde estará agora a família que originalmente morava ali. Não deve ter sido fácil abrir mão de um lar tão majestoso, seja qual for o valor recebido para isso.

Ao lado das viaturas está uma van da perícia, onde você e McAdam vestem roupas protetoras, propés e luvas. Você faz que sim com a cabeça ao reconhecer um policial fardado alto, de ombros largos, que se aproxima. É o agente Zwale, um jovem com quem você já trabalhou antes.

Você o apresenta à sua nova parceira, a sargento McAdam.

— O agente Zwale almeja se tornar um detetive — você complementa para a sargento.

McAdam olha o rapaz de cima a baixo, avaliando-o.

— É mesmo? Então observe e aprenda. Tudo tem a ver com tomar a iniciativa, entende?

— Sim senhora — responde Zwale. — Não vou decepcioná-la.

A roupa protetora não é arejada — ser impermeável é todo o sentido da coisa —, razão pela qual, já derretendo de calor, você tem pressa para prosseguir.

— Vá na frente, agente. A Dra. Wash já chegou?

Zwale faz que sim e sobe com você os degraus que levam à entrada principal.

— Chegou, detetive. A tenda branca já está armada.

Do lado de dentro, a casa parece muito diferente de seu exterior clássico. Aqui, o rústico e o tecnológico se fundem, com uma recepção moderna em pinho-de-riga e mármore modelado, diante de uma escada acarpetada tradicional de carvalho e bronze. O saguão tem pé-direito alto e é revestido de madeira, com um lustre imponente, assumindo lugar de destaque, e um agradável aroma de jardim, graças a uma variedade de plantas, grandes e pequenas, plantadas em vasos que acompanham as paredes. Em nítido contraste, o balcão da recepção ostenta dois grandes monitores de computador operados por uma jovem loira e bonita. Ao redor, telas de tevê nas paredes anunciam as terapias do spa em vídeos com cores vibrantes. Uma das telas apresenta o cronograma de atividades do dia: ioga, natação e até mesmo aulas de arranjos florais e cultivo de plantas.

— Acho que vou ter que pegar um panfleto — diz McAdam.

— É o seu tipo de lugar, sargento?

Ela faz uma careta.

— Nem de longe. Mas o aniversário da minha esposa está chegando, e ela ia adorar isso aqui.

— O gerente está à espera de vocês no escritório — diz o agente Zwale.

— Ele pode esperar mais um pouco — você responde. — Vamos ver o corpo e a cena do crime primeiro.

Dezenas de pessoas circulam pelo saguão; algumas são funcionárias, que usam camisas polo identificáveis pelo logotipo cor-de-rosa da empresa, mas a maioria é composta de hóspedes que tentam descobrir o que aconteceu. Eles se afastam para deixar você passar, sussurrando uns com os outros, sem tirar os olhos da sua roupa protetora. Presumem que a coisa é grave.

Zwale conduz vocês a uma porta nos fundos do saguão, guardada por policiais fardados. No entanto, antes que você chegue até lá, uma mulher loira de meia-idade usando uniforme de tênis e segurando uma raquete toma a frente do grupo de observadores, decidida a impedir sua passagem.

— Já era hora, não é mesmo? Imagino que você seja detetive, certo? — diz ela com expressão fechada.

— Detetive-chefe — corrige McAdam.

— Certo, certo. Uma coisa horrível, sem dúvida, mas, por favor, avise à sua patota que tenho um almoço marcado.

Você lhe dá toda a atenção.

— A senhora já sabe quem eu sou, mas devo chamá-la de senhora…?

— Nesbitt, é claro — responde ela, com a expressão perplexa de alguém que espera ser reconhecido. — A Mansão Finchcote faz parte do meu distrito eleitoral.

— Carla Nesbitt, membro do Parlamento — explica McAdam a você, tentando ajudar. Infelizmente, isso só faz a mulher esbugalhar ainda mais os olhos.

— Faça-me o favor! Não tenho muita esperança nessa investigação, já que a pessoa responsável sequer reconhece um membro do Parlamento — diz ela, torcendo o nariz. Antes que você consiga explicar que mora em outra cidade, ela prossegue: — Seus guardinhas estão decididos a proibir a nossa saída, e não aceito isso.

— Sra. Nesbitt, temo que precise, como disse, "aceitar isso". Um homem está morto, e é minha função conduzir uma investigação meticulosa e descobrir o que aconteceu. Pense que ele pode ter sido um dos seus eleitores.

Ela registra a observação.

— Ah, é verdade. Mas ele não pode mais votar, certo?

— A família e os amigos dele ainda podem — intervém McAdam, animada. — Sem falar em todos que tomarem conhecimento desse caso nos noticiários. Imagine se souberem que a representante eleita por eles considerou seu almoço mais importante que a morte de um homem inocente.

Carrancuda, Carla exclama:

— Inocente! Rá, sem chance. O mais provável é que Harry só tenha decidido que estava de saco cheio. Andem logo com isso para que o resto de nós possa seguir em frente com a vida, tá bem?

Ao dizer isso, a parlamentar gira nas solas de borracha e se afasta.

— Tenho certeza de que ele também falava muito bem de você — murmura McAdam, enquanto você observa Carla Nesbitt se dirigir para a ala leste da mansão.

O agente Zwale retoma a função de guia, passando com você pela porta vigiada que dá acesso a uma área exclusiva para funcionários. Dali, um amplo acesso à parte posterior da mansão leva a uma escadaria que desce até um pátio parcialmente cercado pelas alas leste e oeste da construção, que se projetam em ângulo reto a partir do prédio principal. Uma área quadrada de grama bem aparada é dividida em quatro por trilhas de cascalho que atravessam o centro e margeiam as beiradas. Mais à frente, o terreno é árido e mais natural, com duas grandes estufas de polietileno em formato de túnel, visíveis a pouca distância.

Porém, os jardins não são seu destino por enquanto. No pátio, à sua direita, perto do muro da ala oeste, há mais policiais fardados, assegurando o cordão de isolamento da familiar tenda de lona branca da perícia, montada na trilha de cascalho.

Não chove há várias semanas, e a terra está totalmente seca, o que é bom para uma investigação ao ar livre, embora signifique ficar de pé sob o sol do fim do verão. Como é a primeira semana de setembro, você espera que o calor intenso dê uma trégua logo.

Você anda pela grama e se abaixa para passar pelo cordão e entrar na tenda. Lá dentro, vocês encontram um fotógrafo da polícia e uma patologista forense inclinada sobre o cadáver.

— A vítima é Harry Kennedy — informa McAdam, lendo a anotação em seu caderno. — Cinquenta anos, incorporador imobiliário, tipo um figurão local. Pagou por uma semana de tratamento e se hospedou sozinho.

— E vai partir da mesma maneira — diz a patologista, se ajeitando e alongando as costas.

A Dra. Wash tem um sotaque aristocrático impecável, e já disseram que ela parece tão arcaica quanto soa — ou vice-versa. Algo que apenas evidencia as décadas de experiência e uma precisão inquestionável. Vocês dois já trabalharam juntos muitas vezes, e você confia plenamente nas descobertas da médica.

Você faz as apresentações.

— Dra. Wash, essa é a sargento McAdam, recém-transferida da Nortúmbria.

As duas se cumprimentam com um aceno de cabeça, então a patologista se afasta para permitir uma visão melhor do morto. Você quase deseja que ela não tivesse feito isso.

— A vítima caiu do último andar, uma queda de quinze metros — diz a Dra. Wash. — O aspecto deplorável do corpo se deve ao fato de o solo estar implacável de tão duro e seco.

O falecido Harry Kennedy está deitado de costas, os olhos grandes vidrados contemplando o nada. Deve ter sido bem-apessoado um dia, mas o rosto e a cabeça se encontram agora seriamente danificados, o cabelo curto empapado de sangue e terra. Uma poça rubra o circunda, o sangue escurecendo o chão e manchando um roupão de banho que antes era branco. Por baixo do roupão ele usa apenas uma cueca samba-canção.

O que mais chama a atenção, porém, é algo que você nunca viu antes. Um forcado de jardinagem se encontra cravado profundamente no peito de Kennedy.

McAdam assovia.

— Lá se vai a teoria de suicídio de Carla Nesbitt.

— Pois é, o suicídio é altamente improvável por duas razões. Ai! — diz a Dra. Wash, que se inclina sobre o corpo e geme quando os joelhos estalam em protesto. — Primeiro, a razão óbvia. O forcado penetrou diretamente no coração e é quase certo que a vítima já estivesse morta antes de ter atingido o chão.

— Qual é a razão menos óbvia? — você pergunta.

Com delicadeza, a patologista abre a boca de Kennedy, revelando uma rosa vermelha no interior.

— Maravilha! — exclama McAdam, com um suspiro. — Temos um maluco.

A Dra. Wash lança um olhar desaprovador para a sargento, poupando você de fazê-lo.

— Sua impressão é que a flor foi colocada aí de propósito, doutora? — você pergunta.

— Eu diria que sim, mas quem faria isso é um mistério. Na varanda lá de cima há uma planta idêntica.

— Acharam alguma coisa nos bolsos?

A patologista pega dois sacos de evidências, que estavam sobre uma mesa dobrável. Um deles contém um relógio de metal comum. Dentro do outro há um cartão-chave magnético com o logo do Elysium.

— Suponho que abra a porta do quarto dele, embora ainda não tenhamos verificado isso. O relógio parece absolutamente comum.

— Mais nada? Carteira?

— Nada com ele. O celular foi encontrado no chão lá fora, com a tela quebrada e tão danificado que nem liga mais. Já mandei para a perícia digital.

Você registra tudo, confiando na meticulosidade da médica.

— De onde, exatamente, ele caiu?

A Dra. Wash sai da tenda branca e aponta para uma varanda no quarto andar com balaústres de pedra. Todos os quartos do último andar têm uma dessas, todas iguais, e, quando olha para cima, você repara que as paredes dos fundos estão muito mais desgastadas do que as da fachada. As pedras estão lascadas nos cantos, o corpo e o rosto das gárgulas, rachados, e muitas varandas têm balaústres quebrados ou ausentes. A Mansão Finchcote sem dúvida já viu dias melhores.

— A perícia já esteve no quarto daquela varanda — prossegue a médica —, portanto, fique à vontade para dar uma olhada por conta própria. Um tanto curioso este caso, já que supostamente o quarto é de uso exclusivo dos funcionários e estava trancado. Espero que não tenha medo de altura, detetive.

— Eu me viro. Hora da morte?

— Antes de dez e quarenta e cinco desta manhã. Foi quando o gerente o encontrou e ligou para a emergência. É difícil determinar com precisão antes disso, mas é bem recente.

— Então só resta uma pergunta: a senhora tem certeza de que não foi um acidente?

A Dra. Wash olha para você por sobre os óculos.

— Forcados de jardinagem não são canivetes, detetive. Enfiar um forcado em alguém é, necessariamente, um ato deliberado, intencional. Estou convencida da minha avaliação.

Com as mãos na cintura, McAdam observa a cena macabra e balança a cabeça.

— É, estamos lidando com um maluco. Sabem, em alguns países, mandam quem faz isso para a cadeira elétrica.

— Felizmente, não fazemos mais isso aqui, sargento — você retruca. — E paramos de enforcar gente muito antes de você e eu nascermos.

— Não antes de eu nascer — diz a Dra. Wash, assinalando itens numa prancheta. — Mesmo sendo criança, fiquei feliz de ver o fim disso. Sem dúvida, você não defende a volta dos enforcamentos, certo, sargento?

McAdam dá de ombros.

— Tem gente que não tem cura.

— Tem gente também que não vai parar de comer carne. Deveríamos enforcá-las também?

— Não diga bobagem, isso não é crime.

— Não, é apenas a "ordem natural", certo? Mas muitos assassinos pensam da mesma forma a respeito das vítimas. Pode ser interessante você se lembrar disso.

Você ainda não conhece McAdam o suficiente para saber se sua expressão horrorizada significa que ela ficou sem palavras ou está prestes a disparar uma sequência de impropérios, razão pela qual você encerra a conversa e se apressa a tirá-la dali.

— Agradeço, doutora. Por favor, ligue para nós quando estiver pronta no necrotério.

Você deixa a tenda e repara no marcador de evidência na grama próxima, mostrando onde o celular de Harry Kennedy foi encontrado. O agente Zwale se oferece para guiar vocês até a varanda de onde a vítima caiu.

— Esses malditos patologistas são todos pirados — resmunga McAdam, enquanto você faz o caminho de volta para a mansão, ainda usando sua roupa protetora. — Ela adora animais, não é?

— Pode-se dizer que sim — você responde, com uma curiosidade desconfiada pela consternação de sua parceira. — A Dra. Wash é dona de uma fazenda cheia de gado.

— Ah! Uma hipócrita, então.

— Pelo contrário. Ela não os cria para corte, mas para fazer companhia.

McAdam olha para você com descrença e depois suspira.

— Como eu disse: pirada.

O agente Zwale já entrou de volta na mansão. Você para um pouco antes da porta, de modo que ele não possa ouvir o que você diz a sua nova parceira.

— Sargento, insultar a patologista na sua primeira cena de crime aqui não é o tipo de comportamento que espero. Me garantiram que você é uma detetive esforçada e inteligente, portanto, por favor, faça jus a essa reputação. Certo?

McAdam parece chocada. Nitidamente, não acha que se excedeu. Passado um instante, porém, cede.

— Certo, detetive. Vou andar na linha.

Você assente e volta a seguir o agente Zwale, que atravessa o saguão, sobe a ampla escada acarpetada e passa por um corredor margeado de salas dedicadas a massagem, ioga e tratamentos similares para o bem-estar. Você vira uma esquina para entrar na ala oeste, sobe mais dois lances de escada, passando por várias salas de terapia. Por fim, chega ao último andar, onde as portas dos quartos são numeradas como num hotel.

— Fico me perguntando o que a vítima estaria fazendo numa área exclusiva para funcionários — comenta a sargento McAdam.

— Talvez o gerente possa responder — você diz. — Vamos falar com ele depois de examinar a cena.

Zwale para perto de um policial fardado que guarda a porta do quarto 312, onde se lê APENAS FUNCIONÁRIOS. Mais à frente no corredor, você vê o que presume ser o quarto da vítima, guardado por outro policial. Enquanto observa, um homem atlético tatuado usando roupa de academia se aproxima do policial e troca algumas palavras com ele. A conversa ocorre distante demais para você conseguir ouvir, mas fica claro que o homem deseja entrar no quarto. Porém, o policial manda o sujeito pastar, e você faz uma anotação mental de que precisa encontrar o homem tatuado mais tarde.

— Detetive? — diz Zwale, chamando sua atenção novamente para o aposento exclusivo para funcionários.

— Sim, é claro. Vá em frente, agente.

— Acredito que seja importante informar que essa porta estava trancada quando chegamos e que a chave sumiu da recepção. Tivemos que esperar o gerente vir abri-la.

— Ele é a única outra pessoa que tem uma chave?

Zwale parece envergonhado.

— Ah, eu... eu não perguntei.

— Então pergunte agora. E seja rápido — rosna McAdam.

O agente se afasta apressado.

— Vá com calma, sargento — você murmura, lançando-lhe um olhar enquanto segura a maçaneta, que gira suavemente, abrindo a porta.

— Eles precisam aprender — retruca ela. — Os poucos puxões de orelha dos meus antigos chefes nunca me fizeram mal.

Você e McAdam entram num depósito bolorento que cheira a mofo e obviamente não é usado há algum tempo. Um velho aspirador de pó ocupa um canto, junto de um esfregão de aparência lamentável e um balde. Prateleiras de metal nas paredes contêm latas enferrujadas de desinfetante em spray e de cera ao lado de utensílios de jardinagem como pás, marretas e espátulas de pedreiro. Um velho carrinho de mão, coberto de teias de aranha, contendo o que parece ser um par de botas de borracha sem uso, ocupa outro canto. Há uma mangueira jogada sobre panos e lençóis mal dobrados, alguns dos quais salpicados de sangue. Uma trilha de manchas vermelho-escuras leva até uma porta-balcão aberta que dá acesso à varanda.

— Que diabos Harry Kennedy estava fazendo aqui? — pergunta-se, baixinho, McAdam.

— Seja lá o que for, a menos que ele tenha enfiado o forcado em si mesmo, havia outra pessoa presente. Provavelmente a mesma que trancou a porta ao sair.

Você atravessa o cômodo, evitando a mancha de sangue. Ainda que a perícia já tenha coletado as provas, é necessário preservar a cena o máximo possível. Você passa por um grande tanque de louça que contém manchas de sangue aguado e detecta um leve aroma de morango. Estranho...

Parece incongruente que um depósito como esse dê para uma varanda de pedra com balaústres canelados, mas ele deve ter sido usado no passado como um quarto igual aos demais e apenas mais tarde foi transformado em depósito.

— Ora, isso é interessante. Olhe, sargento.

As portas-balcão são de estilo tradicional, feitas de madeira e vidro. Mas há manchas de sangue na madeira, e dois painéis de vidro foram quebrados. Cacos manchados de sangue podem ser vistos no chão lá fora.

— Quebrados de dentro para fora — diz McAdam. — Sugere uma briga dentro do quarto.

Você vai até o lado de fora, seguindo a trilha de sangue que leva ao parapeito da varanda e a uma mancha vermelha no chão diante dos balaústres. Uma marca de mão carmesim estampa a barreira, que não tem mais que um metro de altura. Seria fácil cair ou ser empurrado e perder o equilíbrio.

— Ele caiu de barriga para cima — você comenta. — O que sugere que estava de pé aqui na varanda, de frente para o interior do cômodo e foi empurrado... ou que quem enfiou o forcado do lado de dentro o arrastou para fora e o jogou lá embaixo.

— Isso exigiria alguma força — diz McAdam, seguindo você até a varanda. — Estamos procurando um cara grandão, então.

— *Se* foi isso que aconteceu. Por enquanto, precisamos manter a mente aberta.

— Olhe aqui, a médica estava certa. Flores idênticas.

McAdam aponta para dois vasos de argila encostados na parede da casa, um de cada lado das portas-balcão. Em um deles, há uma planta que você não reconhece; no outro, brota uma roseira com suas características flores vermelhas.

— A placa do Elysium pela qual passamos tem rosas no logotipo — você diz, lembrando-se do portão. — Nosso assassino tinha uma opção de flores, mas escolheu essa. Aposto que não foi por acaso.

— Sim, mas temos que manter a mente aberta — diz McAdam, com atrevimento.

Fora isso, tudo na varanda parece em ordem. Não há marcas de arranhões ou pedaços rasgados de tecido. Não daria para dizer que alguém tinha morrido ali, não fosse o sangue e o vidro quebrado.

E o corpo da vítima estirado no chão quinze metros abaixo, é claro.

Você dá uma espiada pela ala, pelas varandas dos outros quartos desse andar. O intervalo entre elas é grande demais para ser pulado e, a despeito dos cantos lascados, a pedra é lisa demais para ser escalada. O assassino deve ter saído para o corredor e trancado a porta.

Lançando um olhar para o pátio, você vê o marcador de evidência do celular de Kennedy novamente, mas agora a posição lhe parece estranha.

— Sargento — você diz, apontando para o marcador. — A que distância do corpo você diria que o celular foi encontrado?

McAdam dá uma olhada de cima da varanda.

— Parece mais ou menos a uns três metros.

— Longe demais para ter quicado depois da queda, ainda mais na grama. Como será que foi parar lá?

— Talvez o assassino tenha jogado, não?

— Mas por que não jogá-lo para cair ao lado do corpo? Ou simplesmente ficar com ele?

A sargento não tem resposta, assim como você.

Então, você se lembra do que a Dra. Wash falou sobre o celular estar quebrado e se agacha para verificar o chão de pedra da varanda. McAdam se diverte observando você, mas, passado um minuto, você encontra o que procurava.

— Isso não é vidro da janela — você diz, segurando um caquinho de metal prateado e plástico preto na palma da mão enluvada. — Mais parece um pedaço de um celular quebrado. A Dra. Wash disse que o aparelho de Kennedy estava tão danificado que não ligava mais, mas a queda na grama não causaria isso.

McAdam lhe oferece um saco plástico para evidências, no qual você deposita o caco.

— Você acha que ele foi quebrado aqui? Ele deixou cair, o pegou no chão... e depois sofreu uma queda?

— Ou o assassino o jogou lá embaixo depois da queda.

McAdam rosna e olha para o marcador de evidência.

— Se for isso, ele exagerou um bocado no arremesso.

No outro lado do pátio, a ala leste é um espelho desta, com exceção do térreo. Através das janelas, você vê uma piscina, que ocupa quase toda a extensão da ala.

— Você acha que a vista de lá para cá é boa? — você considera em voz alta. — Será que alguém na piscina viu o que aconteceu?

McAdam dá uma espiada no pátio.

— Talvez, se a pessoa estivesse perto o suficiente das janelas. Vale a pena perguntar.

— Vamos primeiro falar com o gerente. Talvez ele tenha visto ou ouvido algo quando o Sr. Kennedy caiu.

Você volta para a parte principal da casa, onde se livra da roupa de proteção. Retornando ao saguão de entrada, vê que o grupo de curiosos se dispersou quase por completo. A recepcionista do balcão em quem você reparou antes está circulando pela área com um regador, molhando as numerosas plantas. O agente Zwale a acompanha, falando amenidades. Os dois parecem estar se dando bem e trocam sorrisos enquanto conversam.

Para se juntar a Zwale e interrogar a recepcionista, vá para **23**

Para continuar em direção ao escritório do gerente e deixar para obter um relatório do agente mais tarde, anote **P4** *em seu caderno e vá para* **135**

2

Lutando para segurar o guarda-chuva que o vento ameaça virar, você tira o casaco e entrega os dois objetos para McAdam.

— Que diabos você está fazendo? — grita ela. — Você não pode ir atrás dele!

— Se eu não for, ele vai se afogar — você retruca. — Não vou ficar com esse peso na consciência.

— Admiro sua coragem, mas, com todo o respeito, você não vai ter uma consciência para ficar pesada se entrar aí. Para isso existem jovens policiais robustos!

Zwale faz que sim.

— Ela tem razão, detetive. Deixe comigo.

Não há tempo para discutir. Tank continua lutando contra a corrente e agora usa toda a sua energia para manter a cabeça acima da água. Você dá um passo atrás e abre caminho para Zwale, enquanto McAdam ajuda você a vestir de novo seu casaco ensopado.

Anote **P10** *em seu caderno e vá para* **42**

3

— Também recebi os registros telefônicos de Kennedy — diz McAdam. — A única atividade hoje de manhã foi uma ligação de um número local.

— Deve ter sido a que ele recebeu depois que saiu da sessão de massagem com Alina Martinescu. Foi perto da hora da morte?

— Bem perto — responde McAdam. — Começou às dez e vinte da manhã e durou três minutos, ou seja, vinte e dois minutos antes de o corpo dele ser encontrado, então isso nos dá uma janela de oportunidade sólida para o assassinato.

No entanto, pensando no que a massoterapeuta falou, você percebe que dá mais do que isso.

— Foi também dez minutos antes do horário que Alina disse que ele saiu da massagem. Mas ela alegou que Kennedy não atendeu o celular enquanto esteve com ela.

McAdam verifica as próprias anotações.

— Tem razão. Então, ou ela errou quanto ao horário ou...

— Ou mentiu para nós. Mas por que ela faria isso? Descubra a quem pertence o número local. Poderia ser um fornecedor de material de construção?

— Espere, vou verificar agora.

Enquanto McAdam acessa o banco de dados da polícia, você se pergunta o que isso pode significar. Ou Alina se enganou ou mentiu; e Kennedy atendeu uma ligação minutos antes de ter um forcado enfiado no peito por alguém que pretendia matá-lo. Uma coisa tem a ver com outra ou é mera coincidência? Empresários recebem ligações o tempo todo.

McAdam estala a língua, interrompendo sua linha de raciocínio.

— É improvável que seja um fornecedor, a menos que ele esteja trabalhando no sobrado onde mora. É um número residencial, registrado em nome de Robert Graham. Não muito longe daqui, na verdade... Opa! O Sr. Graham mora na propriedade de Burrowlands.

— A propriedade vizinha ao local onde Kennedy queria construir? Não pode ser coincidência. Acho que devemos fazer uma visitinha ao Sr. Graham.

- *Anote* A8 *em seu caderno*
- *Se já tiver* C7 *anotado, vá para* **64**
- *Caso contrário, vá para* 30

4

— Eu gostaria de saber se a senhora pode lançar alguma luz sobre um mistério curioso — você começa, prestando atenção à reação da interlocutora, ou seja, no que é possível ver a partir das flores entre vocês. — Por que a senhora acha que Harry Kennedy pagaria sete mil libras pela consultoria de uma empresa com a qual jamais fez negócios?

Carla fica tensa, você tem absoluta certeza de que isso não faz parte dos exercícios de ioga.

— Infelizmente, não posso ajudar nessa questão — diz ela, respirando fundo.

— Sério? Que pena, porque descobrimos que o Sr. Kennedy tinha o hábito de enviar mensagens codificadas, supostamente por medida de segurança.

De repente, o sorriso da parlamentar murcha. Você prossegue:

— Decodificamos uma delas, enviada três dias antes de ser morto. Nela, Harry recorda à senhora que havia pagado o valor de sete mil libras e avisa que não "dê pra trás". Pode me explicar o que ele quis dizer com isso?

Carla permanece sentada em sua posição de lótus, mas, a julgar pela expressão, não está mais na corola astral dela.

— Garanto que não sei — responde ela, gelidamente. — Recebo centenas de mensagens diariamente, e minha empresa trabalha com pessoas do país todo. Não é de se esperar que eu monitore todas as pequenas transações.

Risque P3 de seu caderno e anote **C1** *no lugar. Em seguida, vá para* **95**

5

Você e McAdam se dirigem à sala de espera ao lado do saguão para atender ao telefone longe de bisbilhoteiros.

— Doutora — você atende, pondo a chamada no viva-voz, enquanto McAdam fecha a porta. — Que maravilha de tempo, hein? Como estão as coisas no necrotério?

— Chovendo canivetes — confirma a legista. — A previsão é de que vamos ter o equivalente a um mês de chuva nas próximas horas. Cuidado com enchentes se sair por aí.

— Na verdade, estamos presos na mansão, e, para coroar, parte do teto caiu. É uma longa história. Mas o que tem para nós?

Você escuta a Dra. Wash digitando no computador.

— Estou ligando porque recebemos alguns resultados relativos à pia no quarto que funciona como depósito. Lembra que achamos o que parecia ser indícios de sangue posteriormente limpos?

— Claro que sim.

— Apesar de aquele quarto parecer sem uso e esquecido, ao que tudo indica a pia era outra história. Existem vários perfis de DNA presentes no resíduo. Um combina com o da nossa vítima, Harry Kennedy. As digitais dele também foram encontradas no aposento, o que eu já esperava. Acreditamos que as outras digitais que achamos pertençam a terceiros, mas sem possibilidade de comparação não dá para saber.

— E quanto aos outros perfis de DNA?

A Dra. Wash hesita.

— É aí que a coisa fica interessante. Um é compatível com Carla Nesbitt, o que, devo dizer, para mim foi um choque. Não consigo imaginar que ela tenha algo a ver com a morte do Sr. Kennedy, embora eu suponha que quem atua na minha área jamais deva se deixar surpreender.

— Por que está dizendo isso? Por acaso a senhora a conhece?

— Não bem, mas já nos encontramos várias vezes em grandes festas de comemoração locais. Encontro com o representante do Parlamento, jantar com o prefeito, sabe como é.

Você não faz a menor ideia, já que as pessoas não costumam convidar detetives para esse tipo de reunião por medo de baixar o nível do evento. Mas não chega a ser surpresa que isso aconteça com a Dra. Wash, com a educação esmerada e o status que ela tem. Em outra vida, ela poderia até ter sido parlamentar. McAdam se inclina e pergunta:

— Doutora, como a senhora conseguiu identificar o DNA de Carla?

— Ela está nos nossos registros graças a uma condenação por furto em loja, muitos anos atrás. Eu não sabia disso, mas suponho que todos tenhamos um passado.

McAdam sorri, triunfante.

— Má notícia para Carla, mas boa notícia para nós — você diz. — Agora sabemos que ela esteve na cena do crime, embora não exatamente quando. Doutora, a senhora disse que havia vários perfis...

— Sim, ao menos um outro, mas infelizmente ele não foi identificado ainda. Mais uma vez, vou precisar de amostras para comparação, e, com tanta gente no local, imagino que vá levar um bom tempo.

— O que diabos andou acontecendo naquele depósito? — rumina em voz alta McAdam.

Verdade seja dita, você estava se perguntando a mesma coisa.

Anote **C16** *em seu caderno*

Se já tiver S5 anotado, vá para **54**

Caso contrário, vá para **100**

6

— Para mim, parece muito claro — você diz — que Stephen Cheong não encontrou o corpo de Harry Kennedy por acidente. Ele matou Harry e depois fingiu que encontrá-lo havia sido mera coincidência.

Todos os olhos se voltam para o gerente.

Ele balbucia em protesto:

— Mas não fui eu! Por que eu mataria Harry?

Na verdade, a pergunta procede. Você tem as provas necessárias para fazer uma acusação consistente? Verifique seu caderno atrás de dicas na seguinte ordem:

Se tiver S1, S4 ou S7 anotados, vá para **36**
Se tiver S2 anotado, vá para **132**
Se tiver S6 anotado, vá para **99**
Se tiver S5 anotado, vá para **190**
Caso contrário, vá para **163**

7

Você coloca a carteira ao lado do laptop justo quando a equipe da perícia entra no quarto. Pede que coloquem o laptop numa sacola e o levem para a perícia digital. Com sorte, eles conseguem descobrir a senha de Kennedy para dar uma olhada no que o falecido estava trabalhando.

McAdam chega quando o laptop está sendo levado para um carrinho que aguarda do lado de fora.

— Stephen Cheong disse que o Sr. Kennedy parecia um malandro com pinta de galã — você recorda à sargento. — Será que ele estava tratando de negócios mesmo que supostamente estivesse num retiro tranquilo?

— Suponho que um trambiqueiro esteja sempre na ativa.

— O que você descobriu sobre os horários dele?

A sargento balança a cabeça.

— Não muita coisa, infelizmente. Kennedy pagou pelo pacote "Lótus", um pacote VIP que custa nove mil por semana, acredite se quiser. Tudo pago adiantado. Mas por algum motivo ele não aproveitou muito. A maioria das suas sessões era de massoterapia, inclusive aquela com Alina que ele largou no meio. Foi o único compromisso que teve hoje de manhã, não tinha mais nada marcado depois disso.

— Nadinha? A estadia dele ia durar mais quanto tempo?

— Mais dois dias. Mas a recepcionista disse que toda a estadia de Kennedy foi assim. Existem grandes lacunas na agenda em que ele não tinha sessões, aproveitando "tempo de lazer pessoal" em vez delas.

— Fico pensando o que ele fazia para preencher esse tempo. Talvez uma parte fosse gasta aqui nesse laptop, não?

— Faz a gente se perguntar por que ele se dava ao trabalho de vir para cá.

— Começo a achar que a visita do Sr. Kennedy ao Elysium tinha bem pouco a ver com a saúde dele e está bem mais relacionada a seja lá o que for que o levou a ser assassinado.

Você mostra a McAdam a foto que encontrou na carteira de Kennedy, uma foto dele com Carla Nesbitt quando os dois eram mais jovens.

Ela assovia.

— Isso, sim, é o que eu chamo de reviravolta, sem dúvida.

Neste momento, seu celular toca com uma ligação da Dra. Wash.

Vá para **91**

8

Jennifer leva Alina embora pelo meio da multidão que se dispersa, em direção à área dos funcionários. Você se afasta e volta a atenção para Flora, que está sendo amparada por McAdam e Zwale. O homem asiático que ajudou já sumiu.

Você encaminha Flora, McAdam e Zwale à sala de espera ao lado do saguão, onde antes falou com a viúva. A chuva continua a cair batendo nas janelas, mais forte ainda do que quando você chegou.

Fechando a porta, você faz todos se sentarem enquanto esvazia uma mesa de centro cheia de livretos promocionais e, confiando que ela seja tão resistente quanto parece, se apoia para encarar o trio.

— Sra. Kennedy — você começa —, preciso dizer que a senhora está com um problema sério. Mesmo deixando de lado sua agressão a Alina, a senhora comprometeu o que poderia ser uma prova valiosa para o caso. Por isso, eu gostaria de uma explicação.

Se tiver F3 anotado, vá para **114**

Caso contrário, vá para 70

9

McAdam está prestes a abrir a porta para sair, mas você a detém e diz:

— Ainda não acabamos aqui, Sra. Nesbitt.

Carla abre os olhos, suspira e mais uma vez baixa o volume das ondas do oceano.

— O que mais vocês poderiam querer saber?

— Ah, existem muitas coisas ainda a descobrir sobre esse caso. Mas vou me contentar com uma explicação de porquê a senhora vem mentindo para nós.

É preciso dar crédito a Carla por se manter impassível. Anos de serviços ao Parlamento provavelmente a prepararam para ser alvo desse tipo de acusação.

— Vá direto ao ponto, detetive.

— Claro — você retruca com um sorriso. — A senhora nos disse que o fato de estar aqui no Elysium ao mesmo tempo que Harry Kennedy foi mera coincidência. Mas faz apenas duas semanas que ele lhe enviou uma mensagem codificada perguntando as datas da sua estadia para poder garantir a própria presença no mesmo período. E não foi só isso, ele sugeriu ter ameaçado Stephen Cheong, caso o proprietário não conseguisse uma reserva para ele. Assim sendo, por favor, vamos tentar de novo.

— Não sei do que está falando, detetive. Harry e eu não combinamos nada.

— E suas próprias mensagens de texto vão confirmar isso, não é mesmo? — pergunta McAdam.

Carla a encara com frieza.

— Duvido que você venha a saber, porque não vai vê-las.

— Podemos requerer um mandado.

— E meu advogado vai brigar com unhas e dentes e em todas as instâncias para impedir essa desnecessária invasão da minha privacidade. Ele é *muito* bom.

Você corrige seu ângulo de ataque.

— Sra. Nesbitt, o simples fato de Harry ter lhe enviado mensagens codificadas é incriminador. Para começo de conversa, ele sem dúvida esperava que a senhora soubesse decodificá-las, o que sugere comunicação prévia entre ambos para combinar o método. Mesmo deixando isso de lado, mensagens não costumam ser enviadas em código, salvo quando são confidenciais e passíveis de causar problemas se lidas por pessoas indesejáveis. Por que esse tipo de coisa seria necessário entre vocês dois?

Agora, Carla se fecha.

— Sem comentários.

— O que a senhora não está nos contando a respeito do seu relacionamento com Harry Kennedy? — pergunta McAdam.

— Sem comentários. Eu gostaria agora que vocês se retirassem, antes que eu ligue para o meu querido amigo superintendente-chefe e pergunte por que os subalternos dele estão assediando uma servidora pública inocente.

Uma vez mais, Carla retoma a meditação, e agora você vai embora, voltando com a sargento McAdam para o saguão.

— Está pensando a mesma coisa que eu? — pergunta ela.

— Não sou vidente, então não posso afirmar, mas o que estou pensando é que Carla e Kennedy têm cônjuges, e um lugar como o Elysium seria uma boa história de fachada para os dois viverem um caso longe deles. Sabemos que Kennedy ainda tinha uma quedinha por Carla, portanto a pergunta é: acaso a honrada parlamentar estará exagerando na forma como se mostra indignada?

— Sem falar na rapidez com que ela apontou o dedo para Jennifer, o que poderia ser um simples estratagema para induzir ao erro.

Será possível que Kennedy estivesse tendo um caso com Carla *e* Jennifer Watts? Como a parlamentar salientou, ele não teria encomendado todo aquele estoque de Viagra para nada. Isso também explicaria por que ele deixava tanto "tempo de lazer pessoal" no cronograma.

— Caramba! — você exclama, percebendo a conexão de repente. — O depósito.

— Quê?

— O depósito. Será que era o local que Kennedy usava para encontrar a amante? Fosse Carla, Jennifer ou alguma outra, ele iria querer discrição. Não usaria o próprio quarto. Qualquer um que visse uma mulher entrar no quarto dele ia suspeitar na hora. As salas onde as aulas acontecem não têm chave, por isso não serviriam. Mas os quartos têm.

McAdam assovia, impressionada com o subterfúgio.

— Se não foi Jennifer, talvez o próprio Kennedy tenha roubado a chave. Isso explicaria por que ela está sumida.

🔍 *Risque P9 de seu caderno e anote* **C12** *no lugar*

🔍 *Em seguida,* **some 1** *ao seu valor de* INTERROGATÓRIO *e vá para* **65**

10

— O Sr. Baker, do conselho do departamento de planejamento, mencionou que a Sra. Nesbitt era proprietária de imóveis — você se lembra, então decide usar um pouco mais de bajulação. — Imagino que ela confie na senhora para cuidar de todo tipo de negociação, enquanto ela atua no Parlamento, não é? Deve ser um bocado de trabalho.

— Isso mesmo — diz a Sra. Gibbs, se aprumando um tantinho na cadeira. — Nós terceirizamos o dia a dia da administração dos locatários, que é feita pela empresa de locação, é claro, mas é sempre necessário cuidar da manutenção, sem falar da compra e venda.

— Quantos imóveis a Sra. Nesbitt possui?

A Sra. Gibbs pensa um instante.

— Vinte e dois. Embora esse número vá baixar para dezoito, depois que aquelas casas em Burrowlands forem vendidas.

Ela indica com a mão os folhetos que você evitou que caíssem no chão.

— Espera aí. Essas casas ficam na propriedade de Burrowlands? — pergunta McAdam, tomando nota. — Isso é bem ao lado de onde o Sr. Kennedy pretendia construir.

— Sério? — A Sra. Gibbs não parece impressionada. — Como eu disse, mamãe não me disse nada a respeito. Garanto que teria dito se fosse relevante. Vocês mesmos disseram que há muito pouco na vida dela que eu não saiba.

Você não tem motivos para duvidar, mas "muito pouco" não é o mesmo que "nada", e a secretária está começando a ficar na defensiva. Carla disse a você que ela estava ciente do projeto. Então por que ela não falaria dele com a filha, em quem confiava a ponto de deixar a cargo dela a administração dos negócios? Lendo os folhetos, você vê que as casas ficam de fato na propriedade de Burrowlands. Também estão no mercado há tempo suficiente para o preço de venda ter sido reduzido duas vezes.

— Agradeço, Sra. Gibbs. Tenho apenas mais uma pergunta: onde a senhora estava entre dez e onze da manhã de hoje?

— Na minha academia. E, antes que pergunte, umas dez outras pessoas podem confirmar isso.

Diante da expressão de surpresa que você faz, ela dá de ombros.

— Não sou boba, detetive. Por que outra razão você faria essa pergunta?

Você agradece e sai, voltando para o carro de McAdam. Parece haver alguma conexão nessa história, mas ainda existem pontas soltas.

— Sargento, verifique novamente o álibi de Sharon Gibbs e depois os negócios imobiliários de Carla Nesbitt. Descubra que tipo de passado ela tem e se comprou imóveis da Kennedy Homes antes.

— Bem pensado — comenta McAdam, tomando nota. — Mas, se ela queria comprar algo no novo empreendimento, será que não tentaria convencer Nigel Baker a aprovar o projeto, em vez de mandar Kennedy pastar?

— Só temos a palavra dela de que fez isso — você enfatiza. — Mas concordo que é estranho ela não ter pressionado o conselho. Algo aqui não bate, e quero saber o quê.

Anote **C15** *em seu caderno e* **some 1** *ao seu valor de* LOCALIZAÇÃO. *Em seguida, vá para* **30**

11

Zwale e os demais aguardam que você explique por que acusou Jennifer... mas a verdade é que você não tem certeza. Tem convicção de que foi ela, mas não tem provas sólidas em que basear sua conclusão nem que sugiram o que a motivou. Você tem suas suspeitas, mas, sem provas, elas não passam disso.

Você encara Jennifer, esperando que ela faça alguma coisa para se incriminar ou confesse espontaneamente. Mas não funciona.

O momento se arrasta, até que McAdam pigarreia. Você lhe diz que prenda Jennifer, prometendo que, uma vez que a recepcionista esteja sob custódia na delegacia, vai explicar sua linha de raciocínio. Decepcionado, o grupo sai da sala, partilhando, aos sussurros, dúvidas sobre sua capacidade dedutiva.

O agente Zwale se recusa a ajudar com a prisão, a frustração estampada no rosto dele.

Vá para **154**

12

Você sente que está muito perto de descobrir algo importante, mas que não se encontra ao seu alcance ainda.

— Supondo que Kennedy estivesse pagando propina a Carla Nesbitt — diz McAdam —, a pergunta é: para quê?

— Exatamente. A resposta óbvia seria para pressionar o conselho a permitir que Kennedy construísse na planície de inundação. Mas ela insistiu conosco que o projeto era uma má ideia e que não o aprovava.

— Não seria a primeira política a dar para trás depois de embolsar o dinheiro. Eu diria que o maior obstáculo é o fato de terem nos dito que ela não exerceu tal pressão.

Uma teoria ganha forma na sua mente.

— Tem razão. Ela não fez isso. Mas combina com a mensagem de texto, não? "Não pense que vou ficar de bico fechado se você der pra trás" é uma ameaça clara à reputação e ao status público de Carla. Me pergunto o que ela diria se lhe fizéssemos perguntas sobre isso.

Agora volte para **100** *e pule para o fim da seção*

13

Você toma sua decisão.

— Agente, sargento: levem a Sra. Kennedy de volta lá para cima, para a sala de espera, e fiquem com ela até eu retornar. Chega de seguir pessoas por aí e ameaçá-las.

— Entendido. Venha, senhora. — McAdam tira a lanterna de Flora, enquanto Zwale segue na frente, voltando até os degraus.

— Estou dizendo, foi ela! — grita Flora Kennedy enquanto se afasta. — Façam com que ela conte a verdade!

— Vou contar a verdade para você — grita Jennifer em resposta. — O seu marido não conseguia manter as mãos quietas! Pergunte a qualquer uma das nossas "Rosas". Ele tentou se aproveitar de todas, como se estivesse acumulando pontos. Talvez o seu homem fosse um santo em casa, mas aqui não era, não.

Zwale e McAdam levam a viúva para o andar de cima. Você espera até não conseguir mais vê-los, então diz a Jennifer:

— Não acreditamos que o Sr. Kennedy fosse um santinho nem em casa. Flora estava providenciando um processo de divórcio.

A recepcionista dá de ombros e pega do chão sua lanterna.

— Não vou dizer que a culpo. Garanto que não é a primeira que desconhece o que o marido apronta quando está longe dela.

— Está falando por experiência própria?

Jennifer anda pelo porão, varrendo com a lanterna o lado esquerdo e o direito em busca do gerador.

— Espero que o combustível ainda esteja OK — diz ela, evitando sua pergunta. — Se eu não conseguir botar essa coisa para funcionar...

— Mesmo que consiga, será que vai ser suficiente para levar energia para toda a casa? — você se pergunta em voz alta.

— Não, ele está ligado apenas ao circuito do térreo. Mas é lá que ficam os escritórios dos funcionários e os computadores, por isso vai nos servir durante algum tempo.

Se tiver A3 ou J4 anotados, vá para **129**

Caso contrário, vá para 77

14

Você interrompe McAdam antes que ela faça sua primeira ligação.

— Aproveite e peça à perícia digital que apresse a análise do celular da vítima. Era um dos únicos pertences pessoais que ele levava quando morreu.

Ela faz que sim.

— Também vou entrar em contato com a operadora dele e pedir os registros de ligação.

— Boa ideia. O foco é saber para quem ele estava ligando quando saiu da sessão de massagem.

Anote **A2** *em seu caderno*

Se já tiver C3 *anotado, vá para* **51**

Caso contrário, vá para **162**

15

— Muito bem, vamos — você diz.

McAdam já está metendo a mão no bolso para pegar a chave do carro. Ela a joga para o alto e a apanha com um floreio.

— Vou deixar você em casa e sem se molhar, não se preocupe.

Dando uma corridinha da entrada até o carro, você não acredita muito na parte do "sem se molhar", mas no momento já se contenta em voltar para casa ou mesmo para a delegacia. O pórtico é um mísero abrigo contra a tempestade que se avoluma, e mesmo antes de descer os degraus você já sente que a água deixou sua roupa ensopada.

Você desaba no banco do carro de McAdam. Ela dá a partida no motor e liga o aquecimento no máximo, o que é desconfortável, mas ao menos ajuda a secar sua roupa.

Os limpadores de para-brisa funcionam a toda, lutando contra a chuva para obter algo melhor do que visibilidade zero. McAdam se afasta com uma lentidão atípica e você percebe que, apesar de toda a sua fanfarronice, até ela está nervosa.

A única coisa com que você não precisa se preocupar é com os pedestres. Não tem ninguém mentalmente são na rua com esse temporal. Então, McAdam começa a aumentar a velocidade, enquanto vocês descem o longo caminho que leva à ponte e aos portões além dela.

As margens da estrada se transformaram em rios em miniatura, correndo ladeira abaixo dos dois lados do carro. Você espia pelo para-brisa, mas nem com esforço consegue ver muita coisa.

— Já deveríamos estar perto da ponte, não? — você pergunta, gritando, para que sua voz seja ouvida acima do barulho da chuva e do ruído do aquecimento do carro.

— Acho que estamos — responde McAdam, sombria, inclinando-se para a frente e pisando no freio. — Olha.

Relâmpagos brilham no céu ao mesmo tempo que uma forte rajada de vento balança o carro — e varre para um lado uma onda da superfície da água, revelando o vulto das muretas baixas da ponte no meio do que você achava ser a estrada alagada. Ela parece ter se juntado ao rio. O clima quente dos últimos dias ressecou a terra de tal forma que a deixou incapaz de absorver a chuva. Em vez disso, a água escorre ladeira abaixo como um dilúvio, piorando a situação. Mais uma vez você pensa na planície de inundação ao lado de Burrowlands, imaginando essa água toda correndo para a propriedade.

— O agente Zwale tinha razão — você diz. — O rio cobriu a ponte. Vamos voltar para a mansão.

— E ficar à mercê de um assassino? — questiona McAdam. — Será que é uma boa ideia?

Você observa a água passando por cima da ponte.

— Não sei ao certo se continuar é uma ideia melhor. Você acha mesmo que podemos atravessar?

McAdam espia pelo para-brisa, avaliando as possibilidades.

— Parece que tem uns dez centímetros de água na ponte, mas depois que passarmos é ladeira acima até os portões. A decisão é sua, detetive.

Você já viu que McAdam pode ser teimosa, por isso não se surpreende por ela achar que vocês conseguem. Você estreita os olhos sob a chuva, conseguindo vislumbrar apenas os portões da entrada além da ponte. Estão tentadoramente próximos... mas, talvez, longe demais. A chuva ainda é torrencial, e aqueles dez centímetros de água agora mais parecem vinte. Pelo menos, estar em casa com o assassino significa que você poderia proteger os outros residentes.

O que você vai fazer?

Para continuar e atravessar a ponte, vá para **168**

Para voltar para a mansão, vá para **107**

16

Você já arrancou de Jennifer tudo que é possível por ora, portanto sobe para se juntar a McAdam em busca do quarto de Kennedy. Passando pelo corredor, porém, você vê os sinais reveladores de uma equipe de perícia em ação.

A sargento sai do quarto, segurando um laptop dentro de uma bolsa protetora de plástico.

— Essa é a única coisa interessante ali. De resto, é o que se espera num quarto: roupas e itens de toalete, chaves do carro, carteira e por aí vai — diz McAdam, removendo as luvas nitrílicas e entregando o laptop ensacado a um policial. — Leve isso para a perícia digital, por favor. Veja o que eles conseguem achar.

Você se surpreende ao ver um laptop entre os pertences de um homem supostamente de férias. Mas, depois do que encontrou lá embaixo, talvez não devesse se surpreender.

— Stephen Cheong disse que ele era basicamente um malandro com pinta de galã. Será que ele também tratava de negócios enquanto estava aqui no Elysium? Olhe isso. — Você mostra os horários dele para McAdam. — Ele pagou pelo pacote VIP, nove mil libras, adiantado, para poder ir e vir como bem entendesse. Mas depois ele praticamente não aproveitou, participando de pouquíssimas sessões. Em vez disso, ele passava longos períodos no que é chamado de "tempo de lazer pessoal". Será que ele estava tratando de negócios mesmo que supostamente estivesse num retiro tranquilo?

— Suponho que um trambiqueiro esteja sempre na ativa — diz ela. — Faz a gente se perguntar por que vir para cá se não conseguia deixar o trabalho de lado.

— Com certeza. Começo a achar que a visita do Sr. Kennedy ao Elysium tinha bem pouco a ver com a saúde dele e está bem mais relacionada a seja lá o que for que o levou a ser assassinado.

Neste momento, seu celular toca com uma ligação da Dra. Wash.

Vá para 91

17

A tarde avança, mas você sente curiosidade quanto ao motivo pelo qual esse projeto imobiliário de Kennedy parece surgir no curso dos interrogatórios e se existe alguma conexão dele com a morte da vítima. Essa linha de raciocínio é tão interessante que chega a distrair sua atenção da direção ofensiva da sargento McAdam.

Vocês estacionam ao lado dos escritórios do conselho e mais uma vez descem do carro e se deparam com um calor desconfortável. Suas roupas começam a grudar na pele e você anseia por uma chuveirada em casa para se livrar desse dia. Mas antes disso há trabalho a fazer. Você entra no prédio do conselho, torcendo por um alívio.

Infelizmente, ele oferece pouco. Embora as paredes sejam surpreendentemente limpas e coloridas, ao contrário do lugar cinzento e encardido que seria de esperar, a pintura não consegue esconder a idade do prédio nem a falta de amenidades modernas, inclusive de ar-condicionado. Derretendo, você começa a sentir raiva da decoração alegre, embora pareça não chegar nem perto do que os funcionários parecem sentir.

Uma recepcionista abatida insiste que você deve usar um crachá e depois leva uma eternidade para imprimi-lo, antes de chamar um funcionário entediado que o guia em silêncio até um corredor com cores de arco-íris, revestido de pôsteres com frases inspiracionais e fotos ampliadas da paisagem campestre local. Por fim, você chega a uma porta em que se lê DEPARTAMENTO DE

PLANEJAMENTO, à qual o funcionário bate com indiferença antes de se afastar arrastando os pés quando Nigel Baker responde "Entre!". Você abre a porta e se apresenta.

— Ah, detetive — diz o Sr. Baker, fazendo que sim com a cabeça. — Sim, sim, entrem e sentem-se.

O escritório contrasta em tudo com o de Stephen Cheong. Você esperava uma confusão de arquivos, documentos e plantas, mas, ao invés disso, Baker está sentado a uma mesa que contém apenas um laptop, um abajur, um telefone e um ventilador. Atrás dele há uma janela aberta e, ao redor, prateleiras revestem cada centímetro das paredes, abarrotadas de arquivos e pastas, organizados de forma precisa, enxuta e bem rotulada. Ainda bem, pois o ventilador funciona a todo vapor e qualquer papel solto já teria saído voando pela janela aberta há muito tempo. Ainda assim, você agradece mentalmente pela brisa artificial.

Você se senta, mas McAdam permanece de pé e examina as prateleiras.

— Não é tudo digital atualmente, Sr. Baker? — pergunta ela.

— É, a maior parte — responde Baker. O homem combina com o escritório, ou talvez seja o contrário. Ele é alto e magro feito uma vara e está usando camisa e calça, sem um fio de cabelo fora do lugar. — Mas a transição para digital ainda está em andamento, por isso temos muitos arquivos em papel, como pode ver. Ah, por favor, não!

McAdam congela no ato de puxar uma caixa de arquivos da prateleira.

— Eu só ia dar uma olhada — diz ela. — É tão frágil assim?

Baker se levanta, contorna a mesa e delicada, mas firmemente, empurra a caixa de volta ao lugar.

— Frágil não, mas confidencial. Essa prateleira contém projetos rejeitados, que jamais estiveram disponíveis para consulta pública.

— Isso incluiria o novo projeto da Kennedy Homes? — você pergunta.

Baker volta à sua mesa.

— Logo incluirá, quando a decisão final for ratificada. Mas não posso lhe mostrar de todo jeito, não sem um mandado. Ainda não está aberto ao público.

— O senhor poderia ao menos nos dizer por que decidiu não aprovar o projeto?

Baker faz cara feia.

— O local proposto é uma planície de inundação histórica, e após considerações a sensação era de que a drenagem planejada era inadequada para compensar sua perda. A propriedade de Burrowlands fica abaixo do local e sofreria inundações repentinas em caso de chuva pesada.

— O Sr. Kennedy não poderia aprimorar o projeto de drenagem e reapresentá-lo?

— Claro, mas ele não fez isso, e suponho que agora jamais vá fazer. É uma pena, já que sem dúvida precisamos de mais moradias, mas a localização estava totalmente equivocada, apesar do que ele possa ter pensado e por mais que tenha tentado ser persuasivo.

— O que o senhor quer dizer com "tentado"?

— O Sr. Kennedy tinha certo charme, detetive, que costumava usar para conseguir o que queria, mas esse tipo de coisa não funciona neste departamento, eu lhe garanto.

Se tiver C3 *anotado, vá para* **158**

Caso contrário, vá para 90

18

A sala toda aguarda que você explique por que acusou Flora... mas a verdade é que nem você tem certeza. Tem convicção de que foi ela, mas não tem provas sólidas em que basear sua conclusão nem que sugiram o que a motivou. Você tem suas suspeitas, mas, sem provas, elas não passam disso.

Talvez você esperasse que a acusação fizesse Flora confessar espontaneamente, mas, se era esse o caso, não funcionou.

O momento se arrasta, até que McAdam pigarreia. Você lhe diz que prenda Flora, prometendo que, uma vez que a viúva esteja sob custódia na delegacia, vai explicar seu raciocínio. Decepcionado, o grupo sai da sala, partilhando, aos sussurros, dúvidas sobre sua capacidade dedutiva.

Vá para **154**

19

Você decide ter outra conversa com Stephen Cheong. Jennifer liga para o escritório dele, mas, não obtendo resposta, sugere que você tente o jardim.

— Quando não está aqui dentro, ele costuma cuidar das flores — explica ela.

— Vocês não têm jardineiros para esse tipo de coisa? — você pergunta.

— Stephen administrava um viveiro. Foi assim que concebeu o bem-estar floral. Por isso passa um bocado de tempo cuidando ele mesmo das plantas e supervisionando os funcionários. Pode pegar um guarda-chuva emprestado, se quiser — oferece Jennifer, indicando um porta-sombrinhas com guarda-chuvas coloridos, gravados com o nome e o logotipo do Elysium, ao lado da entrada principal.

Você e a sargento McAdam pegam seus respectivos guarda-chuvas e se dirigem ao pátio dos fundos. Você abre o seu, sai para a chuva que cai na horizontal de tanto vento e quase o perde imediatamente para uma lufada. McAdam, enquanto isso, já está andando na dianteira, de cabeça baixa e agarrada ao guarda-chuva. Você recupera o controle do seu e corre atrás dela em direção aos jardins. Passa pela tenda branca da perícia, ainda armada sob a varanda de onde Harry Kennedy caiu, embora o corpo não esteja mais lá. Pelas janelas do outro lado do pátio vê-se a piscina, na qual um instrutor ministra uma aula para idosos.

— Podia ser pior — observa McAdam, indicando os alunos com um gesto de cabeça. — Eles estão ainda mais molhados que nós.

— Ao menos estão vestidos adequadamente — você resmunga.

Você chega aos jardins e nota que muitas das plantas se encontram em situação precária e que existem áreas desfolhadas nos canteiros. Stephen disse que o clima estava tornando as coisas difíceis e, ao que parece, ele estava certo. O bom é que eles têm as estufas de polietileno, que você notou ao chegar ao Elysium. Percebendo a movimentação dentro da estufa maior e mais próxima, você se dirige diretamente para lá.

Entrando depressa, agradecendo pelo abrigo, você fecha o guarda-chuva e o deixa junto à porta. McAdam simplesmente larga o dela no chão, ainda aberto.

A estufa se estende por quase cinquenta metros, com fileira após fileira de plantas organizadas de cada lado de um corredor central. Muitas estão em canteiros elevados, cada qual contendo dezenas de vasos idênticos, embora os vasos e as flores sejam muito diferentes em tamanho, dependendo do canteiro. As plantas mais altas estão em canteiros de solo, monturos de terra mantidos no lugar por bordas de madeira. Canos metálicos de sprinklers se cruzam acima, borrifando uma bruma de água sobre áreas específicas.

Você vê três outras pessoas ali: dois jardineiros e o próprio Stephen. O gerente está de pé diante de um canteiro elevado de plantas floríferas, com os dedos mergulhados na terra.

— Suponho que estávamos todos torcendo para chover, mas não tão forte assim — você diz, puxando conversa enquanto se aproxima.

Ele faz que sim.

— De um extremo a outro. Não é bom para ninguém.

McAdam aponta para os sprinklers no alto e brinca:

— Não seria mais rápido simplesmente arrancar o telhado?

Stephen não vê graça no comentário.

— Esse é um ambiente controlado. Expor essas plantas ao clima sazonal causaria a morte delas em uma semana.

— As flores lá fora não parecem estar se saindo muito melhor — você observa. — Seja qual for o contrário de ter dedo verde, esse é o meu caso, mas não é preciso ser jardineiro para identificar coisas murchando e definhando. Ao menos essas plantas aqui dentro dão a impressão de estar saudáveis.

Stephen suspira e seca o suor da testa com a manga.

— Como eu disse, as coisas têm sido difíceis nos últimos anos. Mas damos um jeito, graças a essas estufas.

— E graças aos clientes ricos como Harry Kennedy? Esses pacotes Lótus não são baratos.

— Cobramos os preços que o mercado pratica — rebate Stephen, na defensiva.

— Só que o senhor não cobrou nada do Sr. Kennedy, cobrou? — pergunta McAdam. — Nos disseram que todos os pagamentos são feitos antecipadamente, mas não há registro de pagamento algum dele. Como explica isso?

Stephen dá de ombros.

— Às vezes, oferecemos pacotes de cortesia àqueles que esperamos que se tornem Amigos frequentes. Não é algo incomum no ramo da hospitalidade.

— Sério? — diz McAdam com ceticismo. — Porque não consigo encontrar nenhum registro mostrando que o senhor já tenha feito isso antes.

— Aí também não, né, sargento? — você intervém com malícia. — Não se esqueça do upgrade gratuito do Sr. Destroyer.

— Ah, tem razão — diz ela, observando a reação de Stephen. — Na mesma semana da gratuidade de Kennedy também. Que coincidência.

Você decodificou a terceira mensagem de texto extraída do telefone de Harry Kennedy? Em caso afirmativo, anote **P1** *em seu caderno. Depois multiplique o número encontrado nessa mensagem por 14 e vá para a seção correspondente.*

Caso contrário, vá para **103**

20

Uma imagem da mesa de necropsia da Dra. Wash ocorre a você, juntamente com as queimaduras circulares nas costas de Kennedy.

— Por acaso Harry Kennedy reclamou de ter sido queimado durante a terapia com pedras quentes? — você pergunta.

Jennifer encara você, surpresa.

— Não. Nem ele nem mais ninguém, até onde sei. Nossos terapeutas são profissionais qualificados. Jamais deixariam uma pedra quente demais chegar perto da pele de um cliente.

Ainda assim...

Vá para **113**

21

— Por que não nos disse isso antes? — você pergunta.

Alina dá de ombros.

— Porque é bem ruim, certo? Não posso correr o risco de perder esse emprego, detetive. Preciso do dinheiro.

— Sem dúvida existem outros lugares onde a senhorita poderia trabalhar.

— Não quero me mudar.

— Quer dizer que não pretende ficar longe da sua irmã? — Alina fita você com surpresa. — Quando falamos com ela ontem, sua irmã disse que seguiu a senhorita até aqui na Inglaterra.

Os olhos de Alina brilham de fúria.

— Vocês não deviam ter falado com ela. Não têm esse direito.

McAdam intervém para acalmá-la.

— Relaxa. Fomos lá apenas para falar com o marido dela, e Roxana por acaso estava em casa.

— Mas ela mencionou algo interessante — você observa. — Ontem a senhorita nos disse que Harry Kennedy abandonou a sessão às dez e meia para atender a uma ligação.

Alina parece confusa diante dessa aparente mudança de assunto.

— Ah, sim, isso mesmo.

— Tem certeza absoluta de que ele não atendeu a ligação enquanto estava com a senhorita?

Alina se vira para colocar as pedras quentes de volta no aquecedor, evitando contato visual.

— Não. Quer dizer, sim, tenho certeza. Nenhuma ligação.

— Então, como explica a confirmação da sua irmã de que ela ligou para ele às dez e vinte e o fato de que os registros do telefone do Sr. Kennedy mostram que ele não fez nem atendeu outras ligações antes de morrer?

Alina hesita, depois guarda as pinças e assume uma expressão de derrota.

— Tá bem. O telefone dele tocou enquanto ele estava na maca. Eu disse que aqui era um lugar para relaxar e que deveria desligá--lo, mas ele não desligou. Por isso atendeu a ligação e eu continuei trabalhando. Consegui perceber que ele estava discutindo com uma mulher, mas só quando a chamou de "Roxana" foi que descobri que era a minha irmã. Então me dei conta de quem era ele.

— Como assim? — pergunta McAdam. — A senhorita com certeza já sabia o nome do Sr. Kennedy.

Alina dá de ombros.

— Eu não sabia que ele era o mesmo Kennedy, o canalha inútil que construiu a casa dela. Como eu iria saber?

Uma imagem começa a tomar forma na sua cabeça.

— E ele, por sua vez, também não sabia que a senhorita era irmã de Roxana, certo? Mas aposto que ele logo descobriu... quando o queimou *de propósito* com as pedras quentes. Não foi um acidente, foi?

Alina baixa a cabeça.

— Não. Perdi a cabeça. Mas aquele... aquele porco era um criminoso! Um canalha que deixa um bebê dormir numa casa com janelas mal vedadas. Roxana vem brigando com ele há meses, mas o patife não conserta a casa. Não me arrependo do que fiz.

— Esse foi o verdadeiro motivo que o levou a sair antes da hora, não foi? — arrisca McAdam. — Igualzinho ao nosso amigo, um minuto atrás. Ele saiu bufando depois que a senhorita o queimou.

Alina faz que sim silenciosamente.

🔎 *Vá para* 87

22

— É bem simples — você diz. — O senhor é um mentiroso inveterado, Sr. Destroyer. Aposto que foi exatamente por isso que trocou de nome, também. O senhor não é um multimilionário, não vendeu o seu negócio anterior para o Google por uma fortuna e não é um figurão com investidores se estapeando para financiá-lo. Na verdade, o senhor é um impostor, pegando dinheiro de investidores ingênuos e botando no próprio bolso. A sua página na Wikipedia não passa de ficção e parece em boa parte ter sido escrita pelo senhor mesmo. Foi por isso que se tornou cliente frequente aqui no Elysium? Para procurar mais alvos como Harry Kennedy?

— Eu disse para você, Harry era meu amigo — rosna Tank.

— Duvido dessa amizade e de que ele fosse tão ingênuo como o senhor presumiu. Ele concordou com um investimento mútuo, supostamente disposto a lhe dar dezenas de milhares em financiamento para em troca o senhor fazer o mesmo por ele. Mas a verdade é que nenhum dos dois tinha o dinheiro que estava prometendo ao outro, certo? Vocês jogaram queda de braço com o dinheiro, ambos esperando o outro agir, ambos igualmente desesperados. Acho que Harry Kennedy foi o primeiro a perceber e ameaçou delatar o senhor para outros investidores. Claro que o senhor não poderia permitir isso... razão pela qual o atraiu até o depósito e o silenciou para sempre.

Uma exclamação de surpresa circula pela sala.

Você prossegue:

— Alina viu o senhor discutindo com Kennedy depois que ele saiu da sessão de massoterapia, o que coloca o senhor no andar de cima da casa. Ninguém viu o senhor entrar na piscina, e o senhor afirma não saber quando entrou, mesmo havendo um relógio na parede. Também sabemos agora que tinha motivos de sobra para querer Harry morto.

Tank encara você com fúria no olhar e, por um instante, você teme pela própria segurança; ele pode ser uma fraude, mas seu tamanho e sua força não são.

— Uma coisa que eu sei é que vocês não têm a menor prova — diz ele lentamente —, porque não fui eu. Harry não me ameaçou com coisa alguma e eu não o matei. Não, ele não tinha dinheiro! Chegou até a me enviar e-mails com súplicas, sabia?

— Sim, nós os vimos. Esse é o verdadeiro motivo pelo qual o senhor tentou entrar no quarto dele, certo? Não estava em busca de uma garrafa de hidratação. Queria roubar o laptop de Kennedy, para o caso de haver provas nele que o implicassem. Mas meus policiais o impediram, porque conhecem o próprio dever.

Você se vira para McAdam.

— Sargento, por favor, cumpra o seu e prenda o Sr. Destroyer.

Vá para **131**

23

Você se aproxima do agente Zwale e da recepcionista.

— Aqui está o chefe dos detetives — diz o agente, apresentando você. — Detetive, essa é Jennifer Watts, a recepcionista. Ela estava de serviço hoje de manhã.

— Aparentemente, vocês andaram perguntando pela chave do quarto 312, não? — pergunta ela.

— O quarto que serve como depósito no último andar, sim. Ele parece não ser usado há algum tempo.

Jennifer concorda com um aceno de cabeça.

— Tem razão. Usamos cômodos diferentes para depósito de equipamento agora, por isso ninguém andou frequentando o 312 nos últimos dois anos, mais ou menos. Por isso fiquei surpresa quando vi que a chave não estava no lugar.

— Quando foi que ela sumiu? Tem certeza de que ela estava aqui ontem?

A recepcionista balança a cabeça.

— Lamento. Não sei dizer. Percebi que tinha sumido depois de vocês chegarem querendo entrar no quarto, mas... olha só.

Jennifer molha a última planta que falta e volta para a recepção, gesticulando para que você a siga. Pondo-se atrás do balcão, tira do cinto um molho de chaves. Uma delas abre um armário de metal sob o balcão, dentro do qual dezenas de outras chaves de diferentes formatos e tamanhos estão penduradas em escaninhos rotulados.

— Ela deveria estar aqui — diz a moça, apontando para o espaço vazio no fundo do armário, onde se lê 312. — Como eu disse, não é usada há séculos. Anoto as chaves que são pegas emprestadas, mas ninguém pediu essa. Ela simplesmente... desapareceu.

— Quem tem a chave desse escaninho?

Ela dá de ombros.

— Stephen, o gerente, e eu. Ele tem cópias de todas as chaves.

— Incluindo a do 312?

— Sim. Foi assim que conseguimos abrir a porta para vocês.

Jennifer tranca o armário e devolve o molho de chaves ao cinto.

Assim, é improvável que o gerente tenha roubado essa chave, já que tinha sua própria — a menos que a finalidade tenha sido desviar de si a suspeita. Porém, supondo que a chave tenha sido roubada, o fato sugere que o assassinato de Kennedy pode ter sido planejado e não um ato impulsivo.

Você prossegue em direção ao escritório do gerente.

Anote **J1** *em seu caderno e vá para* **135**

24

— Mas vocês eram de fato muito amigos? — você pergunta. — Ou estavam apenas usando um ao outro para objetivos pessoais?

— Não entendi — diz Carla.

— Acho que entendeu, sim. Harry Kennedy queria que a senhora convencesse o conselho do departamento de planejamento a aprovar seu projeto imobiliário para a nova propriedade ao lado de Burrowlands. Chegou até mesmo a pagar à sua empresa Standard Umbrella sete mil libras, dinheiro que mal tinha para gastar, como um incentivo. Mas a senhora não interveio em nome dele junto ao conselho. Por quê?

Carla funga.

— Desconheço esse pagamento. A operação dos meus negócios é conduzida pela minha filha. Vou garantir que o dinheiro seja devolvido à empresa de Harry; isto é, à empresa de Flora agora, suponho.

— Isso não explica por que a senhora ainda não falou com o departamento de planejamento.

— Eu já lhe disse que discordei de Harry quanto ao projeto. O campo onde ele pretendia construir é uma planície de inundação.

— Isso mesmo. Sem a drenagem adequada, pavimentar aquela terra redirecionaria qualquer chuva forte para Burrowlands, onde, por acaso, a senhora possui várias casas. Casas que, no momento, está tentando vender.

A parlamentar dá de ombros.

— Estou? Minha empresa normalmente compra e vende casas. Como eu disse, não me ocupo com os aspectos operacionais.

— É o que a senhora diz, mas acredito que estivesse esperando até que essas casas fossem vendidas para só depois falar com o conselho. Como o valor dos seus imóveis não seria mais afetado, a senhora poderia embolsar o "incentivo" do Sr. Kennedy e defender a causa dele.

— Nunca ouvi tamanha bobagem.

— Mas as coisas estavam se arrastando demais, não é mesmo? Harry Kennedy começou a desconfiar de que a senhora tivesse simplesmente pegado o dinheiro dele e fugido, sabendo que ele não diria nada, pois seria uma admissão de que havia tentado suborná-la. Mas momentos desesperados exigem medidas desesperadas. Ele ameaçou expor a senhora, o que poderia causar um grande escândalo. A senhora iria parar nas manchetes por todos os motivos errados. Por isso o atraiu para o depósito, matou-o lá e depois o jogou da varanda antes de voltar para a sua aula de tai chi. Seu DNA foi encontrado na pia do quarto 312, supostamente o lugar onde removeu o sangue de Kennedy.

— Você o matou por causa de sete mil libras?! — grita Flora para a parlamentar.

— Eu não o matei, ponto-final! — grita Carla em resposta, antes de recuperar a compostura. — Essa é uma fantasia absurda e não vou honrá-la com uma resposta.

— Não será preciso. Sargento, prenda a Sra. Nesbitt.

Vá para 196

25

— Obrigado por falar conosco, Sra. Nesbitt — você diz, levando-a até a porta. — Agradecemos sua sinceridade e tenho certeza de que vai nos ajudar a descobrir quem matou Harry Kennedy.

— Espero realmente que sim — responde ela. — Você e os seus guardinhas têm sido um desastre para o Elysium desde que chegaram. Quanto mais cedo prenderem Flora e forem embora, melhor.

Talvez tenha sido ingenuidade sua achar que Carla iria aceitar seus agradecimentos com delicadeza.

— Creio que não podemos levar a culpa pelo mau tempo — você comenta diplomaticamente. — Mas a senhora pode ter certeza de que...

Neste momento, a porta da entrada é escancarada e o agente Zwale, muito molhado, entra arrastando um igualmente encharcado Tank Destroyer. Os dois desabam no saguão e você corre para ajudá-los, entregando-lhes toalhas da pilha que Jennifer providenciou mais cedo.

Zwale respira fundo várias vezes, enquanto Tank, no chão, tosse e solta gemidos de dar pena.

— O que houve, rapaz? — pergunta McAdam.

— Ele tentou... nadar... no rio — responde Zwale, resfolegante, se enxugando. — Quase se afogou... Precisei pular... e tirá-lo da água.

Ela olha para os dois homens e solta um assovio.

— É um espanto que ainda estejam vivos. Você foi corajoso, rapaz. Vou me assegurar de que o chefe saiba disso.

Você ajuda Tank a se sentar e começar a se enxugar.

— Sr. Destroyer, o que o levou a fazer uma coisa dessas? Por que estava fugindo? Existe algo que o senhor precise nos contar?

O figurão esfrega os olhos com a toalha e encara você, temeroso.

— Eu não matei Harry. Estava tentando fugir de Stephen. Ele matou Harry, e se eu não tomar cuidado vou ser o próximo!

— Por que o senhor acha isso? Mesmo que Stephen tenha matado Harry, tenho certeza de que não há motivo...

Mas, antes que você termine, um grito agudo ecoa pelo saguão e é silenciado repentinamente.

Vá para **69**

26

— Você estava dando uma aula ontem de manhã, entre dez e onze horas? — você pergunta, mesmo já sabendo a resposta.

— Ah, sim — responde Bill. — Durante a manhã toda, toda manhã. Quando o tempo está bom, vamos lá para fora e praticamos no gramado. Sentir a grama sob os pés.

— Menos hoje, ao que parece.

Ele estala a língua.

— Tinha coisas bem mais interessantes acontecendo aqui, não é mesmo? Estou tentando juntar todo mundo agora, mas é praticamente impossível.

— Pense na manhã de ontem, por favor. Por acaso Carla Nesbitt esteve na sua aula?

Bill reflete por um instante.

— Acho que sim. Ela faz a minha aula quase todo dia. É importante?

— Estamos apenas tentando descobrir o paradeiro de todos quando o Sr. Kennedy encontrou seu malfadado fim.

— Ah, entendi. — O professor parece chocado, como se jamais tivesse considerado que Carla pudesse ser uma suspeita. — Bom, deixe-me pensar... Isso mesmo. Sim, com certeza ela estava na aula ontem de manhã.

McAdam, tomando notas, rosna.

— Suponho que isso bata, então.

— Pois é — prossegue Bill —, eu me lembro porque ela fez uma pausa para ir ao toalete, o que foi um tanto chato. Mesmo os nossos idosos normalmente sabem que é para ir antes do início da aula. A pausa interrompe o fluxo do *chi* no *tantiem*, sabe?

— É mesmo?

Ele dá um sorriso autodepreciativo.

— Foi o que li numa revista.

— Espera aí — você diz enquanto McAdam permanece inclinada sobre o caderno. — Quando foi exatamente que Carla fez essa pausa?

— Ah, uma pergunta complicada — diz ele, inflando as bochechas. — Devia ser... umas dez e meia, acho. No meio da nossa sessão. Percebi porque é raro isso acontecer, mas ela estava no fundo do grupo, então não perturbou os demais. Acho que mais ninguém notou, de fato.

Você troca um olhar de relance com a sargento.

— E por quanto tempo ela se ausentou?

— Essa é mais uma razão para eu ter me lembrado — responde Bill. — Por uns bons cinco minutos. Comecei a me perguntar se ela voltaria, mas acabou voltando, afinal.

— E como ela lhe pareceu quando voltou?

— Meio afogueada, como se tivesse corrido na ida e na volta.

— Isso não lhe pareceu estranho?

Bill balança a cabeça.

— Não, os toaletes ficam no andar de cima. Esse é outro motivo para que as pessoas usem antes de começarmos.

McAdam ergue uma sobrancelha. Carla podia mesmo ter corrido "na ida e na volta"... mas não para os toaletes.

Anote **C6** *em seu caderno, depois vá para* **81**

27

— Também poderíamos perguntar a alguém — você sugere.

— Ótima ideia — concorda McAdam, tomando a direção do acesso de carros mais próximo.

— Não, não aleatoriamente — você insiste. — O sujeito misterioso que ligou para Harry Kennedy mora nessa propriedade, lembra? O que telefonou pouco antes da morte dele.

— Claro — diz ela, rapidamente verificando seu caderno para disfarçar a vergonha. — Robert Graham, número 27, que fica... — Ela corre os olhos ao redor, verificando o número das casas e depois aponta. — Bem ali, eu diria. Depois daquela curva.

McAdam atravessa a rua, tentando compensar a falta de atenção com um gesto decisivo. É uma característica que você já observou em policiais querendo ser o "cana" perfeito. Mas isso é algo que não existe, e a obsessão pode ser um atraso em suas promoções. Você sabe que perfeição não faz parte do seu currículo e que não pode fazer tudo, motivo pelo qual procura se cercar de colegas confiáveis, capazes de compensar seus próprios pontos fracos. Para você, essa é a marca de um bom líder e sua esperança é de que McAdam, com o tempo, aprenda essa lição.

Vocês encontram o número 27 exatamente onde ela previu. A sargento já está à porta apertando a campainha antes que você a alcance, já que tenta não andar rápido demais neste calor. A última coisa que um interrogado quer é ser confrontado por um detetive suado.

Uma jovem abre a porta com uma criança apoiada no quadril. Usa calça de moletom, camiseta e um cardigã leve e tem o cabelo preto preso num rabo de cavalo; o figurino universal de mães jovens atarefadas.

— Sim? — diz ela, cautelosa.

McAdam mostra sua identificação policial e informa o próprio nome e o seu. Antes de conseguir perguntar por Robert Graham, porém, a jovem a interrompe:

— Qual o problema? Aconteceu alguma coisa com Alina?

— Alina? — você repete, notando o sotaque do leste europeu.

— É, Alina Martinescu, minha irmã.

Anote **A1** *em seu caderno, depois vá para* **152**

28

— Você o viu primeiro, agente. Pode ir.

— Eu acabei de me secar! — protesta ele. — De todo jeito, não era para eu ir com Jennifer até o gerador?

A recepcionista sorri para ele.

— Não me use como desculpa. Eu me viro.

O agente Zwale suspira e se apressa na direção da entrada principal.

— Não volte sem ele — grita McAdam com animação para o policial de saída.

Enquanto isso, você conduz uma amigável Carla Nesbitt, o que fica cada vez mais suspeito, até a sala de espera. McAdam segue vocês, fechando a porta ao entrar para prover alguma privacidade.

Você olha pelas janelas para o que ontem de manhã era uma vista atrativa de uma propriedade ensolarada. Agora, sem energia elétrica e com as nuvens de tempestade preenchendo o céu, mal dá para ver o rosto dos presentes.

— Então — pergunta Carla objetivamente —, quais são as suas suspeitas? O que descobriu?

— Identificamos algumas pessoas que tanto tinham motivo quanto tiveram a oportunidade de matar Harry Kennedy — você diz, com cuidado para não falar demais. — Acredito que a senhora consiga imaginar quem são elas.

— Prefiro que me diga.

— Sem dúvida, mas preciso recordá-la de que a senhora também é suspeita nesse caso.

Carla parece genuinamente chocada por continuar sob suspeita.

— Ridículo! — exclama ela. — Eu estava na aula de tai chi no gramado quando Harry foi morto.

— Sra. Nesbitt, sou uma mulher simples — diz McAdam —, por isso será que pode me explicar por que encontramos o seu

DNA no velho quarto que serve como depósito onde o Sr. Kennedy encontrou seu fim?

A pergunta deixa Carla desconcertada, embora apenas por um instante. Afinal, a parlamentar já está habituada a receber perguntas incômodas e inesperadas. Sua postura amistosa, conciliatória, se transforma numa crosta de gelo.

— Que quarto seria esse? — indaga.

— O 312, no último andar. Um quarto que, até pouco tempo atrás, ficava sempre trancado.

— Bom, tenho certeza de que não o conheço. Guardavam equipamento de tênis lá? Toquei em muita coisa, tanto dentro, como fora da casa.

— Mas o seu DNA não foi encontrado numa bola de tênis — você diz. — Foi encontrado na pia, junto com um pouco de sangue do Sr. Kennedy. A despeito de como a senhora descreveu seu relacionamento com ele, sabemos que ele continuou tendo afeto pela senhora. O arquivo fotográfico que encontramos de vocês dois juntos quando jovens diz muita coisa. Por isso, eu gostaria de uma explicação.

Ela encara você, como quem desafia a verbalizar uma suspeita, mas você sabe que a maneira de fazer alguém falar é deixar pairar um silêncio que o outro se sinta impelido a preencher. Mesmo uma parlamentar não é imune a essa tática.

— Muito bem — diz Carla por fim, desviando o olhar. — Suponho que isso virá à tona mais cedo ou mais tarde de todo jeito, mas poderia guardar para você por enquanto?

— Não prometo nada — você responde —, mas somos sempre discretos.

Carla olha, desconfiada, para a sargento McAdam e de novo para você. Inesperadamente, lágrimas brotam em seus olhos e ela respira fundo.

— Harry e eu estávamos... estávamos envolvidos. Esse depósito era nosso local secreto de encontros.

Você gostaria de se surpreender mais ao receber tal revelação.

— E o seu DNA na pia...?

— Bem, o quarto não é uma suíte — diz ela, a aspereza voltando a tingir a voz.

— Mas é provável que vocês não quisessem ser vistos entrando e saindo dos próprios quartos, por isso deram um jeito. Como funcionava o arranjo?

Carla suspira.

— Combinávamos os horários com antecedência, e Harry ia primeiro para destrancar o quarto e esperar por mim. Ele quase não frequentava as aulas, por isso ninguém se perguntava onde ele estava. Então, durante o meu tempo de lazer pessoal, eu reservava uma sala de meditação, mas não a utilizava.

— Em vez disso, a senhora ia para o depósito e... se *envolvia* com Harry Kennedy.

Carla faz que sim em silêncio.

Ontem você achou egoísta da parte de Kennedy reservar uma sessão de massagem e usar apenas metade dela. Agora você descobre que Carla costumava reservar uma sala de meditação e jamais a usava. Talvez os dois fossem feitos um para o outro.

— E como ele conseguiu a chave do quarto? — você pergunta.

Carla dá de ombros.

— Não faço ideia.

Verifique seu caderno em busca de dicas, na seguinte ordem:

- *Se tiver C14 anotado, vá para* **142**
- *Se tiver C4 anotado, vá para* **184**
- *Se tiver C1 anotado, vá para* **55**
- *Caso contrário, vá para* **93**

29

— É muito simples — você diz, dirigindo-se ao grupo. — O que muitos de vocês talvez não saibam é que a irmã de Alina, Roxana, vem brigando com Harry Kennedy há meses. Roxana e sua jovem família moram numa casa da Kennedy Homes, que tem janelas mal vedadas e que, aparentemente, ele se recusou a consertar.

Flora funga.

— As casas em Burrowlands não estão mais cobertas pelo seguro contra defeitos. Os reparos não são responsabilidade nossa.

— Ninguém mencionou Burrowlands, Sra. Kennedy — intervém McAdam. — Por isso, é interessante que a senhora saiba de que casas estamos falando. É um problema comum, não?

— De forma alguma — retruca Flora, com arrogância. — Estou ciente da queixa e da queixosa. Mas não sabia que a irmã dela trabalhava aqui. Minha nossa, ela realmente matou Harry só porque a irmã é burra demais para conhecer a lei?

— Não! — protesta Alina. — Embora talvez eu tivesse vontade. A senhora é tão criminosa quanto ele.

Não querendo ver Flora deixar Alina com outro olho roxo, você se coloca entre as duas.

— Infelizmente, a questão da casa da sua irmã não é matéria criminal — você esclarece a Alina. — A senhorita mentiu para nós sobre o horário da ligação dos dois porque não queria que fizéssemos a conexão entre a sua irmã e Kennedy, mas aquela ligação ocorreu quando ele ainda estava na maca de massagem. A senhorita o ouviu falar com Roxana e se deu conta de quem ele era, não foi? Sabendo que ele tornou a vida da sua irmã um inferno, a senhorita ficou furiosa e o queimou de propósito com as pedras quentes. Descobrimos as marcas no corpo dele depois da morte.

Uma exclamação coletiva se faz ouvir.

— Mas foi o que ocorreu depois que levou à sua morte. Harry Kennedy saiu apressado da sala e a senhorita teve medo de que ele fosse falar com Stephen. Já ouvimos denúncias de que o gerente tem uma tendência a permitir que pessoas como o Sr. Kennedy façam o que querem, até mesmo, e inclusive, assediar as funcionárias.

Você franze a testa para Stephen Cheong, que tem a decência de parecer angustiado, mas não diz nada.

— Por isso, quando Harry Kennedy saiu, com uma prova no corpo do que a senhorita tinha feito cheia de raiva, a senhorita entrou em pânico. Com medo de que ele se queixasse e Stephen a demitisse, seguiu Harry e o matou, afirmando depois que ficou em sua sala o tempo todo.

— Não é verdade! — protesta Alina. — Você disse que ele foi morto naquele quarto, mas eu não tenho a chave. Como eu ia entrar lá?

— Podemos descobrir isso na delegacia. Sargento, prenda a Srta. Martinescu.

Vá para **185**

30

A sargento McAdam está sentada com as mãos no volante, esperando pacientemente sua decisão sobre qual das muitas pistas deste caso seguir. Ela tamborila os dedos num tambor imaginário, sem dúvida "ouvindo" algo alto e estridente na própria cabeça. Você agradece pelo fato de ela manter o barulho confinado lá dentro.

— Para onde agora? — pergunta ela. — Ou prefere encerrar o expediente?

(Se esta é a primeira vez que você está lendo esta seção, escreva **LOCALIZAÇÃO: 1** *em seu caderno. Você terá tempo apenas para visitar duas das localizações abaixo, portanto escolha com sabedoria.)*

🔍 *Se seu valor de LOCALIZAÇÃO agora é 3, vá para* **94**

Caso contrário, escolha uma das seguintes opções:

🔍 *Para visitar o complexo imobiliário de Burrowlands, vá para* **62**

🔍 *Para visitar o gabinete de Carla Nesbitt no Parlamento, vá para* **160**

🔍 *Para visitar o advogado de Flora Kennedy, vá para* **125**

31

Você resolve que está na hora de lançar essa bomba específica sobre Stephen.

— Há três semanas, uma pessoa desconhecida mandou para Harry Kennedy uma mensagem de texto. Estava codificada, por isso a informação contida nela devia ser confidencial. Decodificamos a mensagem, e parece que o remetente testemunhou alguém chamado de "Cara das Flores" comprando quatro páletes de mercadoria num viveiro, mas tentando não ser visto. O senhor pode explicar isso?

A expressão de Stephen parece esculpida em pedra.

— Não. Não posso. Você pode?

— Sr. Cheong, segundo o seu próprio relato, o senhor está lutando para cultivar flores. Para a maioria dos retiros de bem-estar isso talvez não fosse uma preocupação, mas todo o seu negócio é centrado em terapia floral, certo? Usando flores que o senhor afirma orgulhosamente serem cultivadas aqui mesmo. Ou seja, como o senhor nos disse, essa é a "promessa de marca" da sua empresa.

— Olhe à volta — diz Stephen. — Cada flor que se vê no Elysium foi colhida nos nossos jardins ou num canteiro da estufa.

— Mas onde elas cresceram? Seus "Amigos" talvez não fiquem contentes de saber que o seu estoque foi comprado por atacado de um viveiro antes de ser plantado aqui. Talvez eles chamem isso de fraude. E se Harry Kennedy tiver descoberto...

— O que o senhor faria para proteger a sua reputação? — intervém McAdam, concluindo o seu raciocínio.

Você começa a andar ao longo das fileiras de plantas em canteiros elevados, como se procurasse provas. Não que espere realmente encontrar alguma, mas isso aumentará a pressão sobre Stephen Cheong. As pessoas dizem todo o tipo de coisa quando estão ansiosas.

O gerente segue você, finalmente entendendo o que está sugerindo.

— Não, não, espera aí — diz ele. — Eu não o matei. Fui eu que encontrei o Sr. Kennedy, lembra? Por que eu ligaria para a emergência se fosse o assassino?

— Talvez para parecer um suspeito implausível — você rebate —, exatamente como está fazendo agora. O senhor é a única outra pessoa que tinha uma chave do quarto 312.

— Eu já disse que estava voltando da estufa quando encontrei o Sr. Kennedy. Não estava nem perto quando ele morreu.

— É o que o senhor diz — observa McAdam. — Mas será que alguém pode corroborar isso? Algum dos seus jardineiros estava aqui com o senhor?

Stephen parece mortificado.

— Não. Eu estava sozinho.

— Exatamente. O senhor vai nos desculpar por não aceitar apenas a sua palavra.

Risque P1 de seu caderno, depois vá para **103**

32

Você se posiciona na borda da piscina no lugar onde Tank vai fazer a virada antes de dar mais uma volta.

— Sr. Destroyer — você o chama quando ele se aproxima. Ele alcança a borda e gira o corpo. Por um instante, você acha que ele vai continuar nadando e ignorar você, embora esse não pareça um plano que funcionaria a longo prazo, já que a piscina só conta com uma saída. Mas, em seguida, ele para e sorri, batendo os pés dentro da água.

— Detetive. E sua parceira encantadora também. Que bela surpresa.

— Gostaríamos de lhe fazer algumas perguntas.

Tank boia, apoiando-se na borda da piscina.

— Sou um livro aberto. Podem perguntar.

— No seco, se não se importa.

— Ah, assim não tem graça. Eu esperava convencer a sua sargento a se juntar a mim na água.

Ele revira os olhos, fingindo decepção, mas sai da água mesmo assim. Não há como negar que Tank está em perfeita forma física, e ele sabe disso. Com água pingando dos músculos tatuados, ele vai até uma espreguiçadeira próxima para se secar, mantendo contato visual com a sargento McAdam.

— Vai fazer alguma coisa mais tarde, lindeza? — pergunta. — Leve suas algemas para o meu quarto. Pode me prender quando quiser.

Você quase ri, mas desconfia de que esse flerte nada sutil é um teatro para causar desconforto em McAdam e distrair vocês do interrogatório. Ela merece o crédito de não morder a isca e manter a compostura.

— Depende se vou precisar levar aquele pacote que o Sr. Kennedy encomendou — diz McAdam com um sorrisinho malicioso. — O que o senhor sabe sobre isso?

— Harry era um cara bonitão, sargento, mas não fazia o meu tipo — responde Tank. — Aquelas pilulazinhas azuis surpreenderam tanto a mim quanto a todo mundo, incluindo a esposa, ao que parece. O que vai ser dela, me pergunto.

— Não é problema seu — você rebate. — Se eu fosse o senhor, me preocuparia mais com a sua própria situação.

Se tiver T3 anotado, vá para **127**
Caso contrário, vá para **161**

33

Você começa:

— Olhando em retrospecto, me surpreende a sua reação à morte de Harry Kennedy quando nos conhecemos ontem. A senhora se mostrou desdenhosa e sugeriu que não se davam bem.

Carla abandona a posição de lótus e estica as pernas no chão.

— O que está insinuando?

— Bom, para começo de conversa, por que não mencionou que a senhora e Harry haviam sido próximos?

— Quem lhe disse isso?

McAdam ergue o celular e vai passando as imagens da pasta encontrada no laptop de Kennedy.

— Essas fotos estavam no computador do Sr. Kennedy — você explica a Carla. — Elas sugerem um quadro bem diferente daquele que a senhora pintou.

Carla dá de ombros.

— Isso foi há muito tempo. Éramos jovens e tolos, o que é quase um pleonasmo, não é mesmo?

— Então, para a senhora, isso ficou para trás? Águas passadas?

— Bem por aí.

Você põe a mão no bolso e tira uma foto de Carla e Kennedy que encontrou na carteira do morto.

— Harry carregou isso com ele até o dia em que morreu.

Carla pega a foto e a contempla em silêncio.

Pela primeira vez, talvez, perdida em lembranças, ela parece entristecida pela morte de Kennedy e passa um dedo sobre a foto. Então se recompõe e devolve a foto a você.

— Muito bem. Sim, éramos um casal. Foi divertido até deixar de ser, e desde então o nosso relacionamento tem sido estritamente profissional. Ele constrói casas, eu às vezes as compro e ponto-final.

— Isso não explica a sua atitude mais cedo.

— É sério, detetive, você nunca esteve num relacionamento que terminou mal? Que tenha se tornado difícil até mesmo estar no mesmo cômodo que a pessoa?

Você guarda a foto no bolso.

— Aparentemente, Harry Kennedy não sentia o mesmo.

Carla respira fundo.

— Sempre desconfiei de que ele tinha uma queda por mim, para ser franca. Ou talvez simplesmente quisesse transar uma última vez. Mas estou casada há vinte anos.

Ela encara você com uma expressão contestadora, quase desafiando você a contradizê-la... Mas você não tem provas para fazer isso.

Anote **C9** *em seu caderno, depois vá para* **144**

34

A esta altura, Jennifer já terminou de limpar a pele ao redor do olho roxo de Alina. Ela dá um abraço reconfortante na terapeuta.

— Não teve escoriação, meu bem.

Outra funcionária, uma instrutora de ioga a julgar pelas roupas, chega com uma bolsa de maquiagem e começa a cobrir o ferimento da massoterapeuta.

— Harry Kennedy também assediou você, Alina? — você pergunta. — Foi por isso que reagiu desse jeito à acusação da Sra. Kennedy naquele momento?

Ela suspira.

— Ele era safado. Fiquei feliz quando saiu mais cedo, porque não ia precisar mais olhar para ele. Os bonitos costumam ser os piores, sabe?

Se tiver T3 anotado, vá para **140**

Caso contrário, vá para **173**

35

Você instrui McAdam a parar o carro e sai para olhar o campo. A cerca se estende ao longo de todo o seu comprimento ao lado da estrada, impedindo o acesso. Mas a lateral faz fronteira com um pasto, separado por uma cerca viva alta... com um degrau de madeira para alcançar o topo.

Você leva cinco minutos para ir até o pasto, que, para seu alívio, abriga apenas ovelhas e não touros enfurecidos nem cavalos ariscos. Apesar disso, McAdam está nervosa e com medo, e por isso fica bem perto de você. As ovelhas abrem caminho, recuando para observar de uma distância segura.

— Elas estão com mais medo de você do que você delas, sargento — você garante à sua parceira.

— É fácil falar — retruca ela, pisando com cuidado para evitar os excrementos.

Você sobe o degrau que leva ao campo onde Harry Kennedy queria construir, fazendo uma pausa no topo para avaliar a configuração do terreno. Logo de cara, nota que, a despeito de boa parte da terra gramada da região ter empalidecido e começado a queimar por causa das semanas de calor extremo, os campos continuam viçosos e verdes, confirmando que se trata de uma planície de inundação.

O pasto de ovelhas é o ponto mais alto da área próxima; a planície de inundação se encontra numa pequena elevação e, do outro lado da estrada, a propriedade de Burrowlands ocupa um plano mais baixo. A chuva que escorrer daqui vai naturalmente se acumular nessas áreas mais baixas. Você não é especialista, mas é fácil ver que, se alguém construir sobre a planície de inundação sem a devida drenagem, a água do campo mais alto vai escorrer diretamente dali e continuará a fluir em direção à propriedade.

Pisando na planície de inundação, você sente a terra ceder um pouco sob seus pés.

— Não tão seca quanto seria de esperar — você observa. — Em períodos mais úmidos, isso aqui provavelmente vira um brejo.

Mantendo-se sobre a terra relativamente firme do perímetro, você dá uma volta na área. Grama e flores silvestres altas crescem de um lado ao outro do campo, sobretudo no centro úmido.

— Teria dado um trabalhão drenar isso aqui para construir em cima — diz McAdam. — Não vamos nem falar de causar uma enchente na propriedade vizinha, um trabalho malfeito causaria um afundamento do solo. Não é trabalho para um amador, com certeza.

— Sem dúvida — você concorda —, mas talvez para um vigarista. Esse campo deve ser bem barato por todos esses motivos, o que seria muito atrativo para Kennedy, considerando seus atuais problemas financeiros.

— É. Compra por uma bagatela, drena na primavera, depois pavimenta tudo e salpica umas casas em cima no verão. Provavelmente só se notaria algo errado alguns anos depois.

Ela tem razão, mas o primeiro passo teria que ser conseguir a aprovação do projeto. Kennedy não tinha isso, nem parecia provável que fosse obter num futuro próximo.

— Acho que já vimos o suficiente. Vamos dar uma olhada na própria Burrowlands.

Você sobe o degrau de volta para chegar ao outro lado, passando pelas ovelhas ainda curiosas, e raspa a lama das solas do sapato num poste de madeira antes de voltar para o carro.

Anote **P2** *em seu caderno, depois vá para* **191**

36

— Fraude e chantagem — você diz simplesmente. — Terapia floral com flores cultivadas aqui mesmo é a "promessa de marca" do Elysium, como anuncia Stephen. Mas ele tem cortado um dobrado para cultivar flores por causa do tempo ruim. Passar sem elas não é uma opção, por isso ele vem comprando plantas e flores de um viveiro para fingir que são suas.

Stephen não diz nada, aguardando que você produza provas. Você o satisfaz.

— Sabemos disso porque encontramos uma nota fiscal de um viveiro da região, fornecido a Stephen na condição de pessoa física para não aparecer na contabilidade do Elysium, de mais de mil libras em plantas e flores.

Você se vira para se dirigir ao gerente diretamente.

— Nossa teoria é que Harry Kennedy descobriu essa fraude e estava chantageando o senhor por isso. Foi por isso que o senhor ofereceu a ele uma estadia VIP gratuita no Elysium e o deixou agir como uma criança mimada. Mas depois vislumbrou uma oportunidade de se livrar desse empresário turbulento. O senhor não estava nas estufas ontem de manhã. Estava aqui na mansão e viu Harry saindo mais cedo da sessão de massoterapia com Alina. Atraiu-o para o depósito e o silenciou para todo o sempre. A rosa na boca da vítima foi um símbolo poético de por que Harry Kennedy precisou morrer.

O agente Zwale ergue o celular, mostrando a foto que tirou da nota fiscal que encontrou na gaveta da mesa de Stephen.

— Espera aí! — exclama o gerente. — Você... Você invadiu o meu escritório e xeretou as minhas gavetas? Sem pedir permissão? Ao menos tinha um mandado?

— Trata-se da cena de um crime — intervém McAdam, com alguma arrogância. — Não precisamos de mandado.

— Na verdade, tenho certeza de que precisam, sim — rebate Tank, que está no meio do grupo. — Além disso, Harry não foi morto no escritório de Stephen, foi? Logo, ali não é a cena de um crime.

A sala fervilha com discussões acaloradas sobre se era ou não necessário um mandado; você as ignora e manda que McAdam prenda Stephen Cheong.

Essa é uma decisão que logo ressurge para assombrar você.

Tank tem razão ao dizer que o escritório de Stephen não era a cena de um crime. Você de fato precisava de um mandado ou da permissão do gerente para revistá-lo, mas não recorreu a nenhum dos dois. Embora não tenha pessoalmente instruído o agente Zwale a proceder com a revista, você admitiu que ele a fizesse e ainda tentou usar o seu achado contra Stephen.

Na delegacia, o advogado do gerente não demora a afirmar que o seu caso se baseia numa revista ilegal. Quando você retruca que dispõe de outra prova e que com certeza será capaz de encontrar mais algumas, agora que sabe onde procurar, o advogado declara que tudo é "fruto da árvore envenenada"... Tudo aquilo que você descobrir de agora em diante estará contaminado por essa ação ilegal anterior.

O assistente da promotoria concorda, e a você não resta alternativa senão liberar Stephen sem acusação.

Ao saber do ocorrido, o detetive-superintendente dá uma baita bronca em você, McAdam e Zwale pelo comportamento descuidado e, francamente, corrupto. Tamanha foi sua ânsia para fazer uma prisão que uma cegueira voluntária se apossou de você quanto às consequências das ações que autorizou, além de permitir que os atos de um oficial graduado exercessem influência sobre um jovem policial. Você pode não ter pessoalmente feito nada de ilegal, mas era responsável pela investigação; portanto, a responsabilidade recai em seus ombros.

O superintendente não apenas tira você do caso como determina a suspensão de vocês três até que haja um inquérito. O assassinato de Harry Kennedy ainda pode ser desvendado... mas não por você.

Posteriormente, você reflete sobre como as coisas fugiram do controle. Sem dúvida as sementes do seu erro foram plantadas antes, quando você deixou McAdam se safar com a busca ilegal no carro de Flora. Se não tivesse feito isso, o agente Zwale não ia supor que você fosse aprovar que ele fizesse o mesmo no escritório de Stephen.

Você agiu corretamente ao acusar Stephen, mas comprometeu essa ação com sua própria corrupção? Ou o assassino era alguém totalmente diferente, no fim das contas?

Para descobrir, não se desespere. Apenas apague tudo em seu caderno (e em sua consciência), volte para **1** *e tente outra vez.*

Por ora, porém, este é...

O FIM

37

É claro que, se a suspeita da sargento McAdam estiver correta e Jennifer tiver pegado a chave desaparecida a fim de matar Kennedy com as próprias mãos, ela naturalmente negaria estar dormindo com ele. Se ao menos você conseguisse encontrar aquela chave...

Vá para **136**

38

— Sabemos que vocês eram mais que amigos — você diz. — Na verdade, a senhora e Harry Kennedy eram amantes, como a senhora já admitiu para nós.

Uma exclamação de surpresa coletiva irrompe no aposento.

— Você, Carla?! — grita Flora Kennedy. — Como pôde? Como pôde?

McAdam pousa uma mão solidária no ombro da viúva, enquanto todos os olhos se voltam para Carla.

— Sem comentários — diz a parlamentar, os lábios cerrados numa linha firme.

— Não precisamos de comentários — você afirma. — Sabemos que a senhora e Harry Kennedy combinaram de "coincidentemente" estarem aqui ao mesmo tempo, como forma de passar um tempo juntos sem o conhecimento dos respectivos cônjuges. Em público, mantinham uma farsa de antagonizar um ao outro, para que ninguém desconfiasse. Chegaram até mesmo a ver uma oportunidade de reforçar a suspeita de Flora de que era Jennifer quem estava dormindo com ele.

— Eu disse que não era eu — fala baixinho a recepcionista.

— Não, não era. Mas a senhorita foi outro alvo no plano dos dois, Srta. Watts. Esgueirar-se por essa casa não era difícil graças à falta de câmeras de segurança, o que também ajudou Carla a roubar a chave do quarto que funcionava como depósito.

Jennifer se vira para a parlamentar, perplexa.

— A senhora fez isso? Mas como?

— Ela esteve aqui com frequência suficiente para observar a sua rotina e saber que o 312 não era usado há muito tempo — você explica. — Carla observou onde a senhorita guardava o seu molho de chaves toda noite e depois o usou para abrir o escaninho e roubar a chave do quarto antes de entregá-la a Harry. Quando entramos no quarto pela primeira vez, percebi que a maçaneta girava com maciez e era silenciosa, o que é de esperar numa porta usada com regularidade, não numa porta que passou vários anos fechada. — Você volta a se dirigir a Carla. — Mas alguma coisa deu errado. A senhora achou que algum funcionário poderia expor o caso de vocês? Ou simplesmente ficou com medo de que Harry pudesse se sentir impelido a confessar a Flora?

— Aonde você pretende chegar com essa baboseira? — pergunta Carla, impaciente.

— Ao homicídio, Sra. Nesbitt. A senhora sabia que, se o seu relacionamento com Kennedy fosse revelado, seu nome iria parar nas manchetes pelos piores motivos e a senhora ia precisar se defender dos pedidos de renúncia. Dependendo da atitude do seu marido com relação a esse tipo de situação, talvez tivesse até de enfrentar um divórcio.

A parlamentar encara você com desdém.

— Você acha mesmo que eu mataria Harry por isso? Por que simplesmente não terminar com ele?

— Porque então ele teria ainda menos motivos para não expor a senhora. Poderia até mesmo vender essa história por um bom dinheiro à imprensa, o que de alguma forma o ajudaria a sanar seus problemas de fluxo de caixa. Por isso, a senhora fez uma pausa na sua aula de tai chi, o atraiu para o quarto, enfiou o forcado nele lá e depois o jogou da varanda antes de voltar para o gramado. Seu DNA foi encontrado na pia do quarto 312, supostamente o lugar onde removeu o sangue de Kennedy.

— Essa é uma fantasia absurda. Não vou honrá-la com uma resposta.

— Nem é preciso. Sargento, prenda a Sra. Nesbitt.

Vá para 196

39

— Tem certeza? Porque falamos com uma testemunha que viu o senhor discutindo com ele no corredor hoje de manhã, não muito antes de encontrarem o corpo. — Tank encara você, os olhos esbugalhados de raiva. — Na verdade, o senhor pode ter sido a última pessoa a ver Harry Kennedy vivo.

Tank ferve de raiva contida e, levando em conta seu físico, você não pode se furtar a imaginar com que facilidade ele poderia subjugar alguém.

— Aquela maldita massoterapeuta, não foi? — diz ele.

— O senhor estava correndo atrás de Kennedy — você responde, ignorando a pergunta. — Não é algo que se esqueça com facilidade.

Ele respira fundo para controlar a fúria.

— Sim, muito bem. Eu queria de volta o meu equipamento de academia. Aquela garrafa de hidratação é muito cara e Harry não estava usando.

Você troca um olhar com McAdam.

— Não encontramos nada desse tipo no quarto do Sr. Kennedy, não é mesmo, sargento?

— Não mesmo. — Ela torna a se virar para Tank. — Se isso era todo o motivo da discussão quando ele disse para o senhor sumir, por que falou que não o tinha visto?

— Porque eu sabia que vocês iriam deduzir daí que eu o matei — responde Tank com desdém. — Já lidei com gente como vocês, entendem? Gente sem imaginação.

— Se estava emprestando seus pertences a ele, os senhores deviam ser amigos — você sugere. — Parece pouco provável fazer isso com alguém que mal conhecesse.

— Sou um espírito generoso — rebate ele em tom de desafio.

Se tiver T3 anotado, vá para **127**

Caso contrário, vá para **161**

40

Enquanto McAdam sobe para verificar o quarto da vítima, você vai até a recepção e pede a Jennifer que acesse os horários de Harry Kennedy.

— Ele adquiriu o nosso pacote Lótus — diz ela. — Existe algo específico que esteja procurando?

— Eu só gostaria de ver o que ele fez até agora e o que estava previsto que fizesse. O que é o pacote Lótus?

— Todas as opções do Elysium têm nomes de flores. Flor de Lótus é o nosso pacote VIP, que permite que os Amigos personalizem seu cronograma e escolham suas sessões na hora e com acesso prioritário.

— Acesso prioritário? Quer dizer que ele podia decidir de última hora, digamos, fazer uma aula de ioga e mesmo que a aula estivesse lotada você seria forçada a incluí-lo?

— Isso mesmo. Para os nossos melhores Amigos, satisfazemos todas as necessidades — informa Jennifer com um sorriso radiante que não chega aos olhos.

O que significa dizer que o cronograma de Kennedy não é propriamente um cronograma, mas um registro de onde seus caprichos o levaram em cada momento. Isso pode ser muito útil.

— Quanto custa o pacote Flor de Lótus, só por curiosidade?

— Nove mil por semana — responde Jennifer, sem hesitar. — Pagos antecipadamente.

Você emudece por um instante, o que, provavelmente, é o melhor a fazer, considerando o que diria se conseguisse falar. Se a vítima podia arcar com esse tipo de despesa, seus registros financeiros devem oferecer uma leitura fascinante.

— Que sessões o Sr. Kennedy escolheu para aproveitar ao máximo a estadia?

Jennifer verifica a tela do seu computador.

— Vejamos... Um monte de massoterapia. É uma atividade muito popular. Vários banhos polinizados. Uma sessão de ioga corólica, no início da semana, mas nenhuma outra. O mesmo se aplica a Pilates, aula de homeopatia, nado floral, tai chi no gramado... Apenas uma sessão de cada.

— Isso significa que ele experimentou, mas não gostou?

A recepcionista dá de ombros.

— Talvez. Com os Amigos Lótus, só oferecemos sugestões quanto ao cronograma se forem solicitadas. Caso contrário, deixamos que escolham como desejarem. Vejamos o que mais... Várias sessões de aromaterapia meditativa. Ele reservou a quadra de tênis algumas vezes. Todo o resto era tempo de lazer pessoal.

— O que isso significa?

— Que ele não participava de uma sessão programada. Muitos dos nossos Amigos gostam de fazer uma caminhada pelos jardins ou relaxar numa banheira quente quando não estão num período pré-reservado. Alguns que vêm em grupo se reúnem para jogar cartas, esse tipo de coisa.

Você se pergunta se isso não vai ser um beco sem saída no fim das contas. Talvez devesse ter revistado o quarto de Kennedy. Mas existe algo estranho, para começo de conversa, no fato de ele ter se hospedado aqui, pagar toda essa grana, mas não utilizar plenamente a estadia. Além disso, pela sua experiência, refazer os passos de uma vítima costuma ser a chave para desvendar um homicídio.

— Ele reservou uma quadra de tênis para ontem à noite? Por volta das sete horas?

— Ah, não há necessidade tão no fim do dia. Não é muita gente que joga depois do jantar.

— E hoje de manhã? Ele tinha uma sessão de massoterapia das dez às onze, mas onde era esperado depois?

Jennifer verifica os horários e balança a cabeça.

— Em lugar nenhum. Essa sessão com Alina era o único compromisso hoje.

— Isso não é incomum? Mesmo para um "Amigo Lótus"?

Jennifer dá de ombros.

— O Sr. Kennedy era bastante... bastante espontâneo. Várias vezes precisei encontrar massoterapeutas de última hora para ele.

Espontâneo... ou impulsivo? Poderia isso ser parte de uma explicação para Kennedy estar no quarto que servia de depósito?

Jennifer dá a você um folheto dos horários de Kennedy, confirmando tudo o que disse.

- *Anote* **J4** *em seu caderno*
- *Se já tiver A2 anotado, vá para* **150**
- *Se tiver T6 anotado, vá para* **86**
- *Caso contrário, vá para* **16**

41

— Não é óbvio? — você pergunta. — Harry Kennedy foi morto por alguém que a maioria das pessoas aqui sequer pensa a respeito. Alguém que vai e vem a seu bel-prazer, sem ser notada, porque é uma figura permanente: Jennifer Watts.

— Isso não é verdade! — protesta ela. — Quer dizer, tudo bem, é verdade que as pessoas não reparam em mim, mas não matei Harry. Eu não tinha motivo para fazer isso.

O agente Zwale parece tão chocado quanto todos os demais no grupo.

— Ela tem razão — diz ele. — Jennifer não tinha motivo algum para matar Harry Kennedy. Deve ser um equívoco seu.

— Fique calado, agente! — rosna McAdam.

Foi por isso que você não ousou compartilhar sua suspeita com Zwale. Ele nitidamente se afeiçoou a Jennifer nos últimos dias.

— Lamento, agente, mas acredito que foi ela. Permita-me explicar...

Você tem a prova de que precisa para fazer uma acusação sólida? Verifique em seu caderno as pistas na seguinte ordem:

Se tiver J2 ou J5 anotados, vá para **176**

Se tiver J3 anotado, vá para **115**

Caso contrário, vá para **11**

42

— Muito bem, agente, tire-o de lá — você ordena. — Agora!

Zwale mergulha na água revolta sem hesitar. Quaisquer que sejam os defeitos do jovem, não há como questionar a coragem.

Tank continua lutando contra a corrente, mal tendo percorrido um quarto do rio, mas gastando toda a energia para ficar à tona e manter a cabeça fora da água. Com braçadas potentes, o agente Zwale alcança o figurão da tecnologia e imediatamente passa um braço em volta dele, colocando Tank de barriga para cima e ficando na mesma posição. Em vez de lutar contra a correnteza, Zwale deixa que ela os carregue adiante, concentrando sua força em voltar à margem do rio avolumado. Você e McAdam se mantêm no compasso deles, correndo paralelamente a ambos, enquanto o policial, centímetro a centímetro, se aproxima com Tank.

Finalmente, eles estão perto o bastante para que vocês os ajudem. Abandonando os guarda-chuvas ao vento, você segura a mão de McAdam, enquanto ela estende a outra para Zwale e Tank, agarrado à camisa do policial. Agindo em conjunto, vocês puxam os dois homens para a margem do rio. Zwale empurra Tank primeiro, deixando para McAdam a tarefa de puxar o quase afogado da água, enquanto ele mesmo sai sozinho. Tank engasga e vomita água na grama. Zwale se inclina, com as mãos nos joelhos, sem fôlego. Você anota mentalmente que precisa garantir que ele seja reconhecido por suas ações de hoje. Nesse momento, porém, a tarefa mais urgente é saírem todos da chuva. Com McAdam e Zwale sustentando o peso de Tank, vocês voltam aos tropeços para a casa e sobem a escada, desabando dentro do saguão de entrada. Jennifer Watts imediatamente pega um monte de toalhas da pilha das limpas e as entrega a vocês. Você agradece, embora seja necessário mais de uma para enxugar sua roupa encharcada.

— Vou tentar pôr aquele gerador para funcionar. Não se preocupe comigo, Joseph — diz ela ao agente Zwale. — Eu me viro sozinha.

Depois que vocês três se secam, você se dirige a Tank:

— Pode ser uma boa ideia o senhor nos dizer de quem estava fugindo. O senhor disse que seria o próximo a ser pego por “ele”?

— Stephen Cheong, é claro — responde Tank, tiritando e falando aos soluços. — Ele matou Harry... e agora está atrás de mim para aparar as pontas soltas... Primeiro, cortou a energia, depois... depois veio atrás de mim com um martelo... Vocês precisam prendê-lo!

— Espera aí, calma — intervém McAdam com delicadeza. — Está dizendo que Stephen atacou o senhor?

— Ele tentou... Eu saí do meu quarto e Stephen correu... pelo corredor atrás de mim segurando um martelo... Foi por isso que fugi.

Um grupo começa a se juntar em volta, curioso para saber o que houve. Zwale fica em pé, tomando a iniciativa de pedir que as pessoas recuem, dizendo-lhes que deem a Tank um espaço para se recompor, mas fazendo questão de manter todos longe o bastante para não ouvirem a conversa.

McAdam olha para Tank com ceticismo.

— Pode explicar por que Stephen atacaria o senhor?

O figurão da tecnologia controla a própria respiração e depois suspira.

— Porque só Harry e eu sabemos que Stephen vem comprando flores e plantas de um viveiro local enquanto diz para todo mundo que tudo é cultivado aqui. Harry me pediu para ficar de olho nele, e vi com os meus próprios olhos! Stephen é uma baita fraude. Por isso Harry ganhou uma cortesia e eu, um upgrade, porque ele ameaçou botar a boca no trombone. Mas Stephen o matou para calá-lo, e eu sou o próximo — geme ele.

— Mas por que Stephen cortaria a energia de propósito?

— Não sei, pergunte a ele — responde Tank. — Se conseguir encontrá-lo. Ele é louco!

— O mais importante é saber — você emenda — como Harry descobriu a fraude. Ao que tudo indica, ele jamais tinha posto os pés aqui. O que o levou a suspeitar que Stephen mentia sobre as flores? O senhor contou a ele?

Tank parece confuso.

— Não, eu não sabia. Foi há uns meses, enquanto negociávamos os nossos investimentos mútuos. Harry, do nada, mencionou

Stephen e disse que da próxima vez que eu me hospedasse aqui deveria vigiá-lo e segui-lo, caso ele saísse de van. De fato, às duas da manhã, ele saiu escondido. Não queria ser visto por ninguém. Mas eu vi. Agora vocês vão prendê-lo ou não?

— Não creio que seus truques com flores sejam de fato da nossa alçada.

— Não isso, idiotas! Ele matou Harry e tentou me atacar!

Essa última frase foi dita alto o bastante para ser ouvida pelos curiosos agrupados, que começaram a sussurrar, perguntando-se sobre quem ele estaria falando. Você resolve cortar o mal pela raiz.

— Sr. Destroyer... O que o senhor viu foi Stephen Cheong correndo para consertar o buraco no telhado. Ele pregou um pedaço de tábua temporariamente para não chover dentro da mansão. Ele não estava correndo atrás do senhor com um martelo. Ele *passou* pelo senhor correndo com um martelo.

Tank encara você com desconfiança.

— Eu ainda acho que ele matou Harry — insiste ele baixinho.

— Isso é direito seu, suponho. Mas o senhor também vai ter que responder algumas perguntas que lhe dizem respeito.

Anote **S2** *em seu caderno e verifique suas outras anotações na seguinte ordem:*

Se tiver F5 anotado, vá para **146**

Se tiver T7 anotado, vá para **112**

Caso contrário, vá para **170**

43

McAdam guarda o celular.

— O superprestativo agente imobiliário confirma que todas as quatro casas são de propriedade de uma única empresa, chamada... Standard Umbrella.

— A empresa de Carla Nesbitt. A mesma para a qual a Kennedy Homes fez recentemente um pagamento vultoso. Não é interessante?

Por que Carla está tão ansiosa para vender as casas? Será que elas também têm janelas mal vedadas e a parlamentar quer se ver livre delas? Ou será que pretende obter lucros? Não que tais motivos sejam mutuamente excludentes. Os preços neste país só parecem subir, e Carla não seria a primeira nem a última proprietária de terras a vender e embolsar o dinheiro.

Essas perguntas, sem falar em apurar a que se destinava o pagamento de Kennedy, são indagações a serem feitas à parlamentar da próxima vez que você a vir. Por ora, porém, é preciso seguir em frente. Você queria ver Burrowlands com seus próprios olhos e satisfez essa curiosidade.

Some 1 *ao seu valor de LOCALIZAÇÃO, depois vá para* **30**

44

— Tem certeza? Porque falamos com uma testemunha que viu o senhor discutindo com ele no corredor hoje de manhã, não muito antes de encontrarem o corpo. — Tank encara você, os olhos esbugalhados de raiva. — Na verdade, o senhor pode ter sido a última pessoa a ver Harry Kennedy com vida.

Tank ferve de raiva contida e, levando em conta seu físico, você não pode se furtar a imaginar com que facilidade ele poderia subjugar alguém.

— Aquela maldita massoterapeuta, não foi? — diz ele.

— O senhor estava correndo atrás dele — você responde, ignorando a pergunta. — Não é algo que se esqueça com facilidade.

Ele respira fundo para controlar a fúria.

— Sim, muito bem. Eu queria de volta o meu equipamento de academia. Eu falei para você, é muito caro e Harry não estava usando.

McAdam obviamente não acredita nele.

— Sério? Se isso era todo o motivo da discussão quando ele disse para o senhor sumir, por que falou que não o tinha visto?

— Porque eu sabia que vocês iriam deduzir daí que eu o matei — responde Tank com desdém. — E eu estava certo, não é mesmo? Já lidei com gente como vocês, entendem? Gente sem imaginação.

Isso é o que se chama de raciocínio rápido, visto que, até dois minutos antes, Tank achava que Kennedy havia se matado. Será devido à sua mente afiada de gênio da computação... ou ele está simplesmente mentindo? De um jeito ou de outro, não parece provável que você vá extrair mais informações do sujeito neste momento.

— Agradeço, isso é tudo por enquanto — você diz, virando-se para ir embora. Então para e indaga: — Na verdade, tenho outra pergunta: desculpe a minha curiosidade, mas o que o levou a escolher esse novo nome?

Um sorriso malicioso se forma nos lábios de Tank, enquanto ele recolhe seu tapete de ioga e as aparas de videira.

— É uma longa história. Digamos apenas que envolve uma despedida de solteiro com alguns velhos amigos de escola, um campo de treinamento de tanques de guerra desativado em Dorset e champanhe um tantinho além da conta.

McAdam bufa.

— É assim que a outra metade da população leva a vida, né?

Você agradece a Tank e deixa que ele volte para sua aula de ioga na sala ao lado.

🔎 *Anote* **T6** e **T8** *em seu caderno*

🔎 *Se já tiver interrogado Alina ou Carla, vá para* **120**

Caso contrário, escolha uma das seguintes pessoas para interrogar:

Para interrogar Alina, a massoterapeuta, vá para 48

Para interrogar Carla, a parlamentar, vá para 177

45

— Se Carla e Kennedy se encontravam aqui em segredo — você se pergunta em voz alta —, como eles achavam tempo para ficar sozinhos?

— Como assim? — pergunta McAdam.

— Sabemos que Harry Kennedy mal frequentava aula alguma, além das sessões de massoterapia, onde a presença de uma terapeuta impediria qualquer atividade secreta. Mas sempre que ele e Carla se encontravam, fosse dentro ou fora da mansão, os dois trocavam insultos, supostamente para manter a ilusão de que seu relacionamento era turbulento e de que a presença de ambos aqui ao mesmo tempo não passava de coincidência.

Ela reflete sobre isso.

— Fora do horário de atividades, talvez? Os hóspedes não saem, por isso talvez eles esperassem todos irem dormir para se encontrar.

— As visitas no quarto seriam arriscadas, mesmo de madrugada. Onde será...?

Então, a resposta ocorre a você.

— Claro. No quarto sem uso que funcionava como depósito. Havia lençóis no chão, lembra?

McAdam faz que sim.

— Será que o próprio Kennedy de algum jeito tinha a chave do 312?

— Talvez. Um quarto como aquele, que supostamente nunca era usado e ficava permanentemente trancado, seria o lugar ideal para encontros secretos.

Você decide confrontar Carla com essas perguntas da próxima vez que falar com ela.

Agora volte para **100** *e pule para o fim da seção*

46

— Já me decidi — você diz. — Vamos colher as provas das câmeras de trânsito agora, visitar o Elysium mais tarde e confrontar Flora Kennedy com elas. Podemos verificar o pacote ao mesmo tempo.

McAdam resmunga, mas manobra o carro na direção da delegacia. A meio caminho, você recebe outra ligação do agente Zwale.

— O que foi, agente? — você pergunta ao atender.

— Detetive... Lamento, é... Não consegui impedi-la... — Ele parece ainda mais em pânico do que antes.

— Acalme-se. O que houve?

Zwale solta a respiração ruidosamente.

— Acabamos de prender Flora Kennedy. Por agressão e possível lesão corporal.

McAdam pisa forte no freio e embica o carro para o acostamento.

— Lesão corporal? Que diabos aconteceu? — pergunta ela.

— O pacote! Acabou que era um monte de Viagra que veio pelo correio. Flora perdeu a cabeça, acusou Stephen Cheong de administrar um bordel, e os dois discutiram... Então ela o agrediu e ele escorregou e bateu a cabeça na mesa da recepção.

Você imagina a cena, lembrando-se do mármore da mesa no saguão.

— Chame uma ambulância, agente. Imediatamente.

— Já chamei, por via das dúvidas — responde ele com um suspiro profundo. — Mas também liguei para a Dra. Wash. Tem... Tem muito sangue.

McAdam já está fazendo a volta com o carro, ativando as "azulzinhas" — luzes azuis escondidas atrás do paralama dianteiro — e ligando uma sirene de polícia.

Você mal escuta a sirene; sente uma leve náusea, revendo mentalmente várias vezes a decisão de deixar as coisas nas mãos de Zwale. O agente continua falando no celular, mas a voz dele parece abafada e distante.

McAdam é uma excelente motorista, e, mesmo com as condições chuvosas, vocês chegam ao Elysium em menos de meia hora, estacionando ao lado de uma ambulância. Você sobe correndo os degraus da entrada e chega ao saguão, onde policiais fardados providenciaram um cordão de isolamento para manter os curiosos afastados. Os paramédicos já estão se preparando para sair. Vendo seu olhar inquisidor, um deles balança a cabeça.

A Dra. Wash e um fotógrafo circulam em volta do corpo de Stephen Cheong, estirado no chão do saguão.

Com tantas testemunhas do ocorrido, a condenação de Flora Kennedy nas semanas seguintes é uma conclusão óbvia. O destino que aguarda você, contudo, permanece indefinido.

O detetive-superintendente repreende você por deixar uma situação volátil nas mãos de um jovem policial, algo que McAdam tinha avisado que não era uma boa ideia. Você é confinado a sua mesa enquanto o inquérito sobre o assunto se desenrola, e outro detetive assume o caso do Elysium.

O assassinato de Harry Kennedy ainda pode ser desvendado... mas não por você.

Você pode apagar agora as anotações em seu caderno, voltar para **1** *e tentar de novo.*

Por ora, porém, este é...

O FIM

47

Você lê de novo a mensagem decodificada, refletindo sobre o que ela pode significar.

— Três semanas atrás, uma pessoa anônima enviou para Harry Kennedy uma mensagem sobre um "Cara das Flores" comprando quatro páletes de... alguma coisa... num viveiro.

— Bem, o "Cara das Flores" definitivamente não deve ter ido a um viveiro de animais — graceja McAdam.

Você franze a testa ante o humor de mau gosto da sargento.

— Como comediante, você é uma ótima sargento. Pois é, a resposta óbvia é flores. E "tentando passar despercebido" sugere que quem quer que fosse não queria ser visto.

Vocês refletem por um instante, então a ficha cai.

— Você se lembra da nota fiscal que o agente Zwale encontrou no escritório de Stephen Cheong? Era do viveiro Green Fingers.

— "Cara das Flores" — diz McAdam, registrando. — Alguém viu Stephen comprando flores, pronto para fingir que elas eram cultivadas por ele. Mas por que alguém estaria vigiando o sujeito, para começo de conversa? Devem ter desconfiado de alguma coisa.

— Tenho certeza de que sim. Olhe a primeira parte da mensagem de novo.

— "Você tinha razão" — lê ela. — Lógico. Sugere que Kennedy tinha suas suspeitas e pediu a esse correspondente anônimo que ficasse de olho.

— Não só isso, mas pediu que codificasse a mensagem ao enviar, garantindo que ninguém mais a lesse. — Você recapitula o que sabe agora. — Stephen Cheong vinha comprando flores em segredo e fingindo para os hóspedes que as cultivava. De alguma forma, Kennedy passou a suspeitar disso e mandou que alguém vigiasse Stephen. Não deu outra. Alguém o viu fazendo uma baita compra no viveiro e mandou uma mensagem para Kennedy avisando. Isso deu a Kennedy uma vantagem sobre Stephen, algo que com muita facilidade se transforma em ameaças ou chantagem. Poderia explicar por que Stephen deu a Kennedy o pacote Lótus gratuitamente.

— Chantagem, né? Um dos motivos mais antigos para se cometer um homicídio que se tem notícia. Como eu disse, todos nós temos segredos. As pessoas são capazes de quase tudo para protegê-los, principalmente quando seu meio de subsistência é colocado em risco.

Isso é verdade. Será que Stephen poderia ter matado Kennedy para impedir que seu segredo fosse revelado?

— Falta responder a uma pergunta — diz McAdam. — Quem enviou a mensagem?

— Na verdade, sargento, me parece que falta responder a duas perguntas. A identidade do correspondente anônimo com certeza é uma delas. A outra é: por que cargas-d'água essa mensagem foi enviada há três semanas?

Ela parece confusa.

— Não entendi.

— Harry Kennedy nunca tinha estado aqui e, ao que tudo indica, não se tratava de um sujeito afeito a retiros de bem-estar, para começo de conversa. Como ele poderia saber quem Stephen Cheong era e ainda por cima suspeitar que ele estivesse mentindo? E por que se importaria com isso?

— Não faço ideia. Prossiga.

Você ri.

— Essa é a questão, também não sei. Mas espero sinceramente que possamos descobrir...

Anote S7 em seu caderno, depois volte para **100** *e pule para o fim da seção*

48

Um funcionário que estava de passagem guia você até o quarto de descanso dos funcionários, na área do térreo que não é acessível ao público. Você entra num cômodo simples e funcional com bancos e mesas que, você repara com interesse, não ostentam uma única flor. Evidentemente, a bênção da cura floral não se estende aos empregados nem, pela aparência das coisas, o orçamento de manutenção. A tinta está descascada nos cantos do cômodo, e a mobília, encardida e arranhada, já viu dias melhores.

Você encontra Alina sentada num canto, segurando uma caneca de café. Ela é esbelta, contida e tem uma imobilidade apenas interrompida quando prende uma mecha de cabelo rebelde atrás da orelha ou quando toma um gole do café. Você e a sargento McAdam se apresentam e se sentam ao lado dela para lhe fazer perguntas com delicadeza.

Alina diz que nasceu na Romênia, onde recebeu treinamento de massoterapia. Veio para a Inglaterra há cinco anos, logo seguida pela irmã mais nova, Roxana, que se casou com um britânico. Alina trabalha no Elysium há três anos.

— A senhorita também é casada? — você pergunta. — Tem uma família que possa cuidar da senhorita depois do que houve hoje?

Alina balança a cabeça.

— Roxana é a minha família. Nós cuidamos uma da outra.

Sem querer pressionar mais, você muda de assunto e segue em frente.

— O Sr. Kennedy teve uma sessão com a senhorita hoje de manhã, certo?

— Teve, das dez às onze. Mas ele saiu mais cedo, às dez e meia, por causa de uma ligação.

— Quer dizer que alguém ligou para ele durante a sessão? Então ele estava com o celular?

Ela balança a cabeça.

— Não. Quer dizer, sim, ele estava com o celular. Eu nunca o vi sem ele, sabe? Mas ele só disse que precisava sair.

— Fico me perguntando por que ele simplesmente não reservou meia hora. Por que desperdiçar uma sessão?

Alina dá de ombros.

— Para ele, não faz diferença. O pacote dele era *all-inclusive*, então não teve prejuízo algum saindo antes.

Talvez não, mas marcar uma sessão completa sem intenção de usá-la pode ter impedido outra pessoa de fazer a massagem, o que sugere que Kennedy tinha um lado egoísta. Você se pergunta quanto custa o pacote.

— A senhorita viu o Sr. Kennedy de novo depois de ele ter saído? — você pergunta.

— Só quando ele saiu para o corredor. Vi o homem tatuado, Tank, correndo atrás dele.

— A senhorita quer dizer Tank Destroyer? Correndo atrás dele? — Stephen disse que o figurão da tecnologia e Harry Kennedy eram amigos. Tank pode ter sido a última pessoa a ver a vítima com vida.

— É, ele o chamou e os dois conversaram. Não ouvi o que diziam, mas o Sr. Kennedy não estava de acordo, sabe?

— Sou uma mulher simples, Srta. Martinescu — intervém McAdam —, por isso estou confusa. Por que a senhorita não tentou convencer o Sr. Kennedy a terminar a sessão?

— Não seria adequado — responde Alina. — Stephen quer que a gente os chame de Amigos, porque a casa é deles durante a estadia. Eles vão e vêm, sabe?

— Então, se não foi atrás dele, o que a senhorita fez nessa meia hora restante?

A massoterapeuta se mostra preocupada.

— Eu... Eu fiquei na minha sala e tirei uma folga. Não queria que Stephen soubesse.

— Mas não é culpa sua se um cliente decide sair mais cedo, certo? — insiste McAdam.

— Claro que não — apressa-se a responder Alina. — Mas eu deveria ter dito a Jennifer que estava livre para atender outra pessoa. Stephen gosta que estejamos sempre trabalhando, que a equipe esteja ocupada. É caro administrar isso aqui.

Você suspeita que a chave para criar fidelidade ao negócio seja deixar que gente como Harry Kennedy faça o que quer e não arrastar pessoas para sessões que não as interessam, mas talvez Stephen Cheong não tenha a mesma opinião.

— A senhorita consegue pensar em alguma outra coisa? O Sr. Kennedy disse ou fez algo estranho durante a sessão? Sem contar o fato de ter saído mais cedo.

Alina balança a cabeça.

— Não, lamento. Foi só uma massagem, sabe. Não o vi de novo até... Até ouvir Stephen gritar. Então todo mundo o viu lá, no chão.

A terapeuta não parece saber mais que isso, então você a deixa no quarto de descanso.

- *Anote* A5 *em seu caderno*
- *Se já tiver interrogado Carla ou Tank, vá para* **120**

Caso contrário, escolha um dos seguintes para interrogar:

- *Para interrogar Carla, a parlamentar, vá para* **177**
- *Para interrogar Tank, o figurão da tecnologia, vá para* **73**

49

— Não era uma questão de necessidade — você diz. — Era uma questão de desejo... ao mesmo tempo não correspondido e ilícito.

Como era de se imaginar, isso prende a atenção do grupo ali reunido. Todos se inclinam um pouco para a frente.

— O desejo ilícito entre Harry Kennedy e Carla Nesbitt. No passado jovens amantes, os dois em segredo reacenderam a chama e combinaram de "coincidentemente" se hospedar aqui no Elysium ao mesmo tempo. Temos até mesmo uma mensagem de texto trocada entre eles como prova desse combinado.

Uma exclamação coletiva circula pelo aposento.

Você prossegue:

— O desejo não correspondido, por outro lado, era da parte de Flora Kennedy. Por que outro motivo querer um divórcio, senão pelo mais velho que existe? Ela descobriu que o marido era infiel e, para piorar as coisas, que a outra mulher era alguém que ela própria conhecia.

Flora faz cara feia para Carla, que enrubesce.

— É verdade? — diz Flora. A parlamentar permanece em silêncio.

— Não finja que não sabia, Sra. Kennedy — rosna McAdam. — Foi por isso que a senhora matou o seu marido, não foi? A senhora descobriu que ele estava dormindo com a antiga paixão dele e o ciúme fez o resto.

— Mas juro que não sabia que Harry estava aqui. Além disso, como eu conseguiria chegar aqui sem ser vista? Verifique as câmeras de trânsito. Elas vão mostrar que eu estava indo do escritório do meu advogado para casa.

McAdam faz que sim com a cabeça.

— Mostram, sim... antes de a senhora desviar o caminho e vir em direção ao Elysium. Existe uma lacuna de dez minutos até a senhora aparecer de novo na câmera, momento em que está se afastando da mansão e tomando o caminho de casa.

— Ora, eu peguei um caminho mais bonito — insiste Flora, quase aos prantos. — Eu estava com a cabeça cheia. Mas nada disso incluiu assassinar Harry! Eu não sabia que ele estava dormindo com... com ela. — Ela cospe a última palavra como um insulto, e Carla se encolhe.

— Acho que não é o caso — você diz. — As câmeras a põem bem próximo, com tempo suficiente para se esgueirar pela mansão, onde não tem câmera nenhuma, e matar o seu marido antes de voltar para o carro e dirigir para casa.

Por fim, Carla Nesbitt assume a palavra.

— Isso parece um esforço e tanto, detetive. Por acaso Flora parece o tipo de mulher capaz de fazer uma coisa dessas? Sem querer ofender, Flora — acrescenta.

— As aparências às vezes enganam, Sra. Nesbitt. Hoje mais cedo, a Sra. Kennedy saiu por uma janela para escapar do confinamento. E, quanto mais improvável parece o plano, maior a chance de não levantar suspeitas.

Flora Kennedy geme baixinho e se desfaz em lágrimas. Você não se convence de que elas sejam mais reais do que o álibi dela.

— Tem também a questão da rosa na boca da vítima. Uma flor... ou devo dizer *flora*?

A viúva funga.

— Você não pode estar pensando que isso aponta para mim. Por que... Por que eu deixaria uma pista dessas?

— Alguns criminosos inconscientemente querem ser presos e punidos — você diz. — E fico feliz de satisfazê-la. Sargento, prenda a Sra. Kennedy.

Vá para **172**

50

Alguma coisa cutucou sua mente quando você impediu que os panfletos caíssem no chão, e agora você se dá conta do que foi.

— Posso ver outra vez aquelas casas à venda? — você pergunta.

A Sra. Gibbs entrega a você os folhetos com um sorriso.

— Pretende comprar alguma, afinal?

— Acho que não... Mas elas me parecem familiares. Onde ficam?

— Ah, essas ficam em Burrowlands. São quatro, todas à venda por um preço muito razoável. Garanto que logo vão sair do mercado.

Exatamente o que você pensou. São as mesmas casas que viu à venda mais cedo. Você também repara que se encontram à venda há tempo suficiente para o preço já ter baixado duas vezes.

— A senhora está ciente de que o Sr. Kennedy queria construir seu novo empreendimento ao lado de Burrowlands?

— Sério? — A Sra. Gibbs não parece impressionada. — Como eu disse, mamãe não falou nada a respeito. Garanto que teria mencionado se fosse relevante. Até mesmo vocês disseram que há muito pouco na vida dela que eu não saiba.

Você não tem motivo para duvidar, mas a secretária começa a soar na defensiva.

McAdam pega a deixa, usando um pouco mais de bajulação.

— Então, além de administrar a empresa da sua mãe enquanto ela está no Parlamento, ela também lhe confia os próprios imóveis? Isso é uma baita responsabilidade.

— Isso mesmo — diz a Sra. Gibbs, aprumando-se um tantinho na cadeira. — Terceirizamos a administração cotidiana dos locatários, claro. A Standard Umbrella não é uma imobiliária, mas sempre é necessário cuidar da manutenção, sem falar nas transações de compra e venda.

— Que tipo de relacionamento existe entre a Standard Umbrella e a Kennedy Homes?

A Sra. Gibbs parece indignada por um instante.

— Absolutamente nenhum. Mamãe às vezes compra casas construídas pelo Sr. Kennedy, nada além disso.

— Agradeço, Sra. Gibbs. Só mais uma pergunta: onde a senhora estava entre dez e onze da manhã de hoje?

— Na minha academia. E, antes que pergunte, umas dez outras pessoas podem confirmar isso.

Diante da expressão de surpresa que você faz, ela dá de ombros.

— Não sou boba, detetive. Por que outra razão você faria essa pergunta?

Você agradece e sai, voltando para o carro de McAdam. Isso parece um avanço significativo.

— Standard Umbrella, hein? — diz a sargento, tomando nota. — Então, agora sabemos para quem Kennedy pagou aquelas sete mil libras. Que tipo de consultoria Carla Nesbitt estaria prestando a ele?

— Duvido que fosse de fato consultoria — você responde. — A questão é: o que foi que ele pagou? Suborno, talvez? Ou incentivo para que ela fizesse algo em prol dele?

— Sim, tipo convencer o conselho a aprovar o projeto... Exceto que sabemos que Carla não fez isso.

McAdam tem razão. Existe obviamente alguma conexão aqui, mas ainda há muitas pontas soltas.

— Verifique novamente o álibi de Sharon Gibbs e depois descubra o que puder sobre a Standard Umbrella e seu histórico. Talvez seja interessante saber quantos imóveis da Kennedy Homes a Sra. Nesbitt já comprou, por exemplo.

— Boa ideia. Mas, se ela quisesse comprar algum imóvel no novo empreendimento, por que não defender o projeto de Kennedy diante do conselho?

— Essa é uma pergunta que teremos que fazer à Sra. Nesbitt — você responde.

Anote **C1** *em seu caderno e* **some 1** *ao seu valor de* LOCALIZAÇÃO. *Depois vá para* **30**

51

McAdam faz uma pausa.

— Acha que devo ligar também para o conselho? Para saber em que pé estava aquele projeto de moradia em que a vítima andava envolvida?

— Boa ideia. Entre em contato com o departamento de planejamento e descubra se Carla Nesbitt vinha de fato bloqueando esse projeto. — Você reflete sobre o que isso poderia significar. — Talvez não haja conexão, porque, se Kennedy estivesse suficientemente irritado com isso, seria mais provável ele ser o assassino, não a vítima. Ainda assim, tem muita coisa que ainda não sabemos a essa altura. Descobrir algo sobre os projetos dele talvez nos dê uma imagem melhor sobre o homem em si.

McAdam faz que sim e começa a realizar ligações.

Anote C7 *em seu caderno, depois vá para* **162**

52

Você torna a pensar em chantagem. Já sabe que Harry Kennedy descobriu que Stephen Cheong estava comprando flores para fazer com que parecessem cultivadas por ele no retiro de bem-estar e que Harry envolveu também Tank Destroyer. Agora, ouvindo Carla Nesbitt abordar o assunto, você percebe que isso poderia ser o porquê de Kennedy passar a suspeitar do gerente.

O que você descobriu sobre Kennedy sugere que ele provavelmente não teria o menor problema em estar envolvido com chantagem. Caso tivesse colocado Stephen Cheong contra a parede, estaria explicado como Harry conseguiu uma reserva, apesar de o Elysium estar cheio, e por que ganhou o pacote Lótus de cortesia.

Mais importante ainda, isso daria ao gerente um motivo consistente para proteger seu negócio silenciando Kennedy. Talvez permanentemente.

Anote S6 *em seu caderno, depois vá para* 25

53

Você se dirige a McAdam e ao agente Zwale.

— Levem a Sra. Kennedy para a sala de espera que já usamos e vejam se conseguem extrair dela algo que faça sentido. Lembrem a ela que temos motivos para acusá-la de agressão. Isso talvez dê a vocês alguma vantagem.

Eles levam Flora, enquanto você sai correndo atrás de Jennifer e Alina. Por um instante, teme tê-las perdido, mas depois vê a silhueta de ambas através de uma brecha no grupo que está se dispersando, então ruma em direção à área dos funcionários. Segue as duas até o quarto de descanso, novamente admirando o contraste entre as áreas públicas cheias de flores e este aposento inóspito, comum, com a pintura descascando. Jennifer leva Alina até uma mesa comunitária, e outra funcionária se junta a elas.

— Vocês vão prendê-la? — pergunta Jennifer quando vê você entrar atrás delas. — Porque não tive a impressão de que fossem.

Ela vai até a área da cozinha, pega um kit de primeiros socorros dentro de um armário, volta para a mesa e aplica no olho roxo de Alina compressas antissépticas.

— Isso deixaria você satisfeita? — você pergunta. — Não iria curar esse ferimento.

— Não é essa a questão — intervém a outra funcionária, fechando a cara para você. — Ela é perigosa. Provavelmente matou o Sr. Kennedy e agora está nos agredindo também!

Alina cerra os olhos, porque o antisséptico arde.

— Não quero causar problema. Eu não devia ter dito o que disse.

— Pare com isso — rebate Jennifer. — Não comece a se culpar. Foi ela que deu um soco em você. Tudo que você fez foi falar a verdade.

Você fica no lado oposto da mesa, tentando parecer indiferente.

— Você não mencionou antes que Harry Kennedy tinha mão boba — diz a Jennifer.

Ela dá de ombros.

— Não me pareceu importante. Ele está morto, logo não pode mais fazer nada de ruim. Mas pergunte a qualquer funcionária. Ele tinha tantos tentáculos quanto a porcaria de um polvo. Olhe o cronograma que dei a vocês. Todos os horários dele eram com mulheres diferentes, porque ele queimava as "Rosas" como ferro quente.

— E quanto à senhorita, Srta. Watts? Ele...?

A recepcionista ri com azedume.

— Só uma vez. Eu o coloquei em seu devido lugar.

— Por acaso relatou a Stephen o comportamento do Sr. Kennedy?

A outra funcionária suspira.

— Para quê? Os clientes ricos fazem o que querem, e como está sempre desesperado pelo dinheiro deles, Stephen não faz nada a respeito. É parte do trabalho.

— Então por que não trabalhar em outro lugar? Sem dúvida nem todo retiro de bem-estar é assim.

As três mulheres olham para você com a mesma expressão silenciosa e cética.

Anote **J5** *em seu caderno*

Para perguntar a Alina se Kennedy também a assediava, vá para **34**

Para perguntar sobre os problemas financeiros do Elysium, vá para **194**

54

— Outra coisa que tenho é um resultado daquela chave que você achou — acrescenta a Dra. Wash.

Você se surpreende.

— Eu nem me dei conta de que ela havia sido enviada para o laboratório. O policial a quem eu a entreguei deve ter saído logo antes da tempestade.

— Bom, podemos andar depressa quando é preciso. A chave tinha sido lavada antes de ser colocada na terra onde você a encontrou, mas os vestígios de sangue permaneceram nela. Não tive tempo para fazer um teste de DNA, mas posso confirmar que os traços combinam com o tipo sanguíneo de Harry Kennedy.

— Assim como o sangue nas roupas de Stephen Cheong.

— De fato.

Isso sugere que a chave estava com Kennedy quando ele foi morto ou, o mais provável, foi pega pelo seu assassino depois do crime e lavada na pia do quarto que servia como depósito. Será que Stephen Cheong era o assassino? Ele é o único suspeito que tinha o sangue de Kennedy na própria roupa.

Vá para **100**

55

Você folheia seu caderno, fazendo conexões.

— Então, não só o Sr. Kennedy lhe pagou sete mil libras recentemente como também quando fez isso vocês estavam tendo um caso secreto. Posso entender por que a senhora queria manter esse assunto em segredo.

— Eu não fiquei sabendo de nada desse pagamento — diz ela com altivez. — Sequer tinha noção dele até Sharon me informar de que havia sido depositado. Já mandei que ela devolvesse na próxima execução de pagamento da empresa.

— Foi faturado como honorários de consultoria — você insiste, pressionando. — Consultoria de quê?, eu me pergunto. Já sabemos que a senhora não aprovava o projeto de Kennedy de construir na planície de inundação ao lado de Burrowlands, onde, não vamos esquecer, a senhora possui vários imóveis, e que se recusou a intervir a favor dele junto ao conselho do departamento de planejamento. Então, sobre o que, exatamente, a senhora prestou consultoria?

— Eu já disse: sobre nada. De todo jeito, não creio que vá acontecer algo naquele campo agora. Flora provavelmente vai vender a empresa assim que terminar o inventário.

— Isso desagradaria a senhora? — pergunta McAdam. — Os novos proprietários talvez não se sintam inclinados a lhe dar alguns milhares de libras em suborno.

Carla fulmina a sargento com o olhar.

— Eu não fiz nada de errado.

Vá para 93

56

Você lê a mensagem decodificada e reflete sobre o significado dela.

Verifique seu caderno em busca de pistas na seguinte ordem:

- *Se tiver P1 anotado, vá para* **31**
- *Se tiver P6 anotado, vá para* **78**
- *Se tiver S1 anotado, vá para* **121**
- *Se tiver T6 anotado, vá para* **195**
- *Caso contrário, vá para* **105**

57

Você pergunta a Jennifer onde pode encontrar Alina. Ela verifica o computador.

— Ela está no 208, o quarto onde costuma fazer a massoterapia, mas está com um Amigo.

— Quando a Srta. Martinescu estará livre? — você pergunta.

Jennifer olha o cronograma.

— Ela está com a agenda ocupada pelo resto da manhã e durante toda a tarde. Vai ser preciso encontrá-la no horário do almoço.

— Prefiro não fazer isso. Por gentileza, nos recorde onde fica o quarto 208.

— Eu já disse que ela está com um cliente.

— E, como foi dito, não queremos esperar — rosna McAdam. Não há como negar que a natureza de pitbull dela pode ser útil às vezes.

Jennifer, com relutância, indica o caminho. Os quartos do primeiro andar pelos quais você passa são, em sua maioria, amplos e arejados, com janelas grandes — sem dúvida muito agradáveis num dia de verão, mas um pouco soturnos agora, com a chuva batendo furiosamente nas janelas. Os quartos do segundo andar são menores, com as portas fechadas por norma para garantir a privacidade.

Você encontra o 208 e bate, então entra sem aguardar. Há um homem deitado de barriga para baixo numa maca de massagem, usando apenas uma calça de moletom, com pequenas pedras redondas colocadas nas costas nuas. Alina está de pé, inclinada sobre ele, segurando um par de pinças. Atrás dela, você vê mais pedras, todas redondas e polidas, sobre um pequeno aquecedor. O quarto de pé-direito alto tem uma iluminação suave de abajures, sem janelas que deixem entrar a luz do dia. Uma abundância de plantas e flores reveste as paredes, fazendo o aposento parecer atulhado.

Alina ergue os olhos, surpresa, e diz:

— Estou ocupada. Falarei com vocês mais tarde.

Embora o hematoma do soco de Flora tenha sido bem disfarçado com maquiagem, você consegue ver um leve inchaço em torno do olho da massoterapeuta.

— Acho que não vai ser possível — você diz. — Por favor, vamos lá fora para podermos conversar. Seu Amigo parece bem confortável. Garanto que vai poder aguardar uns minutinhos.

— Não — insiste Alina, botando as mãos na cintura. — Já disse que estou ocupada. Peça a Jennifer que marque uma sessão.

O homem na maca de massagem ergue a cabeça para medir você e McAdam de cima a baixo e depois grunhe.

— Polícia, não é? Com vocês, nunca são uns minutinhos... Aiiii!

O homem geme de dor, assustando Alina. Usando a pinça, ela rapidamente remove as pedras das costas do cliente e se desculpa.

— Viram só?! — exclama ela, com raiva. — Vocês estão me distraindo. Deveriam esperar até acabarmos aqui.

— Acho que já acabamos — emenda o homem, o rosto contorcido de dor.

Sentando-se na maca, ele pega um roupão que está pendurado, se enrola nele e passa rudemente por vocês para sair.

Porém, antes que ele se levantasse, você reparou que duas das pedras haviam deixado marcas pequenas e circulares nas costas dele. Você e McAdam trocam um olhar. Ela fecha a porta, enquanto você começa a interrogar a terapeuta.

— Alina — você diz. — Encontramos três queimaduras no corpo do Sr. Kennedy, todas enfileiradas descendo pela espinha. Fiquei sem saber o que as teria causado, mas agora me parece bastante óbvio que foram as pedras quentes. Foi você a responsável?

— Qualquer um poderia ter feito isso com ele — responde a massoterapeuta, na defensiva.

— A nossa patologista afirmou que foram feitas pouco antes da morte e o único compromisso dele ontem foi com você.

A massoterapeuta suspira, os ombros envergando.

— Tudo bem, sim. Foi um acidente. Mas não passou de uma pequena queimadura, juro. Eu não o matei.

Anote **A4** *em seu caderno, depois o consulte na seguinte ordem:*

Se já tiver A1 anotado, vá para **21**

Se já tiver A8 anotado, vá para **108**

Caso contrário, vá para **119**

58

Você tira a planta do centro, que impede que veja Carla, colocando-a no chão.

— Pouco antes de morrer, Harry Kennedy pagou sete mil libras como honorários de consultoria a uma empresa com a qual ele nunca tinha feito negócios: a Standard Umbrella. Pelo que sei, a senhora conhece a empresa, não?

Carla observa você com cautela. Quase dá para ver os dentes das engrenagens girando por trás dos seus olhos enquanto ela tenta adivinhar quanto você já sabe. Finalmente, ela rebate sua pergunta com outra pergunta.

— Por que você acha que eu sei algo a respeito disso?

— Talvez porque a senhora não tenha sido totalmente sincera conosco a respeito do seu relacionamento com o Sr. Kennedy. — A parlamentar arregala os olhos, surpresa. — Sabemos que a senhora é proprietária de vários imóveis, inclusive diversos deles na propriedade de Burrowlands, dos quais no momento está tentando se livrar numa venda rápida. São casas que, se o novo projeto do Sr. Kennedy tivesse sido aprovado, ficariam no caminho da potencial enchente de que nos falou. Quantos desses seus imóveis foram originalmente comprados da Kennedy Homes?

Isso é um blefe, pois McAdam ainda não teve a oportunidade de examinar os negócios imobiliários de Carla. Mas você está confiante de que vai funcionar... E funciona.

— Talvez uns dez ao longo dos anos — responde Carla por fim. — Harry tinha muitos defeitos, mas sabia identificar um local para um bom empreendimento.

— Sem contar a planície de inundação ao lado de Burrowlands, eu suponho. A Standard Umbrella é sua, não é? A senhora sabe que basta ligarmos para a Junta Comercial, se necessário.

Carla faz uma pausa para tomar um gole de água de sua garrafa.

— Minha e do meu marido. Nós a usamos para administrar o portfólio imobiliário, entre outras coisas.

— Tipo o quê?

— Faço muitas aparições públicas, detetive — diz Carla, com arrogância. — Estou na moda.

— Concordo. Por isso, permita-me perguntar outra vez à senhora, e agora gostaria de uma resposta: por que o Sr. Kennedy lhe pagou sete mil libras?

🔎 *Vá para* 82

59

Você corre os olhos pelo aposento, perguntando-se se existe alguma coisa mais a encontrar.

Se tiver T8 anotado, vá para 104

Caso contrário, vá para 7

60

Você faz que sim em sinal de aprovação.

— Parabéns pela boa iniciativa, sargento. Essa é uma informação valiosa capaz de nos ajudar a levantar outras pistas no caso. — Virando-se para Zwale, você pergunta ostensivamente: — Não concorda, agente?

A expressão de desacordo está estampada no rosto dele. Você entende; ele é jovem e zeloso, quer causar uma boa impressão. Mas todos sabem que uma eventual quebra nos protocolos faz parte do processo de investigação policial. Mesmo contrariado, ele cede à sua autoridade.

— Sim, é claro — resmunga o policial. — Eu entendo.

A sargento McAdam faz que sim, satisfeita.

Anote P12 *em seu caderno, depois vá para* 139

61

A sala toda aguarda que você explique por que acusou Alina... mas a verdade é que nem você tem certeza. Tem convicção de que foi ela, mas não tem provas sólidas em que basear sua conclusão nem que sugiram o que a motivou. Você tem suas suspeitas, mas, sem provas, elas não passam disso.

Talvez você esperasse que a acusação levasse Alina a confessar espontaneamente, mas, se era esse o caso, não funcionou.

O momento se arrasta, até que McAdam pigarreia. Você lhe diz que prenda Alina, prometendo que, uma vez que a massoterapeuta esteja sob custódia na delegacia, vai explicar sua linha de raciocínio. Decepcionado, o grupo sai da sala, partilhando, aos sussurros, dúvidas sobre sua capacidade dedutiva.

Vá para **154**

62

Burrowlands fica a meia hora de carro atravessando a cidade, e vocês enfrentam dois engarrafamentos durante o percurso. A sargento McAdam insiste que esse é o caminho mais curto e que demoraria mais ainda se vocês contornassem a cidade.

Quando finalmente se livram do tráfego e se aproximam da propriedade, vocês passam primeiro por um campo amplo e plano com grama alta, flores silvestres, um pouco acima da estrada e fechado por uma cerca de arame. Um cartaz grudado nela informa que o terreno está à venda. O nome Kennedy Homes não é mencionado, mas aqui deve ser o local onde Harry queria erguer seu novo empreendimento.

— Quase lá — tranquiliza McAdam.

— Estou vendo — você murmura. — Na verdade, eu estava pensando que poderia ser útil dar uma rápida olhada no lugar onde o Sr. Kennedy queria construir. É bem aqui.

— A planície de inundação? Se quiser dar uma volta, a hora é essa. Agora, o risco de precisar de galochas não é grande, mas tem previsão de chuva amanhã.

Para fazer um desvio e olhar a planície de inundação, vá para **35**

Para continuar direto até Burrowlands, vá para **191**

63

A sala toda aguarda que você explique por que acusou Carla... mas a verdade é que nem você tem certeza. Tem convicção de que foi ela, mas não tem provas sólidas em que basear sua conclusão nem que sugiram o que a motivou. Você tem suas suspeitas, mas, sem provas, elas não passam disso.

Talvez você esperasse que a acusação levasse Carla a confessar espontaneamente, mas, se era esse o caso, não funcionou.

O momento se arrasta, até que McAdam pigarreia. Você lhe diz que prenda Carla, prometendo que, uma vez que a parlamentar esteja sob custódia na delegacia, vai explicar sua linha de raciocínio. Decepcionado, o grupo sai da sala, partilhando, aos sussurros, dúvidas sobre sua capacidade dedutiva.

Vá para **154**

64

Por um instante, tudo é silêncio no carro de McAdam enquanto o sol entra pelas janelas, testando o ar-condicionado. Mentalmente, você enumera os lugares que gostaria de visitar para dar continuidade à investigação. Porém, antes que possa pedir à sargento que comece a dirigir, o telefone dela rompe o silêncio, zumbindo com uma ligação de um número desconhecido. Ela atende no viva-voz, posicionando o celular entre você e o painel.

— Sargento McAdam falando.

— Alô, alô. Aqui é Nigel Baker. Sou supervisor no conselho do departamento de planejamento. Soube que andou perguntando sobre o projeto da Kennedy Homes para um novo empreendimento de moradias. Posso saber por quê?

— Sr. Baker, lamento informar que Harry Kennedy foi encontrado morto hoje de manhã sob circunstâncias suspeitas. Estamos examinando as atividades recentes dele para entender o que aconteceu.

A linha emudece por tempo suficiente para você se perguntar se o Sr. Baker bateu o telefone na cara da sargento. Então, ele suspira ostensivamente.

— Ora, ora, estou certo de que não sei de morte alguma, mas, se quiser conversar mais, posso lhe dedicar dez minutos, se vier direto para cá nesse instante. A partir de amanhã, vou estar de férias pelas próximas duas semanas.

Mais uma vez, você reflete se o misterioso projeto de moradias se conecta com a morte de Kennedy, ou se a coisa toda é apenas um desvio. Mas, se não agir agora e no final descobrir que era importante, você pode ficar se martirizando até o supervisor do conselho voltar das férias.

— Obrigada, Sr. Baker — diz McAdam. — Podemos fazer isso. Até logo.

Ela encerra a ligação e dá a partida no carro.

— Então, detetive, qual é a nossa primeira escala?

Se quiser aceitar a oferta de Nigel Baker e visitar o conselho do departamento de planejamento, vá para **17**

Se achar que o esquema de moradias é um desvio e quiser seguir outras pistas mais importantes, vá para **30**

65

(*Se é a primeira vez que você lê esta seção, anote* **INTERROGATÓRIO: 1** *em seu caderno.*)

— Estou vendo que você está se coçando para pôr alguém na berlinda — diz McAdam. — Quem é o suspeito sortudo?

Se seu valor de INTERROGATÓRIO agora é 4, vá para **123**

Caso contrário, escolha uma das seguintes opções:

Para interrogar Alina Martinescu, vá para **57**

Para prosseguir com Carla Nesbitt, vá para **183**

Para falar novamente com Stephen Cheong, vá para **19**

Para conversar sobre a situação com Tank Destroyer, vá para **116**

66

— É muito simples — você diz. — Acredito que o seu motivo foi um dos mais antigos do mundo: ciúmes.

Tank parece confuso.

— Por que eu teria ciúmes de Harry? Ele não tinha nada que eu quisesse.

— Materialmente talvez. Acho que você tinha ciúmes do caso dele com Jennifer Watts.

Uma exclamação coletiva de espanto enche a sala e todos os olhares se voltam para a recepcionista.

— Mas não estávamos tendo um caso — protesta ela. — Harry não fazia o meu tipo em nenhum sentido.

— A mulher dele pensa diferente — você observa —, e supostamente ela sabe o que diz. Então Tank descobriu a verdade e ficou com ciúmes. Ele também vinha dormindo com o senhor, Sr. Destroyer? Ou o senhor apenas gostaria que fosse esse o caso?

— Não vou honrar essa pergunta com uma resposta — responde Tank. — Eu nem sei se Harry era bi.

— Mas o senhor diria que sim, não é? — insiste McAdam. — E, como já foi dito, ciúme é um dos motivos mais antigos e fortes na cartilha.

Você faz que sim com a cabeça, concordando.

— Sr. Destroyer, Alina o viu discutindo com Kennedy depois que ele saiu da sessão de massoterapia. Isso coloca o senhor nos andares superiores da casa. Ninguém viu o senhor entrar na piscina, e o senhor alega não saber quando entrou, ainda que haja um relógio na parede. Por fim, também sabemos que o senhor tem um motivo consistente. Sargento, prenda-o.

Vá para **131**

67

— Parece que isso não vai acabar tão cedo — comenta alguém, e o grupo ainda reunido no saguão murmura, concordando.

As pessoas se acotovelam perto de portas e janelas para se maravilhar com a tempestade e contemplar os relâmpagos no céu.

— Elas têm razão — diz McAdam. — Estamos basicamente presos aqui agora. Droga, o aniversário da minha esposa é amanhã.

— Tenho certeza de que você vai estar em casa até lá, sargento. Essa tempestade não deve durar mais que algumas horas.

— É, mas ainda preciso passar no Tesco e comprar flores para ela.

— Uau, que romântica. Talvez Jennifer Watts possa encontrar algumas para você que não estejam murchas demais.

Para seu horror, McAdam parece levar a sério a ideia. Ainda assim, você tem a convicção de que tomou a decisão certa ao permanecer na mansão — e não apenas por segurança pessoal.

— Veja por esse lado — você diz, falando em voz baixa. — Podemos estar presos aqui dentro, mas o assassino de Harry Kennedy está na mesma situação. Tenho certeza de que quem quer que seja está aqui nessa casa.

— Então, você sabe quem foi?

— Não tenho cem por cento de certeza ainda — você admite —, mas uma forte suspeita e, já que ninguém vai ter condições de sair tão cedo, talvez haja tempo suficiente para ter essa certeza. A tempestade pode nos dar uma vantagem.

— Deveríamos alertar todos para que sejam cuidadosos — diz McAdam, mas você a detém antes que ela chame a atenção do grupo.

— Não, sargento. Considerando que eu tenha razão, acredito que mais ninguém corra perigo. Não faz sentido preocupar ainda mais os outros. Além disso, se anunciarmos que há um assassino na mansão, vamos ter uma enxurrada de falsas acusações e de testemunhas não confiáveis mais rápido do que imaginamos. Vamos manter a cabeça fria por ora.

Ela resmunga:

— Falar é fácil, difícil é fazer com esse tempo.

Seu celular toca, e ao atender você tem uma surpresa boa ao ouvir a voz da Dra. Wash.

Vá para 5

68

— Agradeço pelo seu tempo, Sr. Proctor — você diz, apressando-se para chegar à porta enquanto faz sinal para que a sargento McAdam acompanhe. — Vamos manter contato.

Você se apressa na escada e chega à recepção justo quando Flora abre a porta para entrar. McAdam toma a iniciativa, bloqueando o caminho. Quando a viúva recua, espantada, a sargento se adianta e você a acompanha. Em um minuto, vocês estão fora do prédio.

— Sra. Kennedy — você diz, educadamente —, como é bom revê-la. A senhora tem hora marcada com o Sr. Proctor?

— Eu vim apenas para informá-lo da morte do meu marido — responde Flora —, embora, pelo que parece, vocês tenham chegado antes com a notícia.

— Eu mandei o policial levá-la para casa por um motivo. A senhora não precisava se dar ao trabalho de informar as pessoas, essa é a nossa função.

Você já está sentindo o calor, de pé ali fora, mas Flora parece imperturbável. É como se ela possuísse uma geladeira interna.

— Isso é fato — diz ela —, mas há providências a serem tomadas, das quais o Sr. Proctor terá que se encarregar.

— Ao menos ele não vai precisar ter o trabalho de elaborar um acordo de divórcio — diz McAdam.

É uma estratégia arriscada, e Flora adota uma expressão confusa em resposta.

— Como assim?

— Não é verdade que a senhora estava pensando em se divorciar do seu falecido marido?

— Não é verdade, não. Se quer saber, venho me informando sobre o processo de divórcio em nome da minha irmã. Harry e eu éramos muito bem casados. Agora, se me dão licença...

Ela tenta se esquivar, mas você novamente a impede.

— Nem tão bem casados a ponto de ele lhe falar das finanças da empresa, ao que parece. A senhora afirmou que a Kennedy Homes é um negócio próspero, mas atualmente a empresa está devendo bastante. Seu marido escondeu isso?

Flora parece bastante abalada por essa notícia.

— Eu não... Dívidas? Sério? Mas Harry sempre teve... Não, com certeza é um engano.

— Acho que não. A senhora herdou um estorvo, Sra. Kennedy.

Flora parece prestes a dizer alguma coisa, mas muda de ideia.

— Não posso mesmo pensar nisso agora, detetive. Tenho providências a tomar e uma reunião com meu advogado. Por favor, me dê licença.

Com isso, Flora Kennedy passa por você, agora decidida, e volta a entrar no prédio.

Você e McAdam observam a entrada dela antes de voltarem para o carro. Mais uma vez, você agradece a oportunidade de se livrar do calor vespertino e aproveita um instante em silêncio, deixando o ar-condicionado refrescar o corpo. Se o carro tivesse um chuveiro instalado, você tomaria uma boa ducha. Por fim, seus pensamentos se voltam para o caso.

— Flora parece menos abalada do que da última vez que a vimos — você comenta. — Um autocontrole incrível, não acha?

— Sim, embora tenha me dado a impressão de genuína surpresa pelo estado dos negócios. Suponho que faça sentido Harry ter mantido a questão em segredo para não preocupá-la.

— Talvez ele achasse que a construção do novo empreendimento fosse reverter as coisas e assim ela jamais saberia e ele evitaria uma conversa desconfortável.

— Mas só se o conselho aprovasse o projeto — observa McAdam. Ela tem razão e você já sabe que isso teria exigido a intervenção de Carla Nesbitt. Intervenção essa que não viria.

No entanto, tudo isso começa a afastar o potencial papel de Flora Kennedy na morte do marido. Você não acredita na história de que a irmã dela quisesse um divórcio, mas, se Flora estivesse de fato planejando se divorciar de Harry, por que se daria ao trabalho e correria o risco de assassiná-lo?

Nem você nem McAdam tem resposta a essa pergunta — ainda.

- *Anote* **F1** *em seu caderno e* **some 1** *ao seu valor de LOCALIZAÇÃO*
- *Depois, vá para* **30**

69

A cabeça do agente Zwale se vira subitamente.

— Acho que isso veio do porão. Jennifer está lá embaixo!

A porta da área restrita aos funcionários está escancarada. Zwale corre até lá com McAdam em seus calcanhares. Você manda um policial fardado ficar de olho em Tank e depois segue os dois.

Sem energia, está tudo escuro dentro da área restrita aos funcionários, com apenas umas poucas janelas para deixar entrar a sombria claridade da tempestade. Mas Zwale e McAdam conseguem fazer barulho suficiente para que você os encontre com facilidade e logo os vê à frente, de pé diante de uma porta aberta que leva à escuridão total.

Zwale estende o braço para pegar sua lanterna, mas lembra que não está fardado. McAdam utiliza a dela, então. O facho de luz revela degraus de pedra além da entrada, que conduzem ao piso inferior.

— Você primeiro, garoto — diz ela sem necessidade, visto que o agente já está descendo a toda, chamando o nome de Jennifer.

Você acende a lanterna do celular e segue adiante, descendo os degraus que conduzem ao porão com cuidado. À sua frente, McAdam ilumina o caminho de Zwale, revelando escaninhos de vinho vazios e prateleiras empoeiradas no espaço cavernoso e arqueado. Mais além na escuridão, você vê dois fachos de luz no canto do aposento. Um está no chão, parado, apontando para tijolos nus. O outro brilha diretamente no rosto aterrorizado da...

— Sra. Kennedy! — chama Zwale. O facho da lanterna muda seu alvo e, à luz do celular, você vê que ela está na mão de Jennifer.

A recepcionista parece furiosa.

— Ela me atacou! — grita Flora, seu rosto se enchendo de alívio. — Prenda-a!

— Que bobagem — grunhe Jennifer. — Ela veio para cima de mim e eu me defendi. É ela que deve ser presa.

Zwale separa as duas mulheres.

— Já fizemos isso, lembra? Sra. Kennedy, é realmente necessário que pare de vagar por aí assim. O que houve, afinal?

— Talvez eu não precisasse vagar por aí se vocês fizessem o seu trabalho direito — rosna a viúva. — Enquanto estavam todos perdendo tempo, eu concluí que Jennifer matou Harry. Ela estava dormindo com ele, mas se deu conta de que podia ser demitida por isso, razão pela qual o matou para que ninguém soubesse. Ela conhecia aquele quarto, tem a chave e sabe onde todo mundo está o tempo todo. É óbvio.

— Salvo pelo fato de que eu *não estava* dormindo com ele — protesta Jennifer. — Acredite em mim, o seu marido não fazia o meu tipo.

— Sra. Kennedy — você intervém —, ainda que se possa supor que esteja certa, a senhora deveria ter falado conosco, e não partir para resolver tudo sozinha. A senhora já está em apuros. É verdade que atacou Jennifer primeiro?

Flora luta para se libertar das mãos de Zwale, gemendo de frustração.

— Eu não a "ataquei". Só queria lhe dar um susto e fazer com que dissesse a verdade.

— Pelo amor de Deus! — exclama McAdam, exasperada. — Será que podemos ao menos botar aquele gerador para funcionar antes que comecemos a elaborar teorias mal concebidas?

Você respira fundo. Essa coisa no porão com certeza complica a situação. Será que existe algo de relevante no que Flora diz? Ou você deveria concentrar a atenção em outras vias da investigação?

Anote **J3** *em seu caderno*

Se já tiver S2, S6 ou S7 anotados, vá para **199**

Caso contrário, vá para **13**

70

Flora parece abatida quando você começa o interrogatório.

— Poderia me explicar as acusações que fez quando viu o conteúdo daquele pacote? Por que concluiu imediatamente que o seu marido estava tendo um caso com alguma funcionária do Elysium?

— Por que outro motivo ele mandaria aquilo para cá? — responde Flora, sem olhar para você. — Aquela da recepção é bem o tipo dele: jovem, loira, peituda.

Não se trata, exatamente, de um gosto incomum, que teria inclusive descrito Flora Kennedy no seu auge. Talvez essa percepção seja o motivo de ela ter acusado Jennifer.

— Seu marido tinha o hábito de dormir com outras mulheres?

— Não seria a primeira vez — responde ela, suspirando. — Lamento, eu agi no calor do momento. E depois, quando a garota falou aquelas coisas sobre Harry...

McAdam intervém:

— A senhora sabe que temos as imagens das câmeras de trânsito mostrando o seu carro vindo nessa direção ontem de manhã. Por isso, vou perguntar de novo: a senhora veio aqui depois da sua reunião com o seu advogado? Por acaso confrontou o seu marido e exigiu um divórcio?

O rosto de Flora se transforma numa máscara impassível.

— Sem comentários.

Se tiver F1 anotado, vá para 198

Caso contrário, vá para 175

71

— Pesquisei sobre o Sr. Destroyer — diz McAdam, quando vocês se aproximam do nadador. — Quarenta e dois anos, nome de nascimento Thomas Ball. Ganhou uma bolada no segundo boom das ponto-com, seja lá o que isso signifique. Administrava algum tipo de website, um recurso para programadores.

— Ele não parece o estereótipo do nerd — você observa.

— Não, e aposto que a maioria deles também não tem o dinheiro que ele tem. Segundo a Wikipedia, ele vendeu seu negócio para o Google por oitocentos milhões de dólares. Bela jogada.

— Qual a relação disso com o novo nome dele? — você se pergunta em voz alta, em pé no local da piscina onde Tank vai fazer a virada antes de dar mais uma volta. — Sr. Destroyer — você o chama quando ele se aproxima.

Ele alcança a borda e gira o corpo. Por um instante, você acha que ele vai continuar nadando e ignorar você, embora esse não pareça ser um plano que funcionaria a longo prazo, já que a piscina só conta com uma saída. Mas, em seguida, ele para e sorri, batendo os pés dentro da água.

— Detetive. E sua parceira encantadora também. Que bela surpresa.

— Gostaríamos de lhe fazer algumas perguntas.

Tank boia, apoiando-se na borda da piscina.

— Sou um livro aberto. Podem perguntar.

— No seco, se não se importa.

— Ah, assim não tem graça. Eu esperava convencer a sua sargento a se juntar a mim na água.

Ele revira os olhos, fingindo decepção, mas sai da água mesmo assim. Não há como negar que Tank está em perfeita forma física, e ele sabe disso. Com água pingando dos músculos tatuados, ele vai até uma espreguiçadeira próxima para se secar, mantendo contato visual com a sargento McAdam.

— Vai fazer alguma coisa mais tarde, lindeza? — pergunta. — Leve suas algemas para o meu quarto. Pode me prender quando quiser.

Você quase ri, mas desconfia de que esse flerte nada sutil é um teatro para causar desconforto em McAdam e distrair vocês do interrogatório. Ela merece o crédito de não morder a isca e manter a compostura.

— Vamos fazer o seguinte — diz ela. — Por que não começamos com o seu nome? O que o levou a mudá-lo?

Um sorriso malicioso se forma nos lábios de Tank.

— É uma longa história. Digamos apenas que envolve uma despedida de solteiro com alguns velhos amigos de escola, um campo de treinamento de tanques de guerra desativado em Dorset e champanhe um tantinho além da conta.

McAdam bufa.

— É assim que a outra metade da população leva a vida, né?

Com Tank agora à vontade, você se volta para perguntas mais pertinentes.

— Onde o senhor estava na manhã de ontem, entre dez e onze horas?

Ele fica imediatamente tenso, cauteloso e na defensiva.

— Aqui, mais ou menos. Fui dar uma corrida, voltei, pulei direto na piscina para dar umas dez voltas, depois tomei uma chuveirada e fui para o quarto. Fiquei lá até o Cara das Flores começar a gritar.

— Suponho que esteja se referindo a Stephen Cheong.

— O próprio.

— O senhor o viu encontrar o corpo? Essas janelas têm vista para o pátio.

— Não. Olha, não sei exatamente a que horas eu nadei. Não uso relógio desde que me aposentei.

— E estava sozinho aqui? — pergunta McAdam.

— Estava. Na verdade, passei por algumas pessoas aqui e ali no caminho, mas nunca tem ninguém na piscina a essa hora da manhã. Por isso mesmo é que eu gosto.

— Achei que o senhor tinha dito que não sabia que horas eram.

Tank fulmina a sargento com o olhar, e algo lhe diz que não haverá mais flertes. Evidentemente o figurão da tecnologia não tem álibi para o momento da morte de Harry Kennedy.

— Voltemos ao pacote dessa manhã — você diz. — Por acaso Kennedy mencionou que o estava esperando? Qual era a natureza do relacionamento de vocês?

— E o que vocês têm com isso? — pergunta Tank, ofendido.

— Quando se trata de assassinato, tudo nos diz respeito. E o senhor parecia muito decidido a entrar no quarto dele ontem, quando o vi discutindo com o policial que vigiava a porta.

Tank franze a testa.

— Emprestei para ele alguns equipamentos de academia enquanto estivesse aqui, só isso. Uma garrafa de hidratação e uma *fit band*.

— Então vocês eram bons amigos, certo? Quão próximos, exatamente?

Ele olha para você com raiva por um instante de tensão, mas depois relaxa.

— Não estávamos dormindo juntos, se é isso que quer dizer. Eu não o conhecia tão bem assim, nos conhecemos essa semana, mas eu gosto de um encrenqueiro. Concordamos em investir nos negócios um do outro, eu no seu novo projeto imobiliário, ele na minha startup de IA. IA significa inteligência artificial — acrescenta Tank com arrogância.

Você se pergunta sobre o suposto investimento mútuo. Pelo que você sabe do estado financeiro de Kennedy, ele não estava em posição de investir em coisa nenhuma, muito menos numa arriscada startup de tecnologia.

A despeito do sucesso anterior de Tank nos negócios, Kennedy mal o conhecia. Por que iria concordar em financiar o negócio de Tank?

— Quando foi a última vez que o senhor viu Harry Kennedy?

— Na noite anterior a... bom, na noite anterior. A gente jogou uma partida de tênis, usou a banheira de hidromassagem e foi para a cama. *Não* junto — acrescenta ele.

Anote **T6** *em seu caderno, depois consulte as anotações na seguinte ordem:*

Se tiver A5 anotado, vá para **39**

Se tiver T3 anotado, vá para **127**

Caso contrário, vá para **161**

72

Ela se recupera rapidamente, mas fica claro que Flora Kennedy não sabe do que você está falando.

— A senhora não tinha ciência de que o conselho não aprovaria o novo empreendimento? — você pergunta.

— Hummm... Harry ainda não tinha me contado. Garanto que contaria quando voltasse para casa.

— A senhora imagina por que o seu marido não teria lhe falado disso?

Ela olha pela janela.

— Harry costumava me proteger das confusões e das dificuldades do negócio sempre que possível, detetive. Eu o ajudava com grandes ideias, mas nunca me envolvi nos detalhes práticos da administração da empresa.

Você se pergunta que outros segredos Kennedy escondia da esposa.

Vá para **134**

73

Stephen disse que Jennifer, a recepcionista, poderia dizer a você onde encontrar Tank Destroyer, motivo pelo qual você recorre a ela.

Jennifer verifica qual é a sessão que ele agendou para agora e instrui você a procurar um quarto no primeiro andar. No caminho, a sargento McAdam pesquisa o figurão da tecnologia pelo celular.

— Nome de nascimento Thomas Ball — informa ela. — Quarenta e dois anos, ganhou uma bolada no segundo boom das ponto-com, seja lá o que isso signifique. Administrava algum tipo de website, um recurso para programadores. — Ela assovia. — Segundo a Wikipedia, ele vendeu seu negócio para o Google por oitocentos milhões de dólares. Bacana.

— Qual a relação disso com o novo nome dele? — você reflete em voz alta.

McAdam não tem resposta.

Vocês se aproximam de um aposento alegre, ensolarado, onde um instrutor comanda um grupo de "Amigos" do Elysium numa aula de ioga. Aromas florais fortes recebem você logo na entrada; pétalas coloridas estão espalhadas pelo chão e o tapete de ioga de cada aluno está cercado de aparas de videira.

— Ora, nunca fiz isso — murmura McAdam.

— Então, isso é ioga corólica — você responde. — Corola não passa de outro nome para as pétalas de uma flor, entendeu?

— Não admira que Stephen Cheong esteja preocupado com a saúde das plantas dele.

Você sabe melhor que ninguém que as aparências enganam, mas, mesmo se ele não fosse o único homem na aula, com certeza seria possível identificar Tank Destroyer no meio do grupo. Bronzeado e musculoso, os braços e o peito cobertos de tatuagens de padrões intrincados, formas abstratas que se enroscam e circundam umas às outras. A barba perfeitamente aparada e a careca emolduram um rosto com rugas profundas, e uma das sobrancelhas ostenta um piercing.

Então, você percebe que ele não apenas se destaca mas que já o viu antes. É o homem que estava discutindo mais cedo com o policial em frente ao quarto de Harry Kennedy.

Desculpando-se com o instrutor por interromper a aula, você convida Tank para ir até o aposento ao lado, que tem o mesmo layout e enormes janelas que deixam entrar o sol e dão para o terreno da propriedade, mas não está sendo usado. Tank leva seu tapete de ioga e as aparas de videira, dispondo tudo no chão antes de continuar a prática que fazia enquanto você fala. Para garantir privacidade, a sargento McAdam fecha a porta ao passar.

— Sr. Destroyer, qual era a sua relação com Harry Kennedy? — você pergunta.

— Ele era muito divertido — responde Tank, ajeitando o tapete. — Não que eu não goste da paz e do sossego daqui, mas é legal quando aparece alguém e dá uma agitada nas coisas.

— Como assim?

Tank dá de ombros.

— As pessoas veem esse lugar como um mosteiro. Mas Harry não levava as coisas muito a sério. Era meio encrenqueiro.

— O que os outros hóspedes, quer dizer, "Amigos" achavam disso?

— Acho que não me dei ao trabalho de reparar nisso.

Para um homem que aparentemente é um frequentador assíduo, o figurão da tecnologia dá a impressão de pouco se interessar pelo que acontece no Elysium.

— Quando foi a última vez que o senhor viu o Sr. Kennedy? — pergunta McAdam.

— Ontem à noite. A gente jogou uma partida de tênis, usou a banheira de hidromassagem e depois foi para a cama. Separado — acrescenta piscando para a sargento —, para o caso de você estar se perguntando se tem concorrência.

McAdam revira os olhos.

— O senhor teria preferido se tivessem ido juntos? — você pergunta. — Vi o senhor mais cedo tentando entrar no quarto dele.

Tank franze a testa.

— Emprestei uns equipamentos de academia para Harry enquanto ele estava aqui, só isso. Não tem nada a ver com a morte dele, mas seu guardinha não quis me deixar entrar e pegar de volta.

— O senhor vai poder fazer isso quando a nossa investigação for concluída — você afirma. — O que o senhor estava procurando? Camisetas? Leggings?

Ele muda de posição, arqueando as costas de um jeito que parece ser muito incômodo.

— Pense numa garrafa de hidratação e numa *fit band* caríssimas. Não quero ninguém da sua patota se apropriando das minhas coisas. Sei direitinho como vocês são.

— Nossos policiais trabalham dentro do mais alto padrão de comportamento — você garante. — Caso estejam no quarto dele, esses itens vão ser catalogados e armazenados até podermos liberá-los com segurança. Agora, o senhor pode nos dizer o que conversou com o Sr. Kennedy na noite de ontem? Foi algo relevante?

Tank dá de ombros, um feito físico impressionante na posição em que se encontra.

— Falamos de negócios. Investimentos. Carros. Coisas normais.

— E não havia nada fora do comum no comportamento dele? Por acaso ele disse ou fez algo estranho ou atípico?

— Muito pelo contrário, eu diria. Uma discussão com Nesbiscate, tênis e hidromassagem comigo e depois cama. Tudo dentro da normalidade.

— O senhor quis dizer Carla Nesbitt? — você pergunta. McAdam emite baixinho um som de desaprovação ao ouvir o apelido depreciativo.

Tank ri.

— Quem mais poderia ser? Você sabe que ela ameaçou bloquear o projeto dele de um novo empreendimento imobiliário, certo? Ao lado da propriedade de Burrowlands. Ela anda espalhando bobagens sobre uma "planície de inundação". Novas construções iriam realmente beneficiar a cidade, mas é isso que os políticos fazem, não? Eles atravancam o caminho de homens decentes que tentam fazer um bom trabalho.

— O senhor fala por experiência própria?

Ele se equilibra numa perna só, com os braços esticados.

— Muito perspicaz, detetive, terei que me policiar na sua presença. Acho melhor falar logo, já que você vai descobrir de um jeito ou de outro. Íamos investir no negócio um do outro — explica Tank, com uma expressão séria. — É por isso que não entendo por que ele pularia de uma janela. Quando nos despedimos ontem, ele estava bem-humorado.

— Ele não pulou — você esclarece. — Lamento lhe dizer que a morte do Sr. Kennedy não foi acidental. Ele foi assassinado.

Tank perde o equilíbrio e cai no chão. O choque o faz cobrir a boca com as mãos.

— Você tá de sacanagem! Não pode ser.

Você prossegue:

— Por essa razão, preciso lhe perguntar onde o senhor estava entre dez e onze horas hoje de manhã.

Ele trava imediatamente, cauteloso e na defensiva:

— Na verdade, em vários lugares. Saí para correr, voltei, dei umas dez voltas na piscina, depois tomei uma chuveirada e fui para o meu quarto. Fiquei lá até o Cara das Flores começar a gritar.

— Cara das Flores?

— Você sabe, o chefão do pedaço. Stephen Cheong.

— O senhor viu quando ele encontrou o corpo? — Você acaba de lembrar que pensou em testemunhas potenciais entre os nadadores. — As janelas da piscina fornecem uma vista do pátio.

— Não vi nadinha.

— A que horas, precisamente, o senhor começou a nadar?

— Não sei. Desde que me aposentei, não uso relógio.

— Estava sozinho? Tinha mais alguém na piscina? — pergunta McAdam.

— Não. Passei por algumas pessoas aqui e ali no caminho, mas nunca tem ninguém na piscina a essa hora da manhã. Por isso mesmo é que eu gosto.

— Achei que o senhor tinha dito que não sabia que horas eram.

Tank encara a sargento em resposta.

— O senhor também disse que está aposentado — você observa. — Como, então, tem um negócio no qual o Sr. Kennedy iria investir?

Ele funga.

— Ninguém de fato se aposenta no ramo da tecnologia. Estou montando uma startup impulsionada por inteligência artificial, Harry viu o potencial do troço. Mais alguma coisa, ou já estragou suficientemente o meu dia? — pergunta Tank.

— Mais uma pergunta, se não se importa. Ontem foi a última vez que o senhor falou com Harry, ou tornou a vê-lo hoje de manhã?

— Não o vejo desde ontem à noite — responde Tank, franzindo a testa.

Se tiver A5 anotado, vá para **44**

Caso contrário, vá para **178**

74

Você se recorda do encontro com a filha de Carla no escritório da parlamentar, e uma teoria adquire forma em sua mente.

— Pensando em linhas do tempo... Seria possível Harry Kennedy ser pai de Sharon Gibbs? Poderia esse fato dar a ela um motivo para assassiná-lo?

— De que maneira? — pergunta McAdam.

— Não sei ao certo. Para proteger, de alguma forma, a mãe? Se Harry Kennedy fosse de fato mentiroso e infiel, não seria uma surpresa ele ser capaz de fazer coisa pior.

Ela solta um suspiro.

— É uma ideia, mas mandei um policial segui-la, e o álibi de Sharon Gibbs é sólido. As câmeras de segurança da academia a mostram até as dez e quarenta ontem de manhã. Não seria possível para ela chegar aqui a tempo de matar Harry Kennedy.

Que decepção. Seria relevante Sharon ser, secretamente, filha de Kennedy? Você não tem certeza.

Vá para **149**

75

— Em especial — prossegue McAdam — porque os únicos investidores identificados pelo nome na startup dele de IA são peixes pequenos.

Você encara McAdam com admiração.

— Eu não fazia ideia de que você tivesse esse tipo de conhecimento.

Ela tamborila no celular e dá um risinho.

— Posso não ser um gênio da computação, mas sei usar uma ferramenta de busca. Descobri que essa gente é fácil de pesquisar; como eu disse, a maioria adora um holofote. Até quem é peixe pequeno adora se exibir.

— Supostamente tentando jogar com gente grande. Mas, se Tank já é um sucesso confirmado e esse empreendimento é uma novidade quente, por que os investidores do primeiro escalão ainda não estão envolvidos nele?

McAdam dá de ombros.

— Talvez devêssemos perguntar a ele pessoalmente.

Vá para **117**

76

McAdam prende Stephen, e, quando a tempestade passa, você o leva até a delegacia. Mas logo as coisas desandam.

Embora você tenha um motivo consistente para levar Stephen a querer matar Harry Kennedy, o que falta é uma prova conclusiva. A perícia não consegue situá-lo no quarto; aparentemente ninguém o viu na casa durante toda aquela manhã, menos ainda na companhia de Kennedy, e o advogado dele argumenta que o Elysium se encontra com problemas financeiros suficientes para fazer com que o banco feche o retiro de bem-estar em um ou dois meses. Expor a fraude de Stephen talvez tenha apressado esse acontecimento, mas apenas em algumas semanas.

O caso é um fiasco. Ao perder a confiança em você, o detetive-superintendente lhe dá um caso diferente, mais simples, e chama outro detetive para assumir o crime do Elysium. O assassinato de Harry Kennedy ainda poderá ser desvendado... mas não por você.

Mais tarde, você reflete sobre o que deu errado. Você teve razão ao acusar Stephen, mas simplesmente não coletou provas suficientes? Poderia Stephen ter matado por algum outro motivo que não para encobrir sua fraude? Ou o assassino foi, na verdade, outra pessoa?

Para descobrir, não se desespere. Apenas apague tudo em seu caderno, volte para **1** *e tente outra vez.*

Por ora, porém, este é...

O FIM

77

Enquanto anda pelo porão, passando por prateleiras vazias que não armazenam coisa alguma além de poeira, você reflete sobre o que Jennifer disse sobre Harry Kennedy e tenta juntar as peças.

— Então Kennedy de fato tentou se dar bem com todas as funcionárias?

— Tentou mesmo — confirma a recepcionista. — Em especial com as massoterapeutas. Tão previsível...

— Mas não vai acontecer de novo — você observa. — Poderíamos dizer que o problema foi resolvido.

Para sua surpresa, Jennifer ri e depois, rapidamente, abafa o riso.

— Detetive, se você acha que Harry Kennedy era o único homem que tinha "mão boba" com as "Rosas", sua ingenuidade é maior do que parece. Quem esbanja dinheiro aqui faz o que quer.

— Tenho certeza de que vocês reclamam com a administração, não?

— Com Stephen? É ele que os deixa se safarem. Não quer correr o risco de levarem o dinheiro deles para outro lugar, entende?

Anote **A3** *em seu caderno, depois vá para* **166**

78

— Temo que essa sabatina vá se estender — você diz. — Talvez você até perca o sinal do recreio. Só assim vamos conseguir cobrir os quatro páletes que o senhor viu Stephen Cheong comprando no viveiro, não é mesmo?

Nada como jogar um verde. A perícia digital não foi capaz de rastrear a origem da mensagem codificada, mas Tank é a única pessoa que você ouviu se referir a Stephen como "Cara das Flores".

Ele hesita, supostamente tentando calcular quanto você sabe, mas a acusação é específica demais. Tank cede, deixando escapar um assobio baixo.

— Acho que estou impressionado com o fato de você ter descoberto. Para começo de conversa, fui eu que dei a Harry o aplicativo de codificação, sabia? Algo com o que venho me ocupando nas horas vagas. Conseguiu descobrir como usá-lo?

— Não faço ideia de que "aplicativo" o senhor está falando, Sr. Destroyer. Simplesmente decifrei o código e traduzi a mensagem.

Para sua surpresa, ele ri.

— Ah! Agora estou mais impressionado ainda. Parabéns, detetive, parabéns.

— A mensagem — diz McAdam, tornando a pôr a conversa nos trilhos. — Por que mandá-la para Harry Kennedy? O que uma coisa tem a ver com a outra?

Tank se recosta e cruza as mãos atrás da cabeça.

— Seu chefe aqui parece ter tudo desvendado. Por que não explica, detetive, e eu digo se entendeu errado alguma coisa?

O jogo é óbvio; como foi pego, Tank está tentando recuperar a vantagem impondo-se como o homem que manda no jogo, sem deixar escapar mais informações. Mas você o encurralou e pode se dar ao luxo de aguardar.

— O senhor observou em segredo Stephen Cheong comprando flores em um viveiro. Já sabemos que ele estava tendo problemas com a própria plantação esse ano por causa do tempo ruim. Mas a "promessa de marca" do Elysium é que todas as flores que são utilizadas na terapia são cultivadas aqui. Por isso ele estava "tentando passar despercebido", como o senhor escreveu na mensagem. Se alguém descobrisse que ele estava comprando flores e fingindo que elas eram dele, isso poderia arruinar a reputação da empresa. Como estou indo até agora?

— Prossiga — diz Tank, sorrindo.

— Para isso, vou precisar da sua ajuda. Veja, eu entendo por que Stephen queria manter a compra em segredo... Mas não por que o senhor o estava vigiando, para começo de conversa, ou por que o senhor passou essa informação para Harry Kennedy, que, segundo todos os relatos, mal conhecia o Sr. Cheong.

McAdam geme.

— Acho que acabei de descobrir. Chantagem.

Tank bate palmas de alegria.

— Beleza *e* inteligência! Você precisa mesmo me passar seu celular, sargento.

Você ignora essa tentativa de desviar novamente a conversa.

— Claro... Stephen deu a Harry Kennedy o pacote Lótus como cortesia e ao senhor um upgrade em troca do silêncio de ambos. É uma pena para o senhor que tenha acabado, de verdade.

— Não é preciso acabar — diz Tank, com um vestígio de preocupação na voz. — Não precisa dizer nada a ele.

— Sr. Destroyer, o que o senhor nos disse...

— Espera aí, eu não disse nadinha. Foi você que falou o tempo todo, lembra? Deixe o meu nome fora disso.

— Vai ser difícil, agora que o senhor admitiu ter enviado a mensagem. Essa prova sugere um motivo consistente para Stephen Cheong querer Harry Kennedy morto.

Tank se ergue subitamente na espreguiçadeira.

— Exatamente! E, se você contar que dei com a língua nos dentes, ele vai vir atrás de mim para me matar!

— O senhor é um cara grandão — diz McAdam, suavemente atiçando Tank. — Não consegue cuidar de si mesmo?

— Não há musculação que impeça alguém de ser esfaqueado.

— A polícia está presente em toda a casa, Sr. Destroyer. O senhor está absolutamente seguro.

Tank não parece ficar mais tranquilo.

— Quem foi o primeiro a desconfiar dessa coisa do Stephen? — você pergunta. — O senhor ou Harry Kennedy?

— Harry — admite Tank. — Depois que nos conhecemos, mandei para ele o aplicativo para podermos conversar em privado...

— Espera aí — interrompe McAdam. — Você também o deu a Carla Nesbitt?

A expressão de Tank sugere que ele gostaria de ter dado à parlamentar um soco na barriga, não um aplicativo.

— Nem pensar. Suponho que ele possa ter passado para ela, isso sim. Por quê? Ela estava usando o aplicativo?

— Estamos explorando todas as possibilidades — você diz, evasivamente. — Continue, por favor. O senhor estava se comunicando em privado com Harry...

— Pois é. Quando falei com ele pela primeira vez sobre o Elysium, ele não mostrou grande interesse. Então, do nada, algumas semanas depois, Harry disse que Stephen andava aprontando e que eu deveria ficar de olho nele da próxima vez que viesse para cá. Harry intuiu que Stephen poderia sair de fininho quando ninguém estivesse vendo. Não deu outra. Uma noite, vi Stephen com cara de sonso entrando numa van sem nenhuma identificação e indo embora. Então o segui.

— Até o viveiro, onde o senhor o viu comprando flores e enviou a mensagem — emenda McAdam. — Supostamente então, Harry Kennedy exigiu gratuidades de Stephen em troca do silêncio. Por que não pediu dinheiro? Ele faria bom uso.

— Stephen não tinha um centavo. Esse lugar está na pindaíba.

Você se pergunta se essa é a única razão. Haveria alguma outra coisa que tornasse uma estadia de luxo mais valiosa do que dinheiro para Harry Kennedy?

🔎 *Risque P6 de seu caderno e anote* **S2** *no lugar*

🔎 *Depois vá para* **89**

79

O agente Zwale se aproxima, trazendo atualizações.

— Falei com Jennifer, quer dizer, Jennifer Watts, a recepcionista. Ela foi muito prestativa. Aparentemente a chave do quarto 312 costuma ficar atrás do balcão, num armário trancado. Ela percebeu que tinha sumido hoje de manhã, quando chegamos, mas não sabe ao certo quando foi levada.

— Ela não faz uma verificação diária?

— Ao que parece, não. Ela disse que aquele depósito não é usado há anos, por isso não presta atenção nessa chave específica.

Você reflete a respeito dessa informação.

— Então a chave pode ter sido levada em qualquer momento anterior a hoje de manhã, dias ou mesmo semanas atrás. Isso não nos ajuda muito, não é mesmo?

— Não, lamento. Mas ela também disse que existem apenas duas chaves para esse quarto: a que sumiu do armário e a do gerente. Não tem outras cópias.

É improvável que Stephen roubasse a chave, já tendo a dele — a menos que fosse para suspeitarmos de outra pessoa, claro.

McAdam dá um suspiro.

— Isso é um beco sem saída, então. Agradeço, agente.

Enquanto Zwale retorna aos seus deveres, você pondera o que fazer a seguir.

Para interrogar Alina, a massoterapeuta, vá para 48

Para interrogar Carla, a parlamentar, vá para 177

Para interrogar Tank, o figurão da tecnologia, vá para 73

80

Você se detém no saguão de entrada e contempla o lustre caído. Este vem sendo um dos casos mais intrigantes da sua carreira. Levou você por muitos caminhos distintos. Mas agora, finalmente, sente que chegou ao destino correto.

— Você está com aquele olhar perdido, detetive — comenta McAdam. — No que está pensando?

— Em homicídio, sargento. Seu motivo, método e agente.

— Sou uma mulher simples, detetive. Palavras profundas assim estão além da minha compreensão.

Você já sabe que a história de "mulher simples" de McAdam é um teatro que ela faz para levar as pessoas a subestimá-la. Talvez, no devido tempo, ela pare de atuar para você, mas é uma ferramenta útil para lidar com suspeitos.

— Depois de tudo que aconteceu aqui desde a manhã de ontem, tenho convicção de que sei quem foi que fez isso — você diz. — Também acredito que sei por que e como. Vamos juntar todo mundo.

— Onde?

Você olha em volta, avaliando o saguão em seu incongruente embate de elementos antigos e modernos. Parece totalmente apropriado.

— Onde seria melhor que aqui? Reúna os funcionários e a administração, além de Flora Kennedy, Tank Destroyer e Carla Nesbitt. Todos precisam ouvir a verdade.

McAdam se afasta apressada para juntar todo mundo, arregimentando Zwale para ajudá-la. Você vigia Flora Kennedy, enquanto os dois cumprem sua missão, mas, depois da escapulida que deu até o porão, a viúva não vai a lugar algum. Se ela já estava encrencada antes, agora está mais ainda.

Logo, todos que você listou estão reunidos no saguão, o que também atiçou a curiosidade de muitos Amigos, que ficam observando da escada e das entradas. Sussurros e especulações perpassam a multidão como ondas, traduzindo a vontade de saber por que você fez tal convocação e, considerando o drama recente que engolfou o Elysium, o que pode vir a acontecer a seguir. Você se posta diante de todos, com McAdam ao lado, enquanto Zwale e outros policiais fardados vigiam as entradas.

— Agradeço a todos por terem vindo — você diz, com plena disposição para saciar a curiosidade geral. — Pedi que viessem porque é importante para todos vocês entenderem como e por que Harry Kennedy morreu e, sobretudo, quem o matou.

— Então você já sabe? — pergunta Bill Cheong, o instrutor de tai chi. — Descobriu?

— Descobri, e a chave para tudo reside na motivação: não apenas no método com que o Sr. Kennedy foi morto, mas na razão para isso ter acontecido. Primeiro, porém, vamos recapitular os acontecimentos da manhã de ontem. Existem muitas contradições nas histórias de todos, mas acredito que haja certas coisas que sabemos com certeza. Os seguintes fatos são irrefutáveis.

Um silêncio cai sobre o aposento. Todos estão atentos às suas palavras.

— Harry Kennedy tinha uma sessão de massoterapia marcada das dez às onze horas, na qual foi atendido por Alina. A certa altura durante essa hora, ele recebeu uma ligação, embora haja uma controvérsia sobre se a ligação ocorreu durante a sessão, levando-o a sair, ou logo depois de já ter saído.

Alina parece levemente constrangida, mas não oferece qualquer esclarecimento.

Você prossegue:

— Seja como for, ele saiu da sala de Alina às dez e meia, interrompendo a sessão depois de cerca de meia hora. Tank estava passando a caminho do andar de cima para trocar de roupa para nadar. Ele viu os dois quando Kennedy saiu da sala de massoterapia.

Tank e Alina se entreolham e fazem que sim.

— Eu a vi na porta — confirma o figurão da tecnologia. — Ela sem dúvida estava lá.

— E eu vi o senhor correr atrás de Harry — rebate a massoterapeuta. — Não muito depois, ele estava morto.

— É verdade — você diz. — Alina tornou a entrar em sua sala para evitar que Stephen a visse desocupada. Nenhum gerente gosta da ideia de seus funcionários ficarem ociosos, mesmo quando a responsabilidade por isso é do cliente.

— Passa uma impressão ruim — diz Stephen. — Além disso, sempre existe alguma coisa a ser feita aqui no retiro de bem-estar.

Você prossegue:

— Neste ponto, precisamos recorrer à especulação. Os quinze minutos seguintes, entre dez e meia e dez e quarenta e cinco são cruciais... mas basicamente desconhecidos, ao menos no que tange aos seis suspeitos identificados. Em algum momento, Tank foi nadar na piscina... mas ele não sabe dizer quando, e ninguém mais o viu entrar.

— Eu entrei imediatamente depois de falar com Harry no corredor — protesta Tank. — Não tenho culpa se não havia ninguém mais por perto, tenho?

— Sobre o que vocês falaram? — pergunta Carla Nesbitt.

— Não é da sua conta, Nesbiscate.

A parlamentar se encolhe, ofendida pela hostilidade de Tank.

— Sério mesmo, Sr. Destroyer — atalha McAdam com desaprovação. — Não tem por que usar esse tipo de linguagem.

Você tenta recuperar o controle.

— E a senhora, onde estava...

Carla interrompe você, decidida a falar por si mesma.

— Eu estava fazendo tai chi no gramado com Bill — diz ela, de forma desafiadora. — Ele pode confirmar.

O instrutor de tai chi dá de ombros.

— Eu também posso "confirmar" que a senhora tirou uma pausa para usar o banheiro às dez e meia.

A parlamentar o fulmina com o olhar, silenciosamente furiosa.

Você retoma o fio da meada.

— Enquanto isso, Alina estava em sua sala de trabalho. Não tinha ninguém mais com ela, certo?

— Não, não tinha ninguém comigo. Li um livro e aguardei a minha próxima sessão, entende?

— Mas essa sessão jamais aconteceu, graças à descoberta do corpo de Harry... por Stephen, que alega que estava trabalhando nas estufas antes de voltar ao escritório para atender a uma ligação do banco.

— Não há "alegação". Eu estava lá, cultivando as plantas.

— Havia alguém mais com o senhor?

O gerente hesita.

— Não àquela hora da manhã. Eu geralmente trabalho sozinho nas estufas.

Você se vira para Jennifer Watts.

— Da mesma forma como Jennifer trabalha sozinha no balcão da recepção, não é mesmo? Logo ninguém pode confirmar por quanto tempo você se ausenta quando vai fumar seu *vape*.

A recepcionista parece confusa.

— O que isso tem a ver?

Você deixa que ela conjecture um pouco mais e se vira para Flora.

— A Sra. Kennedy tinha uma hora marcada com o advogado às nove e meia. De lá, ela dirigiu de volta para casa, mas as câmeras de trânsito a mostram pegando um desvio em direção ao Elysium, e durante dez minutos seu carro desaparece das câmeras locais. Tempo suficiente, sobretudo numa Ferrari, para fazer uma visitinha ao retiro de bem-estar, embora ela já estivesse em casa às onze.

— Não acha que alguém teria me visto? — protesta a viúva. — Para começo de conversa, eu precisaria passar por aquela jovem... ah.

Você sorri ao observar a arrogância da mulher se apagar quando ela se dá conta.

— A jovem que podia muito bem estar tirando um intervalo naquela hora? Por outro lado, não há câmeras aqui no Elysium. Talvez a senhora tenha um talento especial para evitar câmeras... e pessoas.

Por fim, você retorna a Stephen Cheong.

— O que não podia ser evitado era a descoberta do corpo de Harry Kennedy. Independentemente do lugar de onde estivesse vindo, Stephen, você o encontrou caído no pátio. O relógio que ele usava parou às dez e quarenta e três, o horário em que atingiu o chão, e você deu o alarme dois minutos depois, às dez e quarenta e cinco. Todo mundo veio correndo ver o que tinha acontecido. A polícia foi chamada. — Você encara cada um dos suspeitos. — E a essa altura um de vocês acreditou que tinha se safado da acusação de homicídio.

— Crença é uma coisa poderosa — diz McAdam —, mas não altera os fatos.

Quaisquer que tenham sido as divergências que vocês possam ter tido durante esse caso, você fica feliz de saber que ela agora toma o seu lado com firmeza.

O silêncio se instala outra vez na sala em que todos escutam o dilúvio batendo nas janelas. Um trovão grave murmura ao longe.

— Quem foi, afinal? — A pergunta feita em voz alta por Bill Cheong expressa o que todos estão pensando. — Não fique aí em silêncio, nos diga!

Você está prestes a fazer uma acusação, mas será que tem provas suficientes para concluir o caso contra o seu suspeito principal?

Para acusar Alina, vá para **155**
Para acusar Carla, vá para **197**
Para acusar Flora, vá para **124**
Para acusar Jennifer, vá para **41**
Para acusar Stephen, vá para **6**
Para acusar Tank, vá para **109**

81

Você deixa Bill Cheong voltar ao trabalho e parte para retomar a conversa com Jennifer Watts, mas não a encontra mais na recepção.

— Ela estava aqui faz um minuto — você diz, olhando ao redor em vão. — Aonde será que ela foi?

Então, você ouve risadas vindas da entrada principal. Duas vozes falando, uma em tom grave e a outra, agudo. E a voz mais grave lhe soa familiar...

Você sai e fica sob o pórtico, que mal tem largura para manter a chuva longe da porta principal. A cada minuto que passa, o céu escurece e a chuva torrencial fica ainda mais pesada. Sob o abrigo, você encontra Jennifer conversando com o agente Zwale — na verdade, a julgar pela proximidade dos dois e pela troca de sorrisos, eles parecem estar flertando.

Você pigarreia. O agente dá um pulo, assustado, e rapidamente assume a posição de atenção como se estivesse de volta à academia de polícia.

— O que estão fazendo aqui fora com esse tempo? — você pergunta.

Antes que Zwale possa gaguejar uma resposta, Jennifer leva um artefato à boca e traga, expelindo depois uma nuvem ondulante de fumaça com aroma de morango.

— É proibido usar *vape* lá dentro — explica ela, dando de ombros.

Sua mente retorna para o momento em que você entrou pela primeira vez no quarto que servia como depósito. Havia um leve aroma de morango lá dentro.

— Srta. Watts, quando foi a última vez que esteve no quarto 312?

— Ontem, quando vocês pediram que o destrancássemos. A chave não estava no escaninho, por isso fui procurar Stephen e ele e eu abrimos o quarto juntos. Por quê?

— Tem certeza de que a senhorita não entrou lá antes?

Ela balança a cabeça, negando.

— Eu não entrava lá havia meses.

É uma história plausível e explicaria o aroma de morango lá. Mas ele poderia já estar lá, caso ela tivesse matado Kennedy. Soprar mais fumaça no quarto ontem disfarçaria esse fato.

Você volta a atenção para Zwale.

— Agente, você não deveria estar levando a Sra. Kennedy até a delegacia?

— Achei melhor esperar que isso aqui melhorasse — responde o jovem apressadamente, indicando com um gesto a chuva. — Ela está na sala de espera; não vai a lugar algum.

Nesse momento, uma cascata de água cai do telhado do pórtico e inunda os degraus da mansão. Você com certeza não gostaria de dirigir nessas condições. Teria preferido que Zwale lhe pedisse permissão primeiro, mas ao menos ele está mostrando alguma iniciativa.

— Tem outra coisa, também — diz ele, antes que você possa repreendê-lo. — Jennifer tinha algo interessante a dizer. Vá em frente, conte o que você me contou.

Se tiver T2 anotado, vá para **148**

Caso contrário, vá para **126**

82

— Muito bem — diz Carla, com um suspiro. — Sim, a Kennedy Homes fez um pagamento à Standard Umbrella, mas juro que eu não estava esperando por ele. Pode verificar nossas contas. Vai descobrir que não emitimos nota fiscal nesse valor. Eu pretendia devolvê-lo integralmente na próxima execução de pagamentos, mas aí Harry... Bom, vocês sabem. Sério, tudo isso é muitíssimo inconveniente.

— Um tantinho mais inconveniente para Harry Kennedy — murmura McAdam.

Você não duvida da inexistência de nota fiscal, mas seu ceticismo continua com relação à insistência de Carla em desconhecer o pagamento. Ainda assim, sem documentos, você é incapaz de provar o contrário.

— E quanto às casas à venda? — você pergunta. — É uma coincidência incrível que a senhora estivesse vendendo, enquanto o Sr. Kennedy planejava o empreendimento no terreno vizinho.

— Um empreendimento que não foi aprovado pelo conselho — recorda ela a você. — A verdade, detetive, é que estou simplesmente cansada desse negócio de ser proprietária de terras. É exaustivo.

— Mas sem dúvida uma imobiliária se ocupa do dia a dia da administração — intervém McAdam. — A senhora relaxa e põe no bolso o dinheiro dos aluguéis.

Carla dirige à sargento um olhar malicioso.

— Falou uma mulher que jamais teve que arcar com o custo de um aquecedor novo ou perseguir um empreiteiro porque seus locatários estão ameaçando entrar na justiça contra você porque uma telha se mexeu um centímetro.

— Estou devastada — diz McAdam, nada convincente.

— Suponho que esteja falando por experiência própria — você sugere a Carla. — A senhora tem toda a minha solidariedade.

— Obrigada. Acredite, o dinheiro não paga o que isso custa.

Você sorri.

— Ah, eu não estava falando das casas, estava falando de Harry Kennedy.

Se tiver C5 *anotado, vá para* **33**

Caso contrário, vá para **187**

83

— A senhora respondeu a própria pergunta — você diz. — Um divórcio poderia levar meses, até mesmo anos, para ser concluído. No fim, a senhora talvez ficasse com metade da Kennedy Homes. Mas o negócio já ia mal das pernas, com pouquíssimo dinheiro no banco. Tudo dependia desse novo empreendimento imobiliário, que parece não estar indo a lugar nenhum.

Flora protesta:

— Eu não fazia ideia dos problemas financeiros. Harry me disse que a empresa ia bem. Eu não me envolvia na administração.

— A senhora espera que acreditemos que simplesmente aceitava a palavra dele como verdade? De um homem do qual admite que planejava se divorciar? Mesmo que a senhora acreditasse, seu advogado certamente não acreditaria. Acho que a senhora descobriu que a Kennedy Homes estava em apuros, e talvez também que Harry pagou uma quantia vultosa que mal podia se dar ao luxo de arcar por uma "consultoria" misteriosa, e resolveu dar um basta. Afinal, mesmo que acabasse levando mais da empresa num divórcio, o seu ex-marido continuaria a tocá-la.

— A tocá-la para o buraco — resmunga a viúva.

— Talvez. Mas, com ele morto, a senhora herda integralmente o negócio, que vai poder administrar como bem entender. Mais que isso, a senhora já admitiu que veio até aqui ontem de manhã.

Uma exclamação coletiva enche o aposento.

— Eu também disse que dei meia-volta e fui embora quando me dei conta de estar sendo tola — rebate Flora, à beira das lágrimas. — Eu estava com um monte de coisa na cabeça, mas nenhuma envolvia matar Harry!

— É mesmo? — você pergunta. — A senhora tinha motivos suficientes para querer o seu marido morto. Só temos a sua palavra para atestar que não se esgueirou furtivamente pela mansão, onde, aliás, não existe câmera alguma, e o matou, antes de voltar para o carro e dirigir até em casa.

Carla Nesbitt assume a palavra.

— Isso parece um esforço e tanto, detetive. Por acaso Flora parece o tipo de mulher capaz de fazer uma coisa dessas? Sem querer ofender, Flora — acrescenta.

— As aparências às vezes enganam, Sra. Nesbitt. Hoje mais cedo, a Sra. Kennedy saiu por uma janela para escapar do confinamento. E, quanto mais improvável parece o plano, maior a chance de não levantar suspeitas.

Flora Kennedy geme baixinho e se desfaz em lágrimas. Você não se convence de que elas sejam mais reais do que o álibi dela.

— Tem também a questão da rosa na boca da vítima. Uma flor... ou devo dizer *flora*?

A viúva funga.

— Você não pode estar pensando que isso aponta para mim. Por que... Por que eu deixaria uma pista dessas?

— Alguns criminosos inconscientemente querem ser presos e punidos — você diz. — E fico feliz de satisfazê-la. Sargento, prenda a Sra. Kennedy.

Vá para **172**

84

Lendo a mensagem decodificada, agora você entende que nem tudo que lhe disseram é verdade.

Se tiver P9 anotado, vá para **9**
Caso contrário, vá para **165**

85

— É bem simples — você diz. — Desconfio de que o senhor não seja o multimilionário que diz ser. Quem sabe foi um dia, mas perdeu o dinheiro, ou talvez jamais o tenha tido, para começo de conversa. De um jeito ou de outro, o senhor agora é um peixe pequeno que precisa desesperadamente de grana e toma o dinheiro de outros peixes pequenos. É por isso que é um frequentador assíduo do Elysium? Para procurar empresários como Harry Kennedy que possam ser convencidos a investir na sua startup?

— Não há nada de ilegal nisso — responde Tank.

— Não, não há. E, quando ele concordou com o senhor sobre um investimento mútuo, garanto que a sua alegria foi enorme. Mas cada um ainda estava esperando o pagamento do outro, certo? Fazendo uma queda de braço financeira.

— Essas coisas levam tempo. Existem contratos a serem elaborados.

— Mas não é possível fazer dinheiro surgir do nada. Como o senhor se sentiu quando descobriu que Kennedy não possuía o dinheiro que ele prometeu? Imagino que tenha ficado furioso. Todo aquele tempo e energia gastos para convencê-lo a investir, quando tudo não passava de uma mentira. Ele estava tentando lhe passar a perna.

Flora Kennedy engole em seco, embora você desconfie de que seja mais para impressionar a plateia que por conta de uma surpresa genuína.

Você prossegue:

— Alina viu o senhor discutindo com Kennedy depois que ele saiu da sessão de massoterapia, o que coloca o senhor no andar de cima da casa. Ninguém viu o senhor entrar na piscina, e o senhor afirma não saber quando entrou, mesmo havendo um relógio na parede. Também sabemos agora que tinha motivos de sobra para querer Harry morto.

Tank encara você com fúria no olhar e, por um instante, você teme pela própria segurança; ele pode ser uma fraude, mas seu tamanho e sua força não são.

— Uma coisa que eu sei é que vocês não têm a menor prova — diz ele lentamente —, porque não fui eu. Harry não me ameaçou com coisa alguma e eu não o matei. Não, ele não tinha o dinheiro! Chegou até a me enviar e-mails com súplicas, sabia? Mas acabaria arrumando. Eu acreditei nele.

— Não acho que tenha acreditado. Aqueles e-mails foram o verdadeiro motivo pelo qual o senhor tentou entrar no quarto dele, certo? Não estava em busca de uma garrafa de água. Queria roubar o laptop de Kennedy, para o caso de haver nele provas que o implicassem. Mas meus policiais o impediram, porque conhecem o dever.

Você se vira para McAdam.

— Sargento, por favor, cumpra o seu e prenda o Sr. Destroyer.

Vá para **131**

86

— Suponho que Tank Destroyer também tenha o pacote Lótus, certo? — você pergunta.

— Ele tem essa semana — responde Jennifer. — Stephen deu um upgrade para ele.

— Upgrade? Pensei que o Sr. Destroyer fosse um homem abastado e um dos clientes pagantes regulares.

A recepcionista suspira.

— Garanto que ele tem dinheiro, mas não gasta muito aqui. Tank normalmente adquire o pacote Rosa padrão, que é mais um programa pague o que usar, com uma tarifa mais baixa. Mas havia uma anotação na reserva dele dessa semana para lhe dar um upgrade de cortesia. Stephen às vezes presta aos clientes assíduos um tratamento especial.

— Quanto custa o pacote Rosa?

— Cem libras por dia — diz Jennifer —, pagos adiantado, também.

Você ouviu certa vez alguém dizer que os ricos ficam ricos porque não esbanjam dinheiro. Talvez isso explique por que um figurão milionário da tecnologia gaste o mínimo possível em suas estadias no Elysium. Será que o fato de o pacote se chamar Rosa é relevante? A flor não para de surgir neste caso; o logotipo do Elysium, a flor na boca da vítima, o apelido usado por Stephen para suas funcionárias e agora o nome de um pacote. Como é que tudo se conecta?

Anote **T2** *em seu caderno, depois vá para* **16**

87

— Você já tinha conhecimento dos... dos problemas do Sr. Kennedy com as outras funcionárias? — você pergunta. — Pelo que sei, até ontem você era a única massoterapeuta com quem ele ainda não tinha tido uma sessão.

— Claro que eu sabia. Nós, mulheres, conversamos umas com as outras.

A sala fica em silêncio. Você só consegue pensar em mais uma pergunta a essa altura.

— Srta. Martinescu, Alina, por que você saiu da Romênia?

— Para trabalhar. O salário é melhor aqui e também é melhor para Roxana. Ela se casou com um inglês e agora os dois podem criar Valeria em um lugar mais seguro para ela.

— A Romênia não é segura? — pergunta McAdam.

Alina a encara de olhos semicerrados.

— Não para nós.

Anote **A7** *em seu caderno e* **some 1** *ao seu valor de INTERROGATÓRIO*

Depois vá para **65**

88

Movendo-se em silêncio, você gruda o ouvido à porta e escuta uma conversa do outro lado. Para sua surpresa, percebe que é Tank conversando com Flora Kennedy.

— Não me importa o que você sabe ou não — diz ele, com raiva. — Quero aquele dinheiro. Ele é meu!

— Que disparate! — retruca Flora. — Mesmo que Harry tenha feito mesmo uma promessa, algo de que duvido, isso não constitui uma dívida. Se acha que vou honrá-la, esqueça. De todo jeito, não existe dinheiro nenhum.

— Então arrume! Só porque Harry morreu antes de conseguir me pagar não significa que a dívida desapareceu.

— Não é uma dívida! Me mostre um documento e então conversamos. Até lá, suma da minha frente.

A conversa termina, e você ouve passos se afastando. Então, você abre a porta, o mais casualmente possível, fingindo não fazer ideia de que havia alguém do outro lado. Tank já está subindo a ampla escadaria do outro lado do saguão. Flora não se encontra à vista.

— Ora, ora — diz McAdam. — Quantos multimilionários você conhece que saem por aí extorquindo viúvas?

— Mais importante que isso — você emenda —, por que Flora Kennedy está perambulando livremente?

Você atravessa o corredor até o aposento exclusivo dos funcionários, onde o agente Zwale tinha confinado a viúva. Ele está em pé do lado de fora, usando as roupas civis de academia que Jennifer lhe deu para substituir a farda.

— Agente, onde está a Sra. Kennedy?

Ele parece confuso ante a pergunta.

— Aqui dentro — responde, apontando por sobre o ombro. — Fiquei do lado de fora para dar a ela privacidade enquanto trocava as roupas molhadas por secas, mas estou aqui desde então.

Você abre a porta do pequeno cômodo, cujas paredes são revestidas de prateleiras com pilhas de camisetas com o logo do Elysium dobradas e roupas de academia. Infelizmente, elas não estão aptas a serem usadas no momento porque uma janela no fundo estava aberta, o que permitiu que a chuva pesada entrasse no cômodo.

Zwale começa a se desculpar, mas você dispensa com a mão suas desculpas.

— Não se culpe, agente. Acho que nenhum de nós imaginaria que logo a Sra. Kennedy fosse empreender uma fuga ousada. Ela não vai a lugar algum com esse tempo, por isso vamos nos concentrar apenas em localizá-la.

Anote **F5** *em seu caderno, depois vá para* **137**

89

— Há um enigma financeiro aqui — você diz a Tank. — Se o senhor estava investindo na Kennedy Homes, cadê o dinheiro? Vimos os registros da empresa e não existe nenhum aporte da parte de quem quer que seja. Por que iríamos acreditar no senhor?

— Obviamente porque não havíamos feito os pagamentos mútuos ainda — responde Tank, arrogante. — A gente não troca um aperto de mãos e entrega cem mil, detetive. É preciso elaborar contratos, pagar advogados.

— Mas ele não tinha o dinheiro que o senhor queria dele. A Kennedy Homes estava com sérios problemas financeiros. Sabia disso? Isso não preocupou o senhor?

Tank ri.

— Não estou necessitado de investidores, detetive. Todos querem investir em IA hoje em dia, é a nova tendência do momento. Eu sabia que Harry arrumaria o dinheiro quando pudesse. Já acabamos aqui? Eu gostaria de voltar a nadar.

Não existe muito mais que você possa perguntar a Tank agora, mas alguma coisa em sua postura sugere que ele não lhe contou a história toda.

— Ainda não. Eu gostaria de repassar a manhã de ontem novamente. O senhor disse que terminou de correr antes de vir para a piscina, certo? Enquanto estava do lado de fora, viu ou ouviu alguém ou alguma coisa incomum? Alguém agindo de forma estranha, talvez, ou alguma coisa fora do lugar?

— Nada — responde Tank. — Corri pela propriedade, voltei...

— O senhor viu Stephen Cheong? Ele estava, aparentemente, nos jardins.

— Não reparei. Fico concentrado quando estou correndo.

— O senhor voltou pela entrada da frente ou pelo pátio?

— Pela entrada da frente — responde Tank, sem hesitar. — Eu me lembro disso porque passei por uma nuvem daquele cheiro horrível de morango do *vape* daquela mulher.

— O *vape* de Jennifer Watts. — McAdam faz que sim. — Então, ela deve ter visto o senhor, não? Será que ela pode corroborar seu paradeiro?

Tank reflete e depois balança a cabeça.

— Na verdade, eu não a vi. Mas ninguém mais usa aquele troço horrível.

Você sente que a conversa não vai adiante e que isso é tudo que vai arrancar de Tank por ora. Assim sendo, deixa que ele volte a nadar enquanto sai com McAdam da área da piscina.

— Verifique esse negócio de IA dele, por favor, sargento. Tem alguma coisa na história de Tank que ainda não me bate legal. Me pergunto o quanto ele precisava do dinheiro de Kennedy.

McAdam dá de ombros.

— Fico surpresa de que ele precise de investidores. Ele vale milhões.

— Verdade, mas, embora possa não entender de empreendedorismo como Tank, até eu sei que um empresário esperto não arrisca o próprio dinheiro.

Anote **T7** *em seu caderno e* **some 1** *ao seu valor de INTERROGATÓRIO*

Se já tiver T2 anotado, vá para **193**

Caso contrário, vá para **65**

90

— Pensando nisso agora — diz Baker —, Carla Nesbitt de fato me perguntou recentemente sobre o projeto do Sr. Kennedy. Mas as indagações dela diziam respeito a prazos.

— Prazos?

— A data da nossa decisão final, o organograma de construção proposto e daí por diante. Supus que ela estivesse considerando comprar alguns imóveis, caso o projeto fosse aprovado. Ela é uma proprietária de imóveis da região, veja bem. Mas eu esclareci que o projeto provavelmente seria rejeitado no estágio atual.

— O senhor explicou a ela o motivo?

— Não me recordo, lamento. Foi uma conversa casual, depois de uma reunião do conselho, não uma correspondência oficial.

Você agradece a Baker pelo tempo dispensado e volta para o carro de McAdam, grato por deixar para trás o prédio sufocante. Mas não está mais fresco do lado de fora, embora ao menos o ar se mova. Você não descobriu muita coisa com essa conversa, mas ela reforçou coisas sobre Kennedy. Uma questão que lhe ocorre é por que Carla Nesbitt andou perguntando sobre o prazo do projeto imobiliário de Kennedy. Se ela não o defendeu perante o conselho, que diferença o prazo faria para ela? Será que ela estava envolvida de alguma maneira que não comentou com você?

O sol baixa devagar no céu e ainda restam vários lugares a que você pretende ir antes do fim do dia. Você precisa apressar o passo.

Anote P7 *em seu caderno, depois vá para* 30

91

— Doutora — você diz, atendendo o celular. — O que tem para mim?

— Aquilo que se pode ter em um *post mortem* — responde a Dra. Wash secamente. — Concluí meu exame preliminar. Venha até o necrotério quando puder e eu o repassarei com você.

— É pra já. Estaremos aí em breve.

Você encerra a ligação, e McAdam levanta uma sobrancelha indagadora.

— Vamos ver a Dra. Pomposa, né?

— Suponho que ela não vá gostar de ser chamada assim. Agora, vamos ver o que Harry Kennedy conseguiu dizer à boa doutora após o devido exame.

Você instrui o agente Zwale a garantir que os oficiais fardados colham o depoimento de todos no local o quanto antes. Não se pode forçar as pessoas a permanecerem ali muito mais, por isso o tempo é fundamental.

Deixando o Elysium e a Mansão Finchcote para trás por enquanto, você entra no carro da sargento McAdam para ir até o necrotério. Ela sai a toda, cantando pneu e botando um rock explodindo na caixa de som. O vocalista parece estar sendo submetido a uma tortura.

— O Sr. Kennedy já está morto, sargento — você grita, segurando-se no banco como se fosse uma tábua de salvação. — Esse fato não vai mudar, não importa quão rápido cheguemos.

— Você parece Emma falando — diz McAdam, estalando a língua, então reduz a velocidade e baixa o volume da música. — Ela diz que eu deveria trabalhar no departamento de tráfego.

— Realmente parece que você está treinando para isso. O que Emma faz?

McAdam sorri.

— Cuida da casa, mantém tudo organizado. É um pouco mais fácil agora que os pequenos estão na escola, mas ela continua tendo muito trabalho, além de cuidar do Champ, claro. Nosso cachorro — explica ela.

— Entendi. Consigo de fato imaginar a cena. Qual a raça dele?

Mentalmente você vê a sargento segurando com orgulho um rottweiler, ou talvez um dobermann.

— Corgi — responde McAdam. — Nossa, ele dá um trabalhão.

E assim você aprende a não fazer suposições. O restante da viagem é feito num silêncio confortável, depois de atravessar o rio e sair da cidade. Os campos e os gramados estão começando a amarelar por causa do calor incessante das últimas semanas. A terra sobe do solo em nuvens esparsas, levada pelos carros que passam. Sem dúvida, o calor deve amainar logo e trazer um pouco de chuva bem-vinda.

Pouco depois, McAdam entra no estacionamento de um prédio comum de um único andar na periferia da cidade. A única dica sobre a sua natureza é uma van com aparência de ambulância, próximo ao que, do contrário, poderia ser confundido com o portão de um galpão industrial.

Você desce do carro e entra, agradecendo pela temperatura cuidadosamente controlada do necrotério. Depois de se identificar, você segue para o laboratório da Dra. Wash, onde o corpo de Harry Kennedy, agora limpo e nu, jaz numa mesa central de metal, sob um lençol branco engomado.

Atrás de um biombo de acrílico, a doutora está sentada diante do computador, comendo uma salada.

— Só um minutinho — diz ela. — Imaginei que você fosse querer esses resultados o mais rápido possível, por isso atrasei meu almoço.

— Isso parece tão saudável que é suspeito, doutora. O que é?

A doutora sorri.

— Couve fresca, grãos de edamame e cenoura com molho de gengibre. Uma delícia.

McAdam faz uma expressão de repulsa.

— Parece coisa que os seus animais na fazenda comeriam. Prefiro hambúrguer.

A Dra. Wash ri, mesmo de boca cheia.

— Então, você ouviu falar da minha fazenda, hein? Talvez eu prepare um pouco para George quando chegar em casa.

— George é o seu marido?

— Não, sargento, ele é um bode montês. Meu primogênito, na verdade, que, na senilidade, assumiu o papel de guardião das ovelhas. — Ela empurra para o lado a salada pela metade, põe uma touca sobre o cabelo branco curto e sai de trás do biombo para lavar as mãos. — Agora, quanto ao corpo, a primeira coisa que tenho a dizer é que posso ter sido precipitada em minha avaliação anterior.

— Como assim? — você pergunta. — A senhora não está achando agora que foi suicídio, certo?

A Dra. Wash se aproxima do corpo de Kennedy e remove o lençol. O sangue foi lavado, mas as feridas continuam extensas e, combinado com o cheiro ácido do desinfetante forte usado no laboratório, o quadro basta para revirar seu estômago.

— Não, mas não posso afirmar com certeza que foi o forcado que o matou — explica ela. — Não há dúvida de que a morte foi por exsanguinação, mas, se isso ocorreu por causa da ferida no peito ou da ferida na cabeça devido à queda, é inconclusivo. Como veem, a queda causou grandes danos à cabeça e ao rosto. Ele pode até ter sido golpeado na cabeça de antemão, mais quaisquer evidências disso se perderam em seguida ao impacto no solo.

A Dra. Wash indica as áreas de que está falando, e McAdam dá uma boa olhada na cabeça de Kennedy.

Você fica um pouco na retaguarda e prefere aceitar a palavra da doutora.

— Tem outra coisa, também, que eu não vi até limparem o corpo. — Com a ajuda de um assistente, ela vira o Sr. Kennedy de bruços para mostrar as costas dele. Três pequenas manchas vermelhas circulares descem pela linha da espinha.

— O que é isso? — pergunta McAdam.

— Aparentemente, queimaduras leves — diz a Dra. Wash. — Também ocorridas pouco antes da morte. Eu diria que foram sofridas não mais que seis horas antes de morrer.

Você observa os círculos, perguntando-se o que poderia tê-los causado.

— Mais alguma coisa? Lesões de defesa?

— De novo, é difícil dizer com certeza. Havia terra e cascalho debaixo das unhas, que parecem ser do mesmo tipo encontrado na varanda de onde ele caiu. Mas cascalho é cascalho, por isso duvido que possamos provar de maneira conclusiva. Quanto aos ferimentos, existem lacerações recentes, mas apenas num lado. — Ela ergue o antebraço direito de Kennedy para mostrar uma série de cortes e hematomas.

— Não acha que elas sejam de defesa? — você pergunta.

— Um forcado, em si, não é pontiagudo — explica ela. — É pontiagudo nas extremidades, lógico, mas não possui uma lâmina de fato. Esses cortes são muito mais compatíveis com uma lâmina cortante de algum tipo. No entanto, embora isso sugira lesões de defesa, é muito raro encontrá-las em apenas um dos braços.

Você conjetura sobre isso durante um instante, depois se recorda dos fragmentos ensanguentados de vidro.

— As portas-balcão que levam à varanda estavam estilhaçadas. Será que esses cortes foram causados por cacos de vidro?

A Dra. Wash torna a olhar para os ferimentos e faz que sim, satisfeita.

— É, essa seria a explicação.

— Ótimo. Alguma informação a partir do relógio?

— Apenas um relógio comum, que parou às dez e quarenta e três, quando bateu no chão. Também confirmamos que o cartão-chave abria o quarto dele. Nada fora do comum.

— Vamos juntar tudo isso num esboço de hipótese — você sugere. — Kennedy foi apunhalado dentro do quarto, daí o sangue no chão e a trilha dele levando para o lado de fora. Cambaleou até as portas-balcão, caindo em cima delas, partindo as vidraças e cortando o braço. Continuou até a varanda, onde deixou uma mancha de sangue em formato de mão no parapeito. Então, caiu da balaustrada no chão lá embaixo. Seu assassino voltou para dentro, lavou-se na pia, depois saiu e trancou a porta, levando com ele a chave.

A sargento McAdam assente com a cabeça.

— Também é possível que o Sr. Kennedy tenha sido empurrado de encontro às portas e depois jogado da varanda, em vez de cair.

— Verdade — você concorda. — Ainda há muito a ser explicado, inclusive por que o celular dele caiu a três metros de distância e em que momento uma rosa foi posta em sua boca. Mas já é um começo. Não concorda, doutora?

— Confirmar a hipótese é o seu trabalho — responde a Dra. Wash, sem disposição para ser atraída para a especulação. — O meu está cumprido, e não há muito mais que eu possa lhe oferecer do que dizer que Kennedy estava com a saúde compatível com seus cinquenta e poucos anos e má alimentação. Ainda assim, embora o coração e o fígado não estivessem em plena forma, ele não estava prestes a contrair doenças ou ter problemas graves num futuro próximo.

— A rosa na boca tem alguma característica especial?

A doutora ergue uma bandeja de exame de metal, em cima da qual está a rosa em questão.

— Uma rosa como outra qualquer — diz ela. — Recém-colhida, provavelmente da planta na varanda, como já pensávamos. Está um pouco esmagada, o que sugere que já estava na boca da vítima quando ela caiu e foi afetada pelo impacto. Incomum e macabro, com certeza. Mas não contribuiu materialmente para a morte.

Você observa a rosa, desejando que ela revele seus segredos. Se as plantas falassem...

— Mais alguma coisa? — você pergunta.

— Só que fiz uma análise do grupo sanguíneo nas roupas que o gerente nos deu e confirmei que o sangue nelas provavelmente pertencia à vítima.

— Batem, então?

— Batem, e é um tipo relativamente raro, aliás. O grupo sanguíneo de Kennedy era A negativo, o que ocorre em menos de dez por cento da população do Reino Unido. Não posso afirmar com certeza sem um teste de DNA, claro, mas, nas atuais circunstâncias, estou disposta a afirmar que é altamente provável que o sangue nessas roupas pertença à vítima.

— Não seria a primeira vez que um assassino finge "achar" o corpo para poder explicar por que está coberto de sangue — sugere McAdam. Ela está certa, Stephen Cheong precisa continuar na lista de suspeitos.

— Agradeço seu tempo, doutora. Vamos deixar que termine o seu almoço.

Antes que você saia, porém, a patologista chama de canto sua atenção e pergunta baixinho:

— Como vão as coisas com a nova recruta? — pergunta, indicando com um aceno de cabeça a porta pela qual a sargento McAdam já saiu.

— Não chega a ser nova, na verdade — você responde. — McAdam tem um currículo respeitável na Nortúmbria, em termos de conclusão de casos. Até agora ela tem tido altos e baixos, deixando passar coisas aqui e ali, mas também oferece boas ideias vez ou outra. Espero que as coisas se acalmem.

— Sim, com certeza. Você sabe que costumo dar o troco, detetive, mas não costumo esperar insultos de um policial cinco minutos depois de conhecê-lo.

— Acho que podemos colocar na conta do nervosismo, doutora. Estou de olho nela, fique tranquila. Vou avaliar a sargento pelos resultados, não pela postura.

— Só garanta que, se ela se queimar, não queime você junto.

A Dra. Wash segura a porta para você, que sai do necrotério e encontra McAdam aguardando do lado de fora, sob o quente sol vespertino.

— Tudo bem? — pergunta ela, quando você atravessa para chegar ao carro.

— Sim, embora eu deva lhe avisar que, se continuar caindo na pilha, ela vai continuar espezinhando você. Não se deixe enganar pelo sotaque sofisticado. A Dra. Wash conviveu a carreira toda com policiais sem papas na língua e sabe direitinho o que fazer para afetar quem quer que seja.

McAdam bufa.

— Só não entendo por que ela se dá ao trabalho de criar animais de corte se não os abate. É um bocado de carne boa sendo desperdiçada.

— Você não disse que tem um cachorro? — você indaga.

— Sim, e daí?

— Pergunte aos seus filhos. Desconfio que eles vão ter uma perspectiva bem diferente a respeito de criar animais sem "desperdiçar" a carne.

— Não é a mesma coisa — resmunga McAdam, entrando no carro. — Para onde agora? De volta à mansão?

— Ainda não. Vamos deixar os policiais tomarem os depoimentos de todos e mantê-los em banho-maria por um tempo antes de interrogá-los de novo. Quero usar o resto do dia para lançar nossa rede mais longe.

Porém, antes que possa orientar McAdam, você recebe uma ligação. É Penny, uma técnica sênior do laboratório de perícia digital.

— Penny — você atende no viva-voz, para que McAdam possa ouvir. — Alguma boa notícia?

— Não muito — responde ela. — O celular da vítima foi seriamente danificado, com múltiplas rachaduras de impacto externas e internas. Fixamos a tela e fizemos recuperações muito preliminares, mas não sei se vamos conseguir extrair muito mais informações.

— Qualquer coisa é melhor que nada — você lhe garante. — O que conseguiram até agora?

— Uma mensagem de texto, enviada pela vítima para Carla Nesbitt há três dias.

Mc Adam dá um sorriso.

— O que diz a mensagem?

Penny hesita.

— Esse é o problema. Está distorcida, não faz o menor sentido. Um membro da minha equipe acha que pode ser um código. É possível, mas jamais vi um desses.

— Entendi. Pode mandá-la para mim? E você conseguiu alguma digital no telefone?

— Conseguimos, mas todas pertencem ao Sr. Kennedy. Mesmo se houvesse outras, o dano ao celular pode tê-las destruído.

Ambiguidade parece ser um aspecto recorrente neste caso.

— Estou enviando o texto agora. Boa sorte.

Você agradece a Penny e conclui a ligação. Poucos segundos depois, recebe a mensagem de texto:

Mensagem de texto nº 1: Harry Kennedy para Carla Nesbitt, 3 dias atrás:
Euli beki yeae zai iaev ezaiuib bici vou. Weu yiwbi zai eua oolea mi kolu oilqemu bi euli mia yae caeb

— Ela não está errada — diz McAdam, lendo por sobre o seu ombro. — Lixo total.

— Ou talvez seja de fato um código. O que me leva a refletir sobre por que Harry Kennedy se deu ao trabalho de esconder uma mensagem. — Você faz uma cópia do texto, para o caso de lhe ocorrer uma inspiração e conseguir decodificá-la mais tarde. — Ainda que seja de fato lixo, temos que perguntar a Carla Nesbitt por que Kennedy a mandou justamente para ela.

— Assédio? — sugere McAdam. — Pelo que ela disse, ele parece ser desse tipo.

É verdade, mas você jamais confiou em respostas óbvias. Com enorme frequência, elas escondem uma verdade mais profunda.

— Já temos os registros financeiros de Kennedy?

McAdam verifica seus e-mails e sorri.

— Chegaram enquanto estávamos com a doutora, na verdade. Vamos dar uma olhada... Eita!

Você se inclina para ver o que parece tão interessante e constata que são células de uma planilha. Isso é uma surpresa, já que a sargento parece o tipo de pessoa que evitaria detalhes minuciosos a todo custo.

— Você consegue mesmo entender isso aí? — você pergunta.

— Lógico que não — responde ela, rindo. — Pedi que providenciassem um resumo. Ouça: Kennedy Homes está numa situação ruim, com pouquíssimo dinheiro para movimentar e dívidas vultosas tanto com fornecedores quanto com o banco.

— Mas Flora Kennedy sugeriu que o negócio estava indo bem.

— O que os olhos não veem o coração não sente, imagino eu.

Então, Flora mentiu para você ou Harry andava escondendo da esposa o estado dos negócios. Com a empresa em apuros, mesmo que o conselho tivesse aprovado o projeto para o novo empreendimento imobiliário, como ele arrumaria capital para construí-lo? Será que o banco se arriscaria a lhe emprestar mais dinheiro?

McAdam continua lendo o resumo.

— Não há muitos pagamentos feitos por Kennedy para amortizar as dívidas... Mas, há três semanas, a empresa pagou sete mil libras de honorários de consultoria.

— Isso é incomum? Consultores costumam ser bem pagos.

— Sim, mas ao que parece a Kennedy Homes jamais fez negócios com essa empresa antes. Meio estranho contratar um novo prestador quando se está sem grana.

— Qual é o nome da empresa de consultoria?

— Standard Umbrella. Nunca ouvi falar.

Você também não, mas vale a pena dar uma verificada.

— Tem mais alguma coisa?

— Com certeza. Pedi à equipe financeira que verificasse o pagamento de Kennedy ao Elysium. Não houve pagamento. Nada da conta pessoal, nem da conta comercial, e nenhuma reserva no cartão de crédito.

— Mas a recepcionista disse que todos os pagamentos são feitos antecipadamente.

— Pois é. Uma cortesia da gerência, talvez?

Você se pergunta o que pode ter levado Stephen Cheong, um sujeito nitidamente preocupado com o fluxo de caixa, a abrir mão de nove mil libras.

Verifique seu caderno em busca de pistas na seguinte ordem:

- *Se tiver A2 anotado, vá para* **3**
- *Se tiver C7 anotado, vá para* **64**
- *Caso contrário, vá para* **30**

92

— Na superfície, pode parecer complexo — você diz, dirigindo-se ao grupo —, mas na verdade é bastante simples. De certa forma, a pista desse caso esteve debaixo do nosso nariz o tempo todo... mas também remonta a vários anos, num país totalmente diferente.

Você começa a andar para lá e para cá em frente ao lustre caído, cada passo acompanhado por lufadas de vento que lançam chuva pesada nas janelas do saguão.

— Muitos de vocês aqui tinham motivos para querer ver Harry Kennedy morto, o que gerou uma grande confusão na investigação. Houve momentos em que comecei a me perguntar se estava seguindo o caminho errado e deixando passar o verdadeiro assassino. Como o senhor, Sr. Destroyer.

Tank fica tenso e bastante atento.

— O quê? Não fui eu. Eu não estava lá.

— Não, o senhor não estava. A despeito de ter sido a última pessoa vista com Harry Kennedy, sem falar que não possui qualquer álibi legítimo, não acho que teria tido tempo de matá-lo, correr para a piscina, nadar durante algum tempo e *depois* sair dela para contemplar o corpo da vítima junto com os demais. Certamente não sem ser visto por alguém.

O suposto figurão da tecnologia solta um suspiro de alívio.

— Claro que isso não o absolve de outros pecados. Fraude, falsificação e quem sabe quantos outros ilícitos... O senhor é uma figura, Sr. Destroyer, mas não um assassino.

Ouvindo isso, Tank parece bem menos aliviado, mas não discute. Você se volta para Carla Nesbitt.

— E quanto à senhora, Sra. Nesbitt?

Carla dá de ombros.

— Eu estava na aula de tai chi. Pergunte a qualquer um que estivesse lá.

— Mas tirou uma folga, lá pela metade da aula — intervém Bill Cheong.

A parlamentar enrubesce.

— Para ir ao toalete, sim. E daí?

— Daí que a senhora pode não ter ido ao toalete — você explica —, mas, em vez disso, talvez tenha atraído Harry Kennedy até o quarto que servia como depósito para matá-lo. Não podemos ignorar que encontramos seu DNA na pia do quarto, afinal. Mas não acho que a senhora foi embora depois de matá-lo. Acho que a presença do seu DNA lá se deve ao fato de que a senhora e Harry usavam o local para encontros secretos.

A cabeça de Flora gira subitamente para encarar Carla, que permanece indiferente.

— De todo jeito, não creio que a senhora o tenha matado — você diz à parlamentar. — A senhora está em forma, mas mesmo assim teria dificuldade para subir correndo três lances de escada, matar Harry, se limpar e depois voltar correndo até o gramado para retomar a aula de Bill Cheong, apenas cinco minutos mais tarde.

Carla não sabe ao certo se deve ficar lisonjeada, ofendida ou aliviada. Decide-se por um assentimento curto, ignorando Flora.

— Stephen Cheong é um outro suspeito óbvio — você prossegue, provocando um protesto por parte do gerente.

— Eu não o matei — insiste ele. — Fui eu que o encontrei.

— Uma artimanha clássica — você explica. — Matar uma pessoa e depois fingir que encontra seu corpo lhe dá uma desculpa concreta para ter o sangue da vítima na roupa. Além de justificar as provas deixadas na vítima. E existem sem dúvida algumas coisas nebulosas ocorrendo no Elysium, que meus colegas nas investigações corporativas vão examinar tão logo eu as reporte a eles. Mas não acredito que o senhor possua uma natureza assassina.

Stephen parece aliviado com a conclusão, mas depois mostra preocupação com sua ameaça de enviar o relatório ao departamento de crimes corporativos. E tem razão.

— Também considerei Flora Kennedy, é claro — você prossegue. — A viúva que agora herda tudo, ainda que estivesse planejando entrar com um pedido de divórcio.

Flora se mostra horrorizada.

— Por que me dar ao trabalho de pedir o divórcio se iria matá-lo?

— Boa pergunta. Mas com certeza a senhora sabe que a sua herança não vale nada. A Kennedy Homes não tem dinheiro nem bens, especialmente porque a aposta do seu marido no novo empreendimento não funcionou.

Flora suspira.

— Ele era um empresário sagaz, mas "aposta" é o termo correto. Harry vivia sempre de olho num atalho para o dinheiro.

— Por causa disso, o único jeito de a senhora conseguir tirar dinheiro desse negócio agora é vendê-lo, e mesmo assim talvez só consiga uns trocados. Seria melhor vender a sua Ferrari... com a qual a senhora poderia ter vindo até aqui ontem de manhã e matado Harry antes de voltar para casa.

Flora se remexe, nervosa.

— Mas eu não acredito que a senhora possa ter feito isso sem que ninguém notasse. Se me permite dizer, a senhora não é nada discreta.

— Mas ela realmente desconfiava de que ele estava tendo um caso — diz Jennifer Watts. — Lembre-se de como ela reagiu ao Viagra. E ela agrediu Alina! Foi presa por isso.

— Tudo verdade — você concorda —, mas parece claro que Flora culpava as mulheres, não Harry. Além disso, não seria muito difícil coletar provas desses casos se ela quisesse mesmo. O que nos leva à senhorita, Srta. Watts.

A recepcionista se mostra chocada.

— Juro que eu não estava dormindo com ele! Ele propôs ter um caso comigo, como fazia com todo mundo, mas eu dei um fora nele.

— Temos apenas a sua palavra quanto a isso. Me perguntei durante um tempo se haveria alguma verdade nas acusações de Flora.

— Eu não cheguei nem perto daquele quarto onde Harry foi morto. De qualquer forma, eu não precisaria roubar a chave do quarto, não é mesmo? Eu poderia simplesmente pô-la de volta no escaninho.

— Mas isso iria levantar suspeitas sobre a senhorita imediatamente, já que era uma das duas únicas pessoas com acesso à chave. A senhorita esteve mesmo na recepção o tempo todo ontem de manhã? Ninguém iria se importar se tirasse um intervalo de cinco minutos. Todo mundo parece habituado ao seu *vape* de morango impregnando o saguão.

Jennifer franze a testa.

— Ora, muito bem. Eu tirei um intervalo, na verdade. Mas fui para o lado de fora, não para o andar de cima!

— Acredito na senhorita. Não creio que tivesse motivo suficiente para cometer o assassinato, e, a menos que tenha algum tipo de artefato de *vape* automático, precisaria estar aqui embaixo para o aroma de morango estar presente.

A recepcionista suspira aliviada. Então se dá conta do que isso significa e — juntamente com os demais presentes na sala — volta a atenção para Alina.

Ou melhor, para onde Alina estava.

— *Ei! Me solta, seu escroto!*

Enquanto você falava, a massoterapeuta recuou discretamente para o interior do grupo, tomando a direção da saída. Mas você antecipou isso; como o agente Zwale não está mais usando farda, você lhe pediu que se misturasse aos Amigos. Agora ele segura com firmeza o braço da massoterapeuta.

— Isso nos deixa apenas Alina Martinescu — você conclui. — Agora, permitam-me explicar como e por que ela matou Harry Kennedy.

Vá para **200**

93

Carla suspira.

— Olha, peço desculpas por fazer um teatro quanto a Harry, mas preciso que entenda que não posso me dar ao luxo de um escândalo. Meu marido não sabe e não há motivo para que venha a descobrir.

— O que eu me pergunto é até onde a senhora iria para garantir isso.

Carla leva um instante para entender o que você está sugerindo. Quando a ficha cai, seus olhos brilham de raiva.

— Que ousadia! Eu não estava nem perto do depósito, ou de Harry, quando ele morreu. Estava fazendo aula de tai chi no gramado, junto com uma dezena de outras pessoas. Além disso, o assassino de Harry me parece óbvio.

— Sério? Por favor, me diga quem é.

A parlamentar revira os olhos.

— Aquela mulher pavorosa dele, é claro. Flora. Você já viu o gênio dela. E ela desconfiava que ele tinha um caso.

— No que estava certa, embora achasse que a amante fosse Jennifer Watts.

— Ao que me consta, éramos nós duas. Harry e sua mão boba não eram confiáveis perto de mulheres. Por isso rompemos, para começo de conversa, tantos anos atrás.

— No entanto, a senhora continuou dormindo com ele — observa McAdam.

Carla dá de ombros.

— Toda a diversão sem o sofrimento, sargento. Duvido que você entenda. Flora certamente não entenderia. Ela nunca foi sofisticada, infelizmente.

Você já está de olho em Flora Kennedy. Será possível que o ciúme ou a humilhação a tivessem levado a matar o marido?

— Encontrar a senhora foi o único motivo pelo qual Harry veio para cá? — você pergunta. — Ou ele tinha outros negócios em mente também?

Carla dá de ombros.

— Você teria de perguntar a ele, embora, lógico, isso não seja possível. Harry não mencionou nenhum outro negócio para mim. Ele sequer mencionou o Elysium até o início desse ano, quando falou dele do nada.

— Porque sabia que a senhora era frequentadora assídua?

— Suponho que alguém tenha dito a ele. Apesar da sua ignorância, detetive, sou bastante conhecida.

Você resiste ao impulso de retrucar.

— O que a senhora lhe disse sobre o Elysium?

— Nossa, eu sei lá. Que eu gostava daqui, que achava muito relaxante, isso é, normalmente, e sobre os milagrosos dedos verdes de Stephen. Suponho que isso tenha atiçado a curiosidade dele, porque há poucas semanas ele me perguntou quando eu pretendia vir para que ele pudesse reservar a mesma época. Fiquei surpresa por ele encontrar vaga, para ser franca. Como pôde ver, aqui é um bocado movimentado nessa época.

— Não apenas conseguiu uma vaga, ele não pagou a estadia — intervém McAdam. — Ao que parece Stephen Cheong deu a Harry um pacote VIP grátis. O que acha disso?

Carla parece genuinamente surpresa.

— Não acho nada. Eu sequer estava ciente de que eles se conheciam.

A conversa se encaminha para uma conclusão natural, mas, por experiência própria, você sabe que às vezes esse é o momento em que as declarações mais interessantes são feitas.

— A senhora mencionou que Stephen tem dedos verdes milagrosos — você insiste. — O que quis dizer com isso?

Carla dá de ombros.

— Não sou jardineira, detetive, mas não é preciso ser para ficar impressionada com as plantas e as flores maravilhosas do Elysium, sobretudo visto que Stephen está sempre reclamando do tempo. Ele trabalha muito pesado.

Anote **C10** *em seu caderno, depois o verifique na seguinte ordem:*

Se tiver S7 anotado, vá para 159

Se tiver S1 anotado, vá para 192

Se tiver S2 anotado, vá para 52

Caso contrário, vá para 25

94

O sol da tarde está quase se pondo e, consultando o relógio do painel do carro de McAdam, você se dá conta de quanto tempo faz que já está na rua. Tecnicamente, seu turno terminou faz uma hora.

— Vamos encerrar o expediente para que você possa voltar para a sua família — você diz a McAdam. — Garanto que Champ está à sua espera atrás da porta.

— Ele é mais de Emma do que meu, para ser sincera — diz ela. — É Emma quem lhe dá comida, por isso ele passa o dia grudado nas pernas dela. Vou só ligar para avisar que estou chegando.

McAdam pega o celular para enviar uma mensagem, e você repara que a imagem da tela de bloqueio é uma foto de família.

— Quantos anos seus filhos têm? — você pergunta.

— Nora tem 9; Douglas, 7.

Ela lhe mostra a foto: McAdam e uma outra mulher sorridente ao lado de um menino loirinho e uma menina asiática segurando um corgi satisfeito numa coleira.

— Vocês todos parecem felizes — você diz com aprovação.

McAdam faz que sim, agradecida, e envia a mensagem antes de dar a partida no carro. A sós com seus pensamentos, você reflete sobre a sua reação à foto. Será que esperava que a sargento fizesse caretas em fotos familiares por conta do comportamento dela no trabalho? Seu estilo reativo como policial não significa que ela tenha de ser assim em casa. Você se pergunta se isso poderia até mesmo ser uma válvula de escape para coisas que não lhe são permitidas na presença de Emma e das crianças.

Enquanto McAdam dirige pelas ruas movimentadas da cidade, você pensa no que aprendeu hoje. Sua hipótese sobre a cena do crime tem se sustentado até agora, mas você não reuniu provas suficientes para fazer uma acusação concreta. Por outro lado, existem agora vários suspeitos para o assassinato de Kennedy. A maioria tem álibis, mas você sabe que, sob exame, muitos álibis acabam se mostrando bem menos sólidos do que parecem.

Você tem certeza de que a chave para solucionar este caso é a motivação. *Por que* Harry Kennedy foi morto? De novo, você já encontrou várias respostas potenciais. Ele era sem dúvida uma espécie de patife, com um lado sedutor e outro embusteiro. Mas será que existem outras coisas a serem descobertas?

A noite parece cair inusitadamente rápido durante a volta para casa, até você se dar conta de que seus olhos estão lhe pregando uma peça. A luz mortiça não é do anoitecer, mas se deve às nuvens que se amontoam.

— Isso é um tanto curioso — você comenta. — Será que estamos finalmente prestes a nos livrar do calor?

— A previsão é bastante sinistra — diz McAdam. — Ainda bem que começamos hoje. Nunca é divertido ficar em volta de cadáveres na chuva.

Seus pensamentos retornam por um instante à planície de inundação sobre a qual Harry Kennedy queria construir. Se a chuva pesada cair, os residentes de Burrowlands dependerão de que aquele campo cumpra sua função. Pingos pesados de chuva começam a salpicar o para-brisa enquanto vocês se aproximam da sua casa.

— Se isso piorar, talvez eu me atrase para dar carona para você amanhã — diz McAdam. — Emma não dirige na chuva, então vou precisar levar os pequenos para a escola.

— Não se atrase demais — você diz, enquanto ela para em frente à sua casa. Uma chuvinha fina já começou a cair, e você encontra as chaves e se prepara para dar uma corrida até a porta. — Não podemos manter o Elysium interditado por muito tempo. Amanhã pode ser a nossa última oportunidade de interrogar as pessoas antes de liberá-las.

É tarde demais para preparar um jantar de verdade, razão pela qual você opta por uma refeição de micro-ondas que encontra no fundo da geladeira. Você mal a saboreia, de qualquer forma, já que sua mente está preocupada com o caso. Você revisa as pistas e as informações que já obteve, tentando juntar as peças.

Mais tarde, tentando relaxar diante da tevê, o caso continua a preocupar. Que raios estava Harry Kennedy — e seu agressor desconhecido — fazendo naquele depósito sem uso? Se era privacidade que queriam, o quarto dele ficava logo abaixo no corredor. Isso significa que o assassino o atraiu até o quarto 312? Ou talvez ele não tenha ido voluntariamente, certo?

Finalmente, você tranca a casa e se deita. Mesmo assim, é difícil relaxar.

Passado um tempo, o ritmo da chuva que cai faz o que o seu cérebro hiperativo não consegue e você adormece. Mas é um sono inquieto, e, quando você acorda de manhã e descobre que continua chovendo, sua impressão é de não ter descansado.

Uma chuveirada e o café da manhã ajudam. Logo, você sente disposição para enfrentar o mundo, revisando suas expectativas e seus planos para o dia. Você espera notícias da perícia digital sobre o laptop de Kennedy; é raro eles levarem muito tempo para descobrir a senha de um computador. Talvez isso seja o empurrão de que precisa.

Aguardando a chegada da sargento McAdam, você reflete sobre o primeiro dia de trabalho num caso com ela. Ela é teimosa e falastrona, mas talvez isso resulte num bom equilíbrio para a sua abordagem, que é mais cuidadosa e ponderada. Ela fez boas perguntas aos interrogados e até mesmo proveu um ou dois insights que não haviam lhe ocorrido. Seus modos, por assim dizer, precisam ser trabalhados, mas essa é uma área onde a sua liderança pode servir de exemplo. No geral, você se sente melhor sobre essa nova parceria hoje de manhã do que se sentiu ontem.

Neste instante, você ouve uma buzina e ergue os olhos, notando o carro da sargento estacionado lá fora. Depois de enfiar o casaco e pegar um guarda-chuva, você corre até o carro, entrando rapidamente.

— Acho que a pegamos — diz a sargento, antes mesmo que você fale "oi".

— Pegamos quem?

— Flora Kennedy — responde McAdam erguendo o telefone. — A equipe de monitoramento de tráfego passou a noite rastreando a Ferrari dela. Ela saiu do advogado no horário que declarou, mas depois seguiu em direção ao Elysium, antes de sumir das câmeras por dez minutos. Quando voltou a aparecer, estava indo embora de novo. Eu disse que ela poderia fazer isso se enfiasse o pé no acelerador. Querem que a gente vá até a delegacia ver com nossos próprios olhos e confirmar os horários.

Então, Flora Kennedy mentiu para você. Será essa a descoberta vital que você procurava? Mas, antes que possa dizer a McAdam que rume para a delegacia, seu celular toca. Você se surpreende ao ouvir a voz do agente Zwale.

— Agente, o que houve?

O jovem está frenético, erguendo a voz para se fazer ouvir acima da algazarra reinante.

— Desculpe ligar, detetive. Estou no Elysium e temos uma situação aqui.

— Que tipo de situação? — Você põe a chamada no viva-voz para que McAdam possa ouvir.

— A Sra. Kennedy está aqui e exige ficar com um pacote que foi entregue hoje de manhã. Está endereçado a Harry Kennedy, mas, em vez de nos informar, Jennifer, a recepcionista, chamou Flora e perguntou se ela queria pegá-lo. Não percebi o que estava acontecendo até perguntar o que ela estava fazendo aqui e agora ela insiste que devemos entregar o pacote.

Isso explica a algazarra. Você agora reconhece a voz de Flora Kennedy, discutindo com alguém.

— Quem endereçaria um pacote a Harry Kennedy no retiro de bem-estar? — você se pergunta em voz alta. — Praticamente ninguém sabia que ele estava aí, para começo de conversa. Agente, você tem alguma ideia do que o pacote contém? De onde veio?

— É difícil dizer. Não é grande, provavelmente veio pelo correio. Ainda não o abrimos, porque não quisemos contaminar nada.

— Bom garoto — diz McAdam. — Explique à Sra. Kennedy que, qualquer que seja o conteúdo do pacote, trata-se de uma potencial prova. Você não pode entregá-lo a ela.

— Já expliquei — diz ele com um suspiro. — Ela não ficou satisfeita. Acho que talvez ajudasse se falassem com ela.

McAdam cobre o bocal do telefone com a mão e diz a você:

— Se Flora for culpada, esse pacote pode ser vital. Ele tem razão, devemos ir até lá e dar uma mãozinha a ele.

Você não tem tanta certeza.

— Zwale se impôs ontem com Flora quando ela chegou, lembra? Não foi você que disse que ele precisa aprender a lidar com essas situações por conta própria?

McAdam dá de ombros.

— Disse, mas não tudo de uma vez. Uma ajudinha nunca faz mal, e o vídeo das câmeras de trânsito não vai fugir.

Por outro lado, quanto mais cedo você confirmar que aquelas imagens incriminam Flora Kennedy, mais cedo poderá retornar ao Elysium e confrontá-la com isso.

Você destapa o bocal do telefone.

— Agente, você está precisando da nossa ajuda? Ou acha que consegue lidar com a situação?

— Hummm... Consigo lidar — responde Zwale, com uma confiança nitidamente forçada. — Deixem comigo.

McAdam silenciosamente balança a cabeça.

Para deixar que Zwale lide sozinho com Flora Kennedy, vá para **46**

Para prosseguir para o Elysium e assumir o controle da situação, vá para **167**

95

Verifique seu caderno em busca de pistas na seguinte ordem:

Se tiver C1 anotado, vá para **130**

Se tiver C15 anotado, vá para **58**

Se tiver C5 anotado, vá para 33
Caso contrário, vá para 187

96

McAdam explica:

— O prestativo agente imobiliário confirma que essas quatro casas são de propriedade de uma única empresa, chamada... Standard Umbrella.

— Não é a empresa para a qual a Kennedy Homes pagou recentemente sete mil por "serviços de consultoria"?

— A própria, e, se isso é uma coincidência, eu sou uma planta.

— Devíamos verificar com a Junta Comercial se existem mais informações a respeito dessa empresa. Deve haver outras coisas que não sabemos.

McAdam começa a tamborilar no telefone novamente.

— Não é preciso, posso procurar no site deles. Hoje em dia está tudo on-line.

— Sim, agradeço, sargento. Eu não estava pensando em dirigir até Cardiff para perguntar pessoalmente, sabe?

McAdam resmunga enquanto digita.

— Standard Umbrella... Nome engraçado, na verdade. Suponho que seja difícil ser inovador atualmente... Tá bem, prontinho. Empresa de administração e consultoria, sem maiores especificidades. O que quer saber?

— Comecemos com os conselheiros e acionistas.

Ela digita um link e depois ri.

— Eita. Ao que parece são os mesmos. Você não vai adivinhar.

— Tem toda a razão, porque sequer vou tentar. Diga logo.

McAdam lhe mostra a tela do celular.

— Não um, mais dois Nesbitt. Carla e o marido são ao mesmo tempo conselheiros e acionistas.

Realmente essa é uma descoberta inesperada. Por que Carla está tão ansiosa para vender as casas? Será que elas também têm janelas mal vedadas e a parlamentar quer se ver livre delas? Ou está procurando obter lucros? Não que essas razões sejam mutuamente excludentes. Os preços neste país só fazem subir, e Carla não seria a primeira nem a última proprietária a vender e embolsar o dinheiro. Por ora, porém, vamos em frente. Você tinha a sensação de que Burrowlands podia ser importante para este caso, e o que descobriu aqui reforça essa tese.

Anote **C1** *em seu caderno e* **some 1** *ao seu valor de LOCALIZAÇÃO. Em seguida, vá para* **30**

97

— Agradeço, Sra. Gibbs. Só mais uma pergunta: onde a senhora estava entre dez e onze da manhã de hoje?

— Na minha academia. E, antes que pergunte, umas dez outras pessoas podem confirmar isso.

Diante da expressão de surpresa que você faz, ela dá de ombros.

— Não sou boba, detetive. Por que outra razão você faria essa pergunta?

Você agradece e sai, voltando para o carro de McAdam. Parece haver alguma conexão nessa história, mas ainda existem muitas pontas soltas.

— Não acredito nem por um segundo que Carla Nesbitt não contou para a filha o projeto de Kennedy — diz a sargento, quebrando o silêncio. — Mas por que mentir sobre isso? O que estava havendo aqui?

— Sei lá. Algo nesse caso todo parece fora do lugar, e sinto que estamos deixando passar alguma coisa importante. Temos que continuar cavando até encontrar.

Some 1 *ao seu valor de* LOCALIZAÇÃO*, depois vá para* **30**

98

Pois bem, três dias antes de ser morto, Kennedy enviou a Carla Nesbitt uma mensagem, recordando-lhe o dinheiro que pagou a ela. Uma quantia que por acaso bate com o que a Kennedy Homes pagou a outra empresa por "serviços de consultoria".

Se tiver P3 anotado, vá para **4**
Caso contrário, vá para **122**

99

Você se vira para Carla.

— Na verdade, Sra. Nesbitt, a senhora teve um papel crucial em expor Stephen sem sequer ter percebido.

A parlamentar parece confusa.

— Não faço ideia do que você está falando.

— A senhora nos disse que fez os maiores elogios ao Sr. Cheong para Harry Kennedy — você explica. — Chamou seu talento para cultivar flores no Elysium de "milagroso", a despeito do tempo horrível. Mas Harry não levou seus elogios ao pé da letra. Em vez disso, suspeitou que Stephen estivesse trapaceando.

— Trapaceando? Como assim?

Vá para 132

100

— Tem uma última coisa — diz a Dra. Wash. — Você se lembra dos cortes e dos hematomas no antebraço da vítima? Depois de mais exames, não creio que eles se devam ao mesmo incidente.

— Como assim? Dois conjuntos de lesões de defesa?

— Não exatamente. Os cortes foram sofridos bem pouco antes da morte, como concluí anteriormente. Mas a lividez dos hematomas sugere que eles ocorreram, no mínimo, quarenta e oito horas atrás e são consistentes com alguém agarrando com firmeza seu braço.

McAdam não diz nada, mas silenciosamente faz um movimento de caratê e aponta na direção do saguão. Você se expressaria de uma forma bem diferente, mas seu raciocínio foi na mesma linha.

— Isso demandaria alguém com bastante força, doutora? — você pergunta. — Um praticante de artes marciais, talvez?

— Tal especulação vai além da minha seara — responde a Dra. Wash. — Mas alguém com esse treinamento provavelmente teria uma força de agarramento significativa.

Você agradece à Dra. Walsh e encerra a ligação. Por que os indícios colocam Carla Nesbitt e Harry Kennedy num depósito sem uso e normalmente trancado? E quem mais poderia ter usado aquela pia?

Como observou McAdam, vocês estão presos aqui agora, motivo pelo qual seria recomendável conduzir mais interrogatórios.

Primeiro, porém, você quer ver se a perícia digital descobriu algo mais e, por isso, liga para Penny.

— Detetive — atende ela. — Eu ia ligar para você, na verdade. Descobrimos alguns e-mails interessantes no laptop de Harry Kennedy. Um é uma conversa com o advogado da Kennedy Homes, garantindo que a empresa não é responsável por reparos na propriedade de Burrowlands.

— Qual o veredicto do advogado?

— Ele confirmou. Aparentemente, os construtores só são obrigados a fazer reparos até dois anos após o encerramento da construção, o que eles chamam de "período de seguro contra falhas". Essa é uma má notícia para os residentes de Burrowlands, já que muitos só começaram a reclamar dos defeitos no ano passado. Janelas mal vedadas, portas emperradas, esse tipo de coisa.

— Má notícia, sem dúvida — você concorda. — Ao que parece, o Sr. Kennedy não era avesso a pegar atalhos em nome do lucro.

Penny prossegue:

— Existe também uma correspondência entre ele e alguém chamado Tank Destroyer. Segundo as anotações do caso, ele é uma testemunha no Elysium, certo?

— Mais que isso, é um potencial suspeito. Do que os dois falaram?

— De nada, tecnicamente, porque é uma via de mão única. Há quase uma dúzia de e-mails, todos de Kennedy para Tank, pedindo dinheiro de investimento. Eles começam educadamente, depois ficam cada vez mais furiosos, e Tank jamais responde. Esses e-mails não são os únicos. Kennedy enviou uma série de e-mails pedindo dinheiro a um bocado de gente, ao que parece. Mas nessas mensagens para Tank ele se mostra especialmente beligerante.

Interessante. Você arquiva tal informação para a próxima vez que interrogar o Sr. Destroyer.

— Encaminhei os e-mails para que você veja pessoalmente — diz Penny. — Me avise quando receber.

McAdam já está verificando o celular.

— Recebido, tudo em ordem — diz ela.

— Penny, e quanto àquelas mensagens de texto desconexas? Mais alguma coisa sobre isso?

— Na verdade, sim — responde ela. — Elas estavam codificadas, no fim das contas. Recuperamos um app no celular de Harry Kennedy que embaralha e desembaralha textos, de modo que mesmo que alguém veja uma mensagem não será capaz de lê-la sem o código secreto.

— E vocês têm esse código? — você pergunta.

— Temos, sim, e devo avisar que ele é bastante complexo. Para a maioria das letras usa-se um código de substituição simples... exceto para as vogais, o que torna fácil conseguir um falso positivo.

McAdam começa a tomar notas no celular.

— Como funciona?

— Bom, o código básico é "menos nove". Assim, se você tem um K numa mensagem codificada, essa é a décima primeira letra do alfabeto. Subtraia nove e você tem dois, a segunda letra do alfabeto, que é B. Assim qualquer K no texto truncado se torna um B.

— O que acontece se B é a letra na mensagem codificada? — pergunta McAdam, o cenho franzido enquanto digita furiosamente. — Dois menos nove é menos sete. Não existe essa letra.

— O código dá a volta no alfabeto e, quando chega ao fim, volta ao início — explica Penny. — Logo, em vez de menos nove, você subtrai sete de vinte e seis para chegar à décima nona letra, que é S.

— Você disse que vogais são exceção — você lhe recorda. — Como assim?

— Isso é que complica. As vogais avançam, em vez de subtrair, mas nem sempre, dependendo do contexto. Vogais na mensagem original são substituídas pela vogal *seguinte* no alfabeto na mensagem codificada, em vez de somar nove. Então, A se torna E, E se torna I e assim por diante. O que significa que qualquer vogal na mensagem que você está tentando decodificar pode ser outra vogal *ou* um substituto para a consoante nove casas atrás. Um I, por exemplo, pode ser um E, a vogal que a precede... ou pode ser um Z, a letra que fica nove casas atrás.

— Nossa mãe — diz McAdam, soltando a respiração. — Como saber o que é o quê?

— Pelo contexto das letras em volta. Acho que é o único jeito. Pegue a primeira palavra da segunda mensagem, por exemplo. O texto codificado é "vewmi"; se subtrairmos nove de tudo, temos "mvndz". Mas, se fizermos as vogais E e I andarem uma casa para trás, temos "mande". Logo, nesse caso fica bem claro qual é o correto...

De repente, a ligação cai, cortando Penny no meio de uma frase. Você tenta retornar, mas a ligação não é completada.

— Sargento, o seu telefone está funcionando?

Ela ergue os olhos de suas anotações.

— Sim, estou usando agorinha... Ah. — Ela torna a olhar para a tela e geme. — Sem sinal.

O seu também está sem sinal.

— A tempestade deve ter derrubado a torre local. Que saco!

Felizmente, você copiou as mensagens de texto quando Penny originalmente as enviou, e agora já sabe o suficiente do código para decodificá-las por completo. Você volta a olhar para elas.

Mensagem de texto nº 1: de Harry Kennedy para Carla Nesbitt, 3 dias atrás:
Euli beki yeae zai iaev ezaiuib bici vou. Weu yiwbi zai eua oolea mi kolu oilqemu bi euli mia yae caeb

Mensagem de texto nº 2: de Harry Kennedy para Carla Nesbitt, 13 dias atrás:
Vewmi eb baeb meceb i eua aibiaeea ub vibvub biob moeb, iui meae av siocx mi vi iwleogea bi coeia saoiu

Mensagem de texto nº 3: de Desconhecido para Harry Kennedy, 20 dias atrás

EULI COWQE AEIEU, ELEKIO MI EIA U LEAE MEB OUUAIB CIWCEWMU YEBBEA MIBYIALIKOMU WAVE UUWPE EOBOCE EU EOEIOAU. IUI LUVYAUA ZAECAU YEUICIB

— É, de fato, um código capcioso — murmura McAdam. — Difícil decifrar, também.

— Sem dúvida. Por isso Harry Kennedy o utilizou. A questão é se essas mensagens estão ligadas à morte dele.

Você começa a decodificar as mensagens, consciente da passagem do tempo, enquanto a tempestade continua feroz.

Depois de decifrar as mensagens, você percebe que cada uma contém um número dentro do texto. Multiplique esse número por **14** para obter um novo número, depois vá até a seção correspondente para discutir isso com McAdam.

NOTA: Se você já decodificou uma ou mais mensagens sem precisar das instruções de Penny, parabenize-se — você ganhará pontos adicionais em sua nota no fim do livro. Agora, porém, há mais a ser descoberto, por isso multiplique cada número dentro dos textos por 14 e vá até a seção pertinente de novo, prestando particular atenção ao seu caderno. Após discutir cada mensagem, você retornará a esta seção.

Depois de fazer tudo que puder com as mensagens de texto e estiver a postos para seguir em frente, vá para **143**

101

Você entra na sala de espera contígua ao saguão e encontra McAdam, o agente Zwale e Flora Kennedy à sua espera. Ao contrário da sala de descanso, esta tem janelas. A chuva continua a cair de encontro aos vidros, ainda mais pesada do que quando você chegou aqui. Você fecha a porta e se senta. Flora segura a cabeça entre as mãos, os olhos fixos no chão.

— Sra. Kennedy — você começa —, devo lhe dizer que a senhora está em sérios apuros. Mesmo ignorando a agressão a Alina, a senhora contaminou o que pode ser uma prova valiosa para o caso. Pode explicar as acusações que fez quando viu o conteúdo do pacote? O que a levou a crer que o seu marido estava tendo um caso com uma funcionária do Elysium?

— Caso? *Aff.* — Flora não encara você. — Uma rapidinha aqui e ali, isso sim. Essa daí é bem o tipo dele.

— Está se referindo a Jennifer? É provável que o seu marido estivesse dormindo com ela?

A viúva dá de ombros.

— Harry dormiria com qualquer coisa jovem e bonita. Aprendi a conviver com isso, suponho.

— Por que a senhora estava tão ansiosa para levar embora o pacote? Desconfiava do que havia nele?

— Não, mas... Harry tinha uma quedinha por me envergonhar. E eu estava certa, não é mesmo?

— Era por isso que estava planejando se divorciar dele?

O rosto de Flora se transforma numa máscara impassível.

— Meu advogado me aconselhou a responder "sem comentários" a perguntas assim.

McAdam intervém:

— A senhora sabe que temos as gravações das câmeras de trânsito mostrando seu carro vindo nessa direção ontem de manhã.

Por isso volto a perguntar: a senhora veio aqui depois de se encontrar com seu advogado?

— Sem comentários.

— Sra. Kennedy, a senhora matou o seu marido?

Ela hesita, então:

— Sem comentários.

Você não vai extrair mais nada dela. Com pouca escolha após o que ela fez com Alina, você se põe de pé e dá a má notícia.

— Flora Kennedy, a senhora está presa sob suspeita de agressão física, enquadrada na Seção 39 da Lei de Justiça Criminal de 1988. A senhora tem o direito de permanecer calada...

Enquanto lhe dá esclarecimentos, você se surpreende ao ver a reação de Flora. A maioria das pessoas desaba e se desespera ao ser presa, mas a Sra. Kennedy recupera sua força e pose, sentada empertigada com uma expressão desafiadora. Pouco antes, se mostrou desesperada; agora, parece pronta a enfrentar o mundo.

Você instrui o agente Zwale a providenciar para que ela fique sob custódia. Primeiro, porém, você verifica com ele os depoimentos colhidos ontem.

— Acho que ninguém viu coisa alguma — diz ele, sisudo. — A maioria das pessoas estava tendo aula no momento, não de olho no pátio. Até onde sabemos, Alina e Tank continuam sendo as últimas pessoas a verem Kennedy.

Vá para **133**

102

Você toma sua decisão.

— Agente, leve a Sra. Kennedy lá para cima, acomode-a na sala de espera e fique com ela. Chega de perseguir e ameaçar pessoas.

— Entendido. Venha, senhora. — Zwale tira a lanterna das mãos de Flora e a conduz degraus acima até a mansão.

Você se vira para Jennifer.

— Srta. Watts, precisamos dar uma palavrinha com Stephen. A senhorita está em segurança agora. Por favor, providencie para que o gerador esteja ligado e funcionando.

— Farei o possível — diz ela, apreensiva, antes de entrar no porão escuro.

Você volta para o andar superior com McAdam. Já está na área dos funcionários, logo é uma caminhada curta até o escritório de Stephen e, para variar, você tem sorte. A porta do escritório está fechada, mas você bate e entra, encontrando-o em sua mesa. Ao ver você, ele rapidamente fica em pé e avança para um cumprimento.

— Detetive — diz ele, forçando um sorriso. — Em que posso ajudar?

O aposento está na penumbra, a janela que dá para o pátio provê claridade insuficiente para compensar a falta de eletricidade. Sombras longas enchem o cômodo atulhado, e você ouve McAdam praguejar baixinho ao esbarrar em um dos vasos de planta.

— Achei que podíamos ter uma conversinha sobre a questão trivial de fraude — você diz. — A sua fraude, quero dizer, que agora parece indiscutível. Seu cultivo de flores anda tão mal que, em vez de rejeitar clientes, desculpe, Amigos, o senhor vem comprando flores de um viveiro local e fingindo que elas são cultivadas aqui. Mais que isso, Harry Kennedy descobriu, mandou que o seguissem e acredito que depois o tenha chantageado com isso.

A despeito da ladainha de acusações, Stephen não está encarando você. Em vez disso, observa McAdam com o canto do olho, enquanto ela vaga pelo cômodo com a lanterna do celular acesa.

— Veja, eu realmente não sei do que você está falando — diz Stephen, rapidamente se aproximando da mesa e ficando de pé ao lado dela, no caminho de McAdam. — Parece que alguém com raiva de mim andou lhe contando bobagens. Não é recomendável acreditar em tudo que se ouve.

— Estou plenamente de acordo — diz McAdam, apontando o facho da lanterna diretamente para o rosto de Stephen. O gerente se encolhe, semicerrando os olhos. — Prefiro confiar no que vejo com meus próprios olhos. Tipo o que quer que seja que o senhor esteja escondendo nesse momento.

Você constata com satisfação que McAdam percebeu a posição estranha de Stephen que, convenientemente, bloqueia a visão de vocês do que está atrás daquela ponta da mesa.

— Afaste-se, por favor, Sr. Cheong — você diz, calma, mas firmemente. — Na verdade, por que não se senta à mesa enquanto conversamos?

O gerente alterna o olhar entre você e McAdam, espantado como um animal encurralado. Você se prepara para impedir uma tentativa de fuga... Porém, ele fica de ombros caídos e se ouve um suspiro pesado, antes que ele retorne ao seu lugar atrás da mesa e se sente como você sugeriu.

— O que temos aqui? — McAdam finalmente consegue ver o que Stephen estava encobrindo com o corpo. — Parece que a energia acabou justo na hora errada para o senhor, não foi?

Você olha por cima do ombro da sargento e sorri concordando. No chão, perto da mesa de Stephen, há um triturador de papel cuja operação foi interrompida na metade do caminho — especificamente, quando triturava uma nota fiscal do viveiro Green Fingers.

— Minha nossa! — você exclama. — Isso soa bastante conclusivo, não acha, sargento?

— Sem dúvida. Tem gente que chamaria de incriminador, até.

Relâmpagos do lado de fora pontuam o momento.

— Muito bem — grita Stephen. — Meu Deus, o que importa agora? Do jeito que as coisas andam, o Elysium vai pertencer ao banco no mês que vem, de qualquer modo.

— Sério? Tem um bocado de gente aqui. Imaginei que os negócios estivessem bombando, ou talvez eu devesse dizer "florescendo". — Stephen não ri da sua piada sem graça. — Qual é o problema?

— A maioria paga com desconto. Eu nem cobrei de Harry Kennedy, porque achei que ele se tornaria um cliente recorrente.

— Só que isso não é verdade, certo? — intervém McAdam. — O motivo da gratuidade que deu a ele foi por causa da ameaça que ele fez de contar a todo mundo que o senhor estava comprando flores de fora.

— Ah, sim, tudo bem. Mas ele não foi o único. Dificilmente alguém paga o preço integral aqui. É o único meio que tenho para atrair a presença de investidores. Nem Jennifer sabe disso.

Você reflete sobre essa informação.

— Não sou especialista em negócios, Sr. Cheong, mas me parece que os seus preços são simplesmente altos demais em comparação às suas despesas. Não seria possível reduzir o número de funcionários? Ou deixar de lado as flores?

Stephen olha para você como se você tivesse lhe sugerido voar para a lua.

— As flores são a essência do Elysium — diz ele, apontando para a placa na parede com a insígnia da empresa, o emblema da rosa. — Está no nosso logotipo. Sem as flores, somos só mais um spa no campo. Como vamos competir?

— Com um bom serviço e preços menores? — sugere McAdam com atrevimento.

— Não posso oferecer bons serviços sem funcionários, posso? — geme Stephen, pondo a cabeça entre as mãos. — Eu jamais deveria ter vendido o viveiro.

— Talvez não — você diz, olhando pela janela.

A tenda branca da patologia no pátio luta contra o vento, continuando de pé teimosamente, enquanto as rajadas tentam arrancá-la do chão.

— Harry Kennedy ainda estaria vivo, para começo de conversa.

— Espera aí — protesta Stephen. — Tá bem, admito que andei comprando flores de fora. Sim, Kennedy ameaçou me expor se eu não lhe desse um pacote Lótus de cortesia nas datas que ele queria. Mas eu não o matei por isso, juro! Qual seria o sentido? Como já disse, o banco está bufando no meu cangote, de qualquer forma.

— Ainda tem a questão da sua reputação. O Elysium pode estar condenado, mas, se o mundo souber que o senhor é uma fraude, abrir um novo negócio depois poderia ser difícil.

Stephen ergue os olhos para você com uma expressão sombria. Ressentimento ou desafio? Antes que você se decida, as luzes se acendem subitamente, cegando todos por um instante. Nem chega a ser uma luz forte, mas, depois de tatear no escuro por tanto tempo, quase chega a parecer o brilho do sol.

A energia foi restabelecida — e não só as luzes. Você escuta um ruído de engrenagem vindo de algum lugar no chão... O triturador! Está operando de novo, preparado para concluir a missão de destruir o recibo do viveiro. Piscando para desanuviar os olhos, você dá meia-volta...

E vê a sargento McAdam já no chão, segurando como um troféu um fio que tirou da tomada. O ruído de engrenagem para, e ela sorri.

— Chega de triturar coisas por hoje, acho — diz ela, fazendo brotar um saquinho de provas do bolso. — Com tempo o bastante, garanto que o laboratório consegue juntar esses pedaços.

Ela abre o coletor de papel e começa a guardar tiras no saco de evidências. Enquanto isso, você se abaixa e destaca com cuidado a parte não triturada do recibo do viveiro.

Stephen geme baixinho.

🔎 *Vá para* **80**

103

O gerente se mostra ofendido, mas, antes que ele reaja, você sente uma lufada de ar frio e alguém grita "Cuidado!".

Você se vira e vê o que está acontecendo, testemunhando uma visão extraordinária. Um funcionário abriu a porta da estufa, preparando-se para sair, mas uma rajada de vento de fora ergue o guarda-chuva da sargento McAdam deixado ao lado da entrada. Você observa enquanto o objeto alegremente colorido flutua sobre a cabeça de todos, por pouco deixando de acertar um sprinkler ao dar cambalhotas no ar.

McAdam parece envergonhada e rapidamente sai atrás do guarda-chuva, que agora está descendo sobre um canteiro elevado de plantas.

— Cuidado! — grita Stephen, correndo atrás dela. — São açafrões jovens; eles são frágeis!

— Não se preocupe — grita McAdam em resposta e agarra o guarda-chuva no ar, pouco antes de ele aterrissar sobre as flores. Ela o fecha imediatamente e solta um suspiro de alívio. — Desculpem, todos. Eu não imaginei que ele...

Ela se silencia, olhando para as flores em seus vasos de plástico. Duvidando de que a sargento tenha desenvolvido repentinamente um interesse por jardinagem, você se apressa em ir até ela e Stephen, perto do canteiro elevado.

— Ora, ora — murmura ela. — O que é isso?

Você acompanha o olhar da sargento até as flores... e vê o brilho de alguma coisa de metal na terra.

Stephen se apressa para puxar o objeto, mas McAdam o impede.

— Cuidamos disso, pode deixar.

Você pega um par de luvas nitrílicas e delicadamente afasta a terra para revelar uma haste de metal prateado. Stephen deixa escapar uma exclamação de espanto.

É uma chave, e grudada nela está a etiqueta de cartolina com o número do quarto: 312 — o velho quarto onde funciona o depósito. Apesar de ter sido enterrada, você vê nitidamente manchas de sangue nas fendas e nas reentrâncias metálicas.

Stephen encara o objeto com descrença.

— Que diabos isso está fazendo aqui?

— Podemos fazer a mesma pergunta ao senhor — você diz. — Se essa não for a chave que o senhor guarda consigo, acredito que seja a que foi usada por quem quer que teve acesso ao quarto e matou Harry Kennedy. Assim, é como o senhor disse: o que ela está fazendo aqui?

— Espera... Você não acha que eu a larguei aqui, acha?

— Que tentou enterrar, ao que parece — diz McAdam.

— Mas por que eu a poria aqui, justo aqui, de todos os lugares da mansão? — protesta Stephen.

— Por que não? — você sugere. — Mesmo criminosos experientes entram em pânico depois de um crime. Sobretudo quando têm tempo limitado para descartar provas incriminadoras. Se não fosse um golpe de sorte agorinha, jamais a teríamos encontrado.

— Não. Estão armando para mim — diz o gerente, cruzando os braços na defensiva. — Alguém botou isso aqui sabendo que me faria parecer culpado.

— Ah! — exclama McAdam. — E quem seria esse alguém?

— Sei lá! Não é o seu trabalho descobrir? Carla Nesbitt, talvez. Ela conhece o Elysium bem o suficiente agora para armar essa ratoeira. Você viu com os seus próprios olhos que qualquer um pode entrar aqui.

É um argumento válido. Se alguém está tentando direcionar você equivocadamente até Stephen, esse seria um bom lugar... No entanto, essa pessoa não teria como saber que você e McAdam entrariam nas estufas. O que inevitavelmente reverte a suspeita de volta para o próprio Stephen.

Nesse momento, faltam a você provas sólidas para uma ou alguma outra hipótese. Você põe a chave no saco plástico para evidências, garantindo que ele seja selado, antes de pegar o próprio guarda-chuva e deixar o gerente entregue às suas flores. A chuva continua a cair forte e as nuvens escureceram ainda mais no curto espaço de tempo em que você esteve aqui. Correndo para entrar na casa, você entrega o pacote a um policial.

Anote **S5** *em seu caderno*

Se já tiver P12 anotado, vá para **147**

Caso contrário, **some 1** *ao seu valor de INTERROGATÓRIO, depois vá para* **65**

104

Você se recorda da conversa que teve com Tank Destroyer e do equipamento de academia que ele emprestou a Harry Kennedy. Uma "garrafa de hidratação" (supostamente um nome chique para uma simples garrafa de água) e uma *fit band,* disse ele. Mas você não encontrou nem um nem outro em seu quarto e, diante da escassez de mobília e objetos, teria sido impossível deixar de notá-los. Será que Kennedy descartou os objetos? Ou será que Tank simplesmente mentiu? Qual será a verdadeira razão para ele tentar entrar no quarto mais cedo?

Vá para **7**

105

Você lê de novo a mensagem decodificada, decifrando não apenas as palavras, mas seu significado.

— Três semanas atrás uma pessoa anônima enviou para Harry Kennedy uma mensagem sobre um "Cara das Flores" comprando quatro páletes de... alguma coisa... num viveiro.

— Bem, o "Cara das Flores" definitivamente não deve ter ido a um viveiro de animais — graceja McAdam.

— Como comediante, você é uma ótima sargento. Pois é, a resposta óbvia é flores. E "tentando passar despercebido" sugere que quem quer que fosse não queria ser visto.

Vocês refletem por um instante, então a ficha cai.

— Stephen Cheong — você diz devagar. — "Cara das Flores".

McAdam assovia.

— Mas por que alguém iria vigiar Stephen num viveiro? Tudo aqui no Elysium é cultivado na propriedade. Stephen disse que essa é a "promessa de marca exclusiva".

— Precisamente, mas ele também se queixou do mau tempo recente e disse que estava lutando para dar conta. E se no fim das contas não estiver dando conta e tiver que complementar o próprio cultivo com flores compradas num viveiro? Se o boato se espalhar, a reputação do Elysium ficaria abaladíssima. O retiro de bem-estar poderia até correr o risco de ser processado por fraude. Veja a primeira parte da mensagem.

— "Você tinha razão" — lê McAdam. — Sugere que Kennedy suspeitava de alguma coisa e pediu a esse remetente anônimo que ficasse de olho.

— Não só isso, mas pediu que codificasse a mensagem ao enviar, garantindo que ninguém mais pudesse lê-la.

Essa mensagem por si só não é uma prova, mas, se você a tiver interpretado corretamente, é um indício incriminador contra Stephen Cheong. Se Kennedy sabia que Stephen estava comprando flores e fingindo para os hóspedes que ele mesmo as cultivava, isso deixaria o gerente do Elysium nas mãos dele. Um controle que poderia facilmente se transformar em ameaças ou chantagem — um dos mais velhos motivos para homicídio...

— Só falta responder uma pergunta — diz McAdam, interrompendo seus pensamentos. — Quem enviou essa mensagem?

— Na verdade, sargento, acho que são duas perguntas. A identidade do remetente anônimo sem dúvida é uma delas. A outra é: por que cargas-d'água essa mensagem foi enviada há três semanas?

Ela parece confusa.

— Não entendi.

— Harry Kennedy jamais esteve aqui antes e, ao que tudo indica, não era do tipo afeito a retiros de bem-estar, para começo de conversa. Como poderia saber quem era Stephen Cheong e ainda por cima suspeitar de que ele estivesse mentindo? E por que se importaria com isso?

— Não faço ideia. Prossiga.

Você ri.

— Essa é a questão. Também não sei, mas espero sinceramente que possamos descobrir...

Agora volte para **100** *e pule para o fim da seção*

106

— Sabemos que a senhora fez uma pausa não programada durante a aula de tai chi ontem de manhã — você diz, indicando com a cabeça Bill Cheong. — Na verdade, o Sr. Cheong disse que a senhora se ausentou no mínimo por cinco minutos, ao mesmo tempo que Harry Kennedy estava sendo morto no quarto que servia de depósito.

Carla encara você com desprezo.

— Sou uma mulher de meia-idade, detetive. A vontade de ir ao toalete pode nos assaltar sem aviso, lhe garanto. Isso é de fato tudo que você tem?

— De forma alguma. Sabemos também que a senhora tem uma ficha criminal... que foi como identificamos o seu DNA na pia do quarto 312, onde o Sr. Kennedy foi morto.

A parlamentar ri.

— Eu surrupiei algumas fraldas quando era uma jovem mãe solo com Sharon. Dificilmente isso me torna uma assassina mestra do crime.

— Então, como a senhora explica o seu DNA na pia?

— Harry me arrastou para lá naquele dia para conversar novamente sobre seu projeto imobiliário. O quarto estava sujo e empoeirado, razão pela qual lavei as mãos antes de sair.

— Como ele conseguiu a chave do quarto?

Carla dá de ombros.

— Não faço a menor ideia. Por que eu saberia?

— A animosidade entre a senhora e o Sr. Kennedy é bem conhecida. A senhora pode dizer que eram amigos, agora que ele já não está mais aqui para contradizê-la, mas os indícios públicos mostram que ele e a senhora tiveram muitas discussões. Acredito que a senhora atraiu Harry Kennedy até aquele quarto, o matou lá e depois o jogou daquela varanda e lavou o sangue dele antes de voltar à sua aula de tai chi.

— Isso é uma fantasia absurda — diz ela —, e não vou honrá-la com uma resposta.

— Nem precisa. Sargento, prenda a Sra. Nesbitt.

Vá para **196**

107

Observando a água da cheia do rio cobrir a superfície da ponte, você decide que hoje não é dia de correr riscos desnecessários.

— Dê meia-volta, sargento. Sei que você é boa motorista, mas essa é uma missão inútil. Vamos esperar a tempestade passar na mansão.

McAdam suspira, obviamente decepcionada.

— Tem razão. Logo vai passar, tenho certeza.

Você gostaria de partilhar a confiança dela. Ainda assim, está claro que vocês ficarão em maior segurança dentro de Mansão Finchcote do que do lado de fora — quer dizer, desde que nenhuma outra parte do telhado desabe.

O carro derrapa umas duas vezes enquanto McAdam dá a volta, fortalecendo a sua convicção de que tomou a decisão certa. Finalmente, ela dirige de volta até a mansão, um pouco mais rápido do que na viagem de vinda, estaciona no espaço de onde saiu alguns minutos antes e desliga o motor.

Vocês se preparam um instante, depois escancaram as portas do carro e correm para subir os degraus e entrar novamente na mansão. Mesmo tendo ficado sob a chuva alguns poucos segundos, mais uma vez isso é o suficiente para deixar a roupa encharcada. Ao menos você e a sargento continuam incólumes.

Jennifer lhes entrega toalhas tiradas de uma imensa coleção que ela arrumou no balcão da recepção, então suspira.

— Tenho certeza de que vamos encontrar quartos para todos vocês passarem a noite, detetive — diz ela. — Ou, na pior das hipóteses, pomos vocês na sala de espera com camas extras.

— Agradecemos, mas esperamos que não seja preciso — você diz, enxugando-se da melhor maneira possível.

A ideia de ser necessário passar a noite no Elysium não é nada atraente — sobretudo com um assassino potencial em algum lugar na casa.

Será que o criminoso poderia atacar novamente? Você começa a reduzir a lista de suspeitos, mas se ele constitui ou não um perigo para mais alguém é algo que depende muito do motivo para matar Harry Kennedy. Cometa um erro e você pode acabar com outro cadáver nas mãos.

Vá para 67

108

— Por que a senhorita não nos disse isso antes? — você pergunta.

Alina dá de ombros.

— Porque é bem ruim, certo? Não posso correr o risco de perder esse emprego, detetive. Preciso do dinheiro.

— Sem dúvida há outros lugares onde poderia trabalhar.

— Não quero me mudar. Tenho família aqui.

Isso é compreensível, principalmente para alguém que largou uma vida com a intenção de mudar para outro país.

— Essa não é a única coisa que não nos contou, certo? — você pergunta baixinho. — Ontem a senhorita disse que Harry Kennedy largou sua sessão às dez e meia para falar ao telefone.

Alina parece confusa diante dessa aparente mudança de assunto.

— Ah, sim. Isso mesmo.

— Tem certeza absoluta de que ele não recebeu uma ligação enquanto estava com a senhorita?

Alina se vira para colocar as pedras quentes de volta no aquecedor, evitando contato visual.

— Tenho certeza. Nenhuma ligação.

— Então, como explica que os registros do celular do Sr. Kennedy mostrem que ele recebeu uma ligação às dez e vinte que durou três minutos?

— Não sei. Deve ter ocorrido algum engano.

— O único engano aqui é o seu, por mentir para nós — rosna McAdam. — A ligação foi de alguém chamado Robert Graham. A senhorita o conhece?

Pedras batem no metal quando Alina mexe nelas com as pinças, deixando cair uma das pedras quentes no aquecedor. Ela as põe de lado e encara você, parecendo derrotada.

— Está bem. Robbie é casado com a minha irmã, mas não foi ele que ligou. Não dessa vez. O celular do Sr. Kennedy tocou enquanto ele estava na maca. Eu disse que aqui era um lugar para relaxar e que deveria desligá-lo, mas ele atendeu e eu continuei trabalhando. Dava para dizer que ele estava discutindo com uma mulher, mas só quando ele a chamou de "Roxana" foi que vi que se tratava da minha irmã. Então me dei conta de quem ele era.

— Como assim? — pergunta McAdam. — Com certeza, a senhorita já sabia o nome do Sr. Kennedy.

Alina dá de ombros.

— Eu não sabia que ele era o mesmo Kennedy, o canalha inútil que construiu a casa dela. Como eu iria saber?

Uma imagem começa a tomar forma na sua cabeça.

— E ele, por sua vez, também não sabia que a senhorita era irmã de Roxana, certo? Mas aposto que ele logo descobriu... quando a senhorita o queimou *de propósito* com as pedras quentes. Não foi um acidente, foi?

Alina baixa a cabeça.

— Não. Perdi a cabeça. Mas aquele... aquele porco era um criminoso! Um canalha que deixa um bebê dormir numa casa com janelas mal vedadas. Roxana vem brigando com ele há meses, mas ele não conserta a casa. Não me arrependo do que fiz.

— Esse foi o verdadeiro motivo que o levou a sair antes da hora, não foi? — arrisca McAdam. — Igualzinho ao nosso amigo, um minuto atrás. Ele saiu bufando depois de ser queimado.

Alina faz que sim silenciosamente.

Vá para 87

109

— Existe apenas uma pessoa aqui com motivo e astúcia suficientes para ter matado Harry Kennedy — você diz. — Um homem já afogado em mentiras e engodo... e a última pessoa a ver a vítima com vida. Não é verdade, Tank?

O suposto figurão da tecnologia parece totalmente chocado com a acusação.

— Harry era meu amigo — replica ele, ofendido. — Íamos ser sócios nos negócios. Por que eu o mataria?

É uma boa pergunta. Você tem as provas de que precisa para fazer uma acusação sólida?

Verifique seu caderno em busca de pistas na seguinte ordem:

Se tiver T5 anotado, vá para 22
Se tiver T4 anotado, vá para 85
Se tiver S2 ou S6 anotados, vá para 188
Se tiver J3 anotado, vá para 66
Caso contrário, vá para 138

110

— É muito simples — você diz, dirigindo-se ao grupo. — O que muitos de vocês talvez não saibam é que a irmã de Alina, Roxana, vem tendo uma briga com Harry Kennedy há meses. Roxana e sua jovem família compraram uma casa da Kennedy Homes e depois descobriram que havia janelas mal vedadas. Aliás, não é a única casa no loteamento com esse problema.

Flora funga.

— As casas em Burrowlands estão fora do período de seguro contra defeitos. Os prejudicados deveriam contatar suas seguradoras.

— Ninguém mencionou Burrowlands, Sra. Kennedy — observa McAdam. — Por isso é interessante que a senhora saiba de que casas estávamos falando, não?

— Estou ciente da queixa e da queixosa — rebate Flora, com indiferença. — Mas não sabia que a irmã dela trabalhava aqui. Minha nossa, ela realmente matou Harry só porque a irmã é burra demais para conhecer a lei?

— Não! — protesta Alina. — Embora talvez eu tivesse vontade. A senhora é tão criminosa quanto ele.

Não querendo ver Flora deixar Alina com outro olho roxo, você se coloca entre as duas.

— Acho que se trata de justiça, não de lei — você diz. — Algo que Roxana e a família provavelmente não conseguiriam com Harry Kennedy. Alina mentiu a respeito do horário da ligação porque não queria que fizéssemos a conexão entre a irmã e Kennedy. Mas aquele telefonema aconteceu enquanto ele ainda estava na maca de massagem, e, quando percebeu que aquele era o homem que estava transformando a vida da irmã num inferno, ela perdeu as estribeiras. Propositalmente o queimou com pedras quentes, deixando marcas em seu corpo, que descobrimos no exame pós-morte.

Uma exclamação de espanto é ouvida no cômodo.

— Mas isso não bastou, certo, Alina? Harry Kennedy saiu a toda do quarto e você o seguiu para terminar o serviço. Você o matou, o empurrou daquela varanda e depois afirmou ter ficado no seu quarto o tempo todo.

— Isso não é verdade! — protesta Alina. — Vocês disseram que ele foi morto naquele quarto, mas eu não tenho a chave. Como entraria lá?

— Podemos descobrir isso na delegacia. Sargento, prenda a Srta. Martinescu.

Vá para 185

111

Sem entender muito bem como chegou até aqui, você se vê de pé numa livraria diante de uma variedade de exemplares de ficção criminal. Em suas mãos se encontra um livro desse gênero. Virando-o, você lê o título: *Você consegue desvendar esse crime?*, de Antony Johnston.

— Nunca ouvi falar dele — você murmura, correndo os olhos pela descrição da contracapa.

— É sobre o quê? — pergunta a livreira, erguendo os olhos da sua escrivaninha. — Temos não ficção criminal também, se for mais o seu gênero — acrescenta, apontando um exemplar capa dura assinado: *Mais duro que asfalto: casos fatais*, de Ruth McAdam, uma detetive.

— Não, agradeço — você responde. — Estou só dando uma olhada...

Você volta a atenção para o livro que está segurando. Uma história *interativa*? Que ideia extraordinária. Passa os olhos pela introdução para ver como funciona e descobre que ele tem seções numeradas e que não é para ser lido do início ao fim, nem se deve ir até uma seção a que não foi direcionado. Se pelo menos você conseguisse se lembrar de como chegou aqui! Mas você tem certeza de que vai se lembrar mais tarde. Por ora, sob a observação atenta da livreira, você vai até a seção **1** e começa a ler...

112

— Por exemplo — você diz —, vamos falar sobre o seu relacionamento com Harry Kennedy e esse "investimento mútuo" que o senhor mencionou. Na verdade, ele não ocorreu, certo? Sabemos que não houve movimentação de dinheiro entre vocês dois.

Tank dá de ombros.

— Ele concordou em investir na minha nova startup de IA e, em troca, eu investiria no seu novo projeto imobiliário. Nada incomum quanto a isso. Estávamos ambos apenas aguardando a hora certa. Há contratos a serem elaborados primeiro.

— É mais provável que estivessem ambos aguardando um dinheiro inesperado. O único pagamento vultoso que a Kennedy Homes fez recentemente foi a uma empresa totalmente diferente, de propriedade de Carla Nesbitt.

— Nesbiscate de novo! — exclama Tank com desprezo. — Eu devia ter visto logo que ela iria levar o dela antes de mim.

Anote **T5** *em seu caderno, depois vá para* **180**

113

Finalmente, depois de tatear no escuro durante o que pareceu ser um século, Jennifer vira uma esquina e deixa escapar um triunfante:

— Arrá!

Você segue o som e registra a imagem de um gerador diesel encostado em uma parede, silencioso e atarracado, com um cano flexível prateado que vai do seu tubo de escape até o teto (e, você espera, dali para o espaço aberto). Ao lado dele há meia dúzia de galões de combustível. Você ergue um para testar e ouve o combustível chacoalhar lá dentro.

— Bem, vamos ver no que dá.

Você enche o tanque do gerador, enquanto Jennifer verifica os controles. Ela localiza o botão de ligar, depois puxa o afogador e aperta o botão. Você prende a respiração... Funciona! O gerador estala e engasga, logo passando a fazer um barulho normal de funcionamento. Você volta depressa e sobe as escadas do porão, agradecendo por encontrar uma entrada iluminada no alto. Dentro do saguão novamente aceso, Jennifer fica mais empolgada ao descobrir que seu computador agora está com energia. Você não sabe quanto tempo ela vai durar, e apenas um andar ficará iluminado, mas a luz e a energia terem voltado lhe dá um pequeno conforto e ânimo para enfrentar o que será preciso fazer a seguir: Pegar um assassino.

Vá para 80

114

Você encara Flora com um olhar penetrante.

— A senhora acusou Jennifer Watts de se sentir atraída pelo dinheiro do seu marido, e sabemos que pretendia se divorciar dele. Será que o Viagra foi realmente um choque tão grande para a senhora?

— Não sei — diz ela com um suspiro. — Imagino que uma coisa era quando eu podia gritar com ele sobre isso, mas agora, com ele no túmulo... Ela é bem o tipo de Harry. Jovem, loira, peituda.

Não se trata, exatamente, de um gosto incomum, que teria inclusive descrito Flora Kennedy no seu auge. Talvez essa percepção seja o motivo de ela ter acusado Jennifer.

— Sra. Kennedy, temos as gravações das câmeras de trânsito do seu carro vindo para cá ontem de manhã. Por isso, vou perguntar outra vez: a senhora veio aqui após a sua consulta com o advogado? A senhora confrontou o seu marido e pediu o divórcio?

— Não gosto do seu tom, detetive.

— E eu não gosto que mintam para mim. Pela última vez: a senhora veio até esta mansão ontem de manhã?

Flora, com expressão desafiadora, devolve o seu olhar.

— *Hipoteticamente*, digamos que sim. Digamos que tomei a decisão de me divorciar de Harry na consulta com o advogado e vim até aqui comunicar a ele. Posso ter entrado sem que ninguém me visse. Mas, quando me dei conta de que não fazia ideia de onde ele estava e que, quanto mais eu permanecesse aqui, maiores as chances de me verem, desisti e fui embora.

— Então, *hipoteticamente* falando, a senhora não viu Harry?

— Não mesmo.

É uma história plausível mas também altamente conveniente. Ao declarar ter evitado ser vista por qualquer pessoa na casa propositalmente, ninguém poderá corroborar a história de Flora. Você tem apenas a palavra dela.

Anote **F4** *em seu caderno, depois vá para* **175**

115

— Acredito que você tivesse motivos de sobra para matar Harry Kennedy — você diz a Jennifer —, assim como Flora. Foi ela que se deu conta de que você estava tendo um caso com seu marido, o que suponho que seja o motivo pelo qual ele veio para cá com a desculpa de tirar uma folga. Por acaso ele suspeitava de que Flora soubesse? Você temia que a notícia vazasse sobre o caso, pondo seu emprego em risco? Dormir com Amigos do Elysium já é um bocado ruim, e fazer isso *no* Elysium sem dúvida é pior. Ou você simplesmente sentiu ciúmes quando percebeu que ele também estava tentando transar com a maioria das outras funcionárias?

— Nem uma coisa nem outra — protesta Jennifer. — Eu já disse que não estava dormindo com ele! Vocês viram o hematoma que causei no braço dele!

— Um hematoma é só um hematoma — você responde. — Pode ter sido feito durante um momento de intimidade ou de alguma outra forma. Será que também preciso dizer que você tem acesso irrestrito e não monitorado à chave desaparecida do quarto 312? Você é a única pessoa que poderia facilmente tê-la pegado e usado sem que ninguém soubesse. Seria simples para você escondê-la e dizer que havia sido roubada.

Jennifer parece confusa.

— Não faz sentido. Por que eu simplesmente não a colocaria de volta?

— Para jogar a suspeita em outros. Com a chave no lugar, apenas você e Stephen Cheong poderiam ter entrado no quarto, mas a chave "roubada" desaparecida nos pôs numa busca infrutífera, botando várias outras pessoas sob suspeita.

— Isso é absurdo! — exclama ela, desnorteada. — Não sou uma acionista nem nada. Gosto do meu emprego, mas não mataria alguém para mantê-lo, quer estivesse ou não dormindo com ele!

— Vamos descobrir a verdade na delegacia. Sargento, prenda a Srta. Watts.

Vá para **157**

116

Ao verificar os horários, Jennifer diz a você que Tank Destroyer não tem no momento nenhuma aula agendada nem reservou nenhuma sala privada. Ela lhe dá o número do quarto dele, mas, quando você está prestes a mandar a sargento McAdam verificar se ele está lá, um funcionário que está passando escuta. Ele viu Tank entrar no vestiário da piscina alguns minutos atrás.

Você agradece e parte para a área da piscina no andar térreo convertido da ala leste da mansão. A área cobre a maior parte do comprimento do prédio, formando uma piscina estreita e longa com espreguiçadeiras posicionadas ao longo da parede interna. A parede externa oposta ostenta as janelas que dão para o pátio gramado. Somente agora, dentro da piscina, você se dá conta de como são pequenas e escuras essas janelas. A vista da ala oposta não é tão nítida quanto esperava, embora seja possível distinguir a tenda branca da patologia ainda armada sob a varanda da qual Harry Kennedy caiu. Ainda bem que o corpo está agora no necrotério da Dra. Wash e que todas as provas no solo já foram coletadas, já que o tempo hoje destruiria qualquer coisa remanescente.

Na parte rasa da piscina, sob um enorme relógio de parede, um funcionário do Elysium conduz um grupo misto de Amigos numa sessão de exercícios aquáticos. Pétalas cercam o grupo, boiando na superfície da água. Você observa os presentes em busca de Tank, mas não o vê.

— Talvez ele já tenha acabado — diz McAdam, frustrada.

No entanto, você lança um olhar para a parte funda e vê alguém dando braçadas. Alguém com tatuagens pelo corpo inteiro.

— Talvez aula em grupo não seja do feitio do Sr. Destroyer — você comenta e se dirige até ele para interceptá-lo na beira da piscina.

Se tiver T6 anotado, vá para **32**

Caso contrário, vá para **71**

117

Talvez você tenha a oportunidade de perguntar a Tank o que está havendo mais cedo do que esperava. Quando está prestes a sair da sala de espera, você escuta sussurros tensos do outro lado da porta. Uma das vozes soa como a dele, enquanto a outra pertence a uma mulher. Parecem vir de tão perto que devem estar logo do outro lado da porta. Se você colar o ouvido nela, provavelmente vai conseguir ouvir o que estão dizendo. Ou pode abrir a porta e encarar os dois.

Para ouvir atrás da porta, vá para 88
Para se identificar, vá para 169

118

Enquanto McAdam pergunta a Jennifer na recepção a respeito dos horários do Sr. Kennedy, você sobe a escada até o último andar. Dessa vez, passa pelo velho depósito e se dirige à porta do quarto. O policial que a vigia confirma que o quarto era de Kennedy.

— Vi você discutindo com um hóspede mais cedo — você diz ao policial. — Um sujeito alto, tatuado. O que ele queria?

O policial dá de ombros.

— Estava tentando entrar no quarto. Ele disse que o falecido pegou emprestado alguns pertences dele. Eu disse que precisaria esperar até terminarmos de examinar tudo para pedi-los de volta.

— Como ele encarou a sua resposta?

O policial dá um sorrisinho maroto.

— Como seria de esperar. Está querendo entrar, detetive? Me disseram que os peritos estão a caminho.

— Então ainda não estiveram nesse quarto? Alguém mais entrou nele?

— De forma alguma. Estou aqui desde que chegamos.

— Muito bem. Ouça, antes que a equipe chegue, vou dar uma olhada rápida.

Calçando um par de luvas nitrílicas, você entra no quarto. Ele é maior que o depósito e parece curiosamente minimalista. A decoração é, novamente, uma colisão de antigo e moderno, onde uma cama de dossel e lambris de madeira convivem com uma escrivaninha simples de pinho, cadeiras ergonômicas, um armário embutido e um banheiro reluzente. A janela dá para o pátio. Essa supostamente costuma ser uma vista verdejante, com uma área gramada que leva às árvores, mas, devido ao calor do verão, a grama e as folhas estão começando a ficar marrons. De um lado, você vê um acesso de carros que segue até a ponte e a entrada da propriedade.

A impressão de simplicidade persiste enquanto você examina os pertences de Kennedy. Aparentemente sua bagagem consiste nas roupas e nos itens de toalete mais básicos para uma estadia de uma semana. Camisas polo, calças de algodão, jeans. Aparelho de barbear. Você se pergunta se isso será, afinal, um beco sem saída. Talvez devesse ter mandado McAdam passar os olhos superficialmente no quarto, enquanto você se dedicava a verificar os horários de Kennedy. Mas você não consegue deixar de sentir que existe muita coisa que ainda não entende a respeito dele, e sua experiência diz que conhecer uma vítima costuma ser a chave para solucionar seu assassinato.

É nesse momento que você percebe uma pequena mochila cinza enfiada na parte de baixo do armário, atrás de um paletó. Você a tira de lá e abre, então encontra um laptop. Potencialmente muito mais interessante. Infelizmente, ao abrir o laptop, você é confrontado pelo pedido de senha e não pode ir além. Você coloca o computador na escrivaninha, pronto para ser ensacado pela perícia, e volta a atenção para o paletó.

Dentro dele estão as chaves do carro e a carteira de Kennedy. A carteira contém um punhado de cartões de crédito, cartões de fidelidade de cafeterias, a carteira de motorista (que confirma a identidade da vítima, embora você não tivesse dúvidas quanto a isso) e sessenta libras em dinheiro. Nada fora do comum... até que, ao guardar um dos cartões de fidelidade, você sente alguma coisa enfiada bem fundo no mesmo local.

Cuidadosamente, você remove o objeto, que descobre ser uma velha foto, cortada de forma a caber na carteira. Na foto, dois jovens atraentes sorriem abraçados. A foto tem, no mínimo, vinte anos, mas não há como não identificar os fotografados: Harry Kennedy e Carla Nesbitt.

Se tiver C3 *anotado, vá para* **141**
Caso contrário, vá para 59

119

— Por que não nos disse isso antes? — você pergunta.

Alina dá de ombros.

— Porque é bem ruim, certo? Não posso correr o risco de perder esse emprego, detetive. Preciso do dinheiro.

— Sem dúvida existem outros lugares onde você poderia trabalhar.

— Não quero me mudar.

Você reflete sobre isso.

— Martinescu é um sobrenome romeno, certo? Seu sotaque se encaixa.

Ela semicerra os olhos, desconfiada.

— E daí?

— Só estava pensando no que liga a senhorita a esse lugar, visto que já cruzou um continente para trabalhar aqui. A senhorita é casada?

— Não, Roxana, minha irmã, é minha família. Cuidamos uma da outra.

McAdam olha em volta.

— Foi aqui a sessão daquela manhã com o Sr. Kennedy? — pergunta ela, e Alina faz que sim.

— Aonde a senhorita foi depois que ele saiu?

— A lugar nenhum. Eu vi o homem tatuado, Tank, conversar com ele no corredor, mas depois fechei a porta e fiquei aqui. Eu... Eu devia ter dito a Jennifer que estava livre, para que outra pessoa pudesse marcar comigo. Mas em vez disso tirei uma folga.

— A senhorita ouviu o que Harry e Tank discutiram?

— Não. — Alina parece ofendida. — Não fico ouvindo a conversa dos outros.

— A senhorita ficou com medo de que o Sr. Kennedy contasse a Stephen sobre as queimaduras? — você pergunta. — Imagino que tenha sido por isso que ele saiu antes da hora, assim como o nosso amigo um minuto atrás.

Ela dá de ombros.

— Se ele tivesse dito a Stephen, eu simplesmente teria de lidar com isso, sabe?

— A senhorita lhe contou depois que ele encontrou o Sr. Kennedy morto no gramado?

— Não, só falei que o Sr. Kennedy tinha saído antes do fim da sessão. Havia coisas mais importantes em que pensar.

🔎 *Anote* A5 *em seu caderno, depois vá para* 87

120

Você volta ao saguão principal e vai até a recepção. Antes que a alcance, porém, chega lá um grupo de hóspedes mais velhos, cada qual puxando uma mala de rodinhas.

— Estamos partindo mais cedo — diz o homem à frente do grupo para Jennifer Watts. — Não é seguro ficar aqui — prossegue, lançando um olhar afrontoso para você.

A recepcionista abre um sorriso solidário.

— Lamento vê-lo ir embora, Sr. Jones. O senhor entende que não podemos reembolsar os dias restantes de sua estadia, certo?

— Claro que podem — insiste o Sr. Jones. — Tem um morto lá fora, caramba!

Você aproveita a deixa.

— Na verdade, o Sr. Kennedy não está mais na propriedade — você explica. — E tem mais: infelizmente, não podemos permitir que o senhor, ou qualquer outro hóspede, vá embora. Primeiro, precisamos tomar os depoimentos de todos e investigar o que aconteceu.

— Sabemos o que aconteceu — intervém uma mulher grisalha baixinha ao lado do Sr. Jones, balançando um dedo diante de você. — Um homem foi apunhalado. E se um de nós for o próximo? O assassino pode estar aqui ainda!

— Exatamente por isso precisamos manter todos aqui, senhora. Temos policiais por toda a casa, dessa forma todos estarão em segurança. Para maior tranquilidade, recomendo que se desloquem sempre em grupos ou, pelo menos, em duplas.

— Vocês não podem nos impedir de ir embora — retruca o Sr. Jones, furioso. — Não somos suspeitos.

— Mas são testemunhas potenciais, e sei que todos desejam nos ajudar a capturar o assassino do Sr. Kennedy, não é verdade?

Um murmúrio de descontentamento se levanta do grupo, mas você percebe que a resignação está ganhando terreno. Queixosos, mas obedientes, eles se afastam, arrastando as malas. Você não pode culpá-los. A forma como Kennedy morreu sugere um ataque direcionado, tendo ele como alvo. Ainda assim, não pode descartar a possibilidade de um novo ataque.

— Você precisa mesmo que todo mundo fique? — pergunta Jennifer quando os hóspedes estão longe o bastante para não escutar.

— Preciso, infelizmente. Pelo menos até os depoimentos de todos estarem registrados. Os funcionários vão poder dormir em casa, é claro, mas precisamos que todos voltem amanhã de manhã. Você tem algum hóspede, ou seja, Amigo, com saída prevista para hoje ou amanhã?

— Vou verificar — diz ela e mexe no computador. — Sim, seis pessoas. — Ela imprime uma lista para você. Um nome imediatamente se destaca: Carla Nesbitt.

Você se vira para procurar o agente Zwale pelo saguão. Essa será uma boa missão para ele. Mas você não o vê em lugar algum...

— Me diga quem é o responsável, pelo amor de Deus. Sou a mulher dele!

Os gritos vêm da entrada principal. Você vai até a porta e encontra uma senhora loira e corpulenta discutindo com Zwale do lado de fora, sob o pórtico. Ela está coberta de joias de ouro: anéis, colares, pulseiras e brincos espalhafatosos. Você se pergunta quanto deve pesar tudo aquilo. O policial está tentando impedi-la de entrar, embora essa seja uma batalha perdida.

— Posso ajudar? — você pergunta, aproximando-se dos dois. — De quem exatamente a senhora é esposa?

— Sou Flora Kennedy — responde a mulher. — Esposa de Harry. Quem é você? O que está havendo? — De perto, dá para ver que sua maquiagem é pesada e que ela usa cílios postiços.

— Agente, deixa-a entrar. Está tudo bem.

Discretamente, você entrega a Zwale a lista de Jennifer, pedindo-lhe que informe àqueles hóspedes desafortunados que eles não podem ir embora ainda e que instrua McAdam a permanecer no saguão para impedir qualquer saída. Depois, sob os olhares dos funcionários e de uns poucos hóspedes, que sem dúvida estão desejosos de ouvir um espetáculo, você leva Flora Kennedy até uma sala de espera vazia próxima ao saguão e a faz entrar, fechando a porta ao passar.

Quando a mansão ainda era uma residência privada, essa sala devia ser um átrio, com janelas altas dando para o acesso de carros e o terreno. Agora, está mobiliada com bancos estofados e mesas de centro de madeira sem verniz, cobertas de panfletos do Elysium e outras atrações locais, bem como um punhado de biografias de "celebridades do empresariado", que Stephen Cheong parece apreciar. Uma tela enorme presa a uma parede exibe silenciosamente um vídeo de alguém praticando ioga num jardim cheio de flores. Todos os espaços entre os bancos da sala estão preenchidos com plantas e flores em vasos, embora você repare que algumas estão murchando.

Flora se senta num banco, batendo nervosamente o pé no chão. Ela não é boba e já se deu conta de que tem alguma coisa errada.

— O que está havendo? — pergunta. — Eu só queria fazer uma surpresa para o Harry. Onde ele está?

Você se senta ao lado dela.

— Fazer uma surpresa para ele? Então o seu marido não estava esperando vê-la aqui?

— Não — responde ela, com cautela. — Sem chance de surpresa agora, suponho. Por que não posso vê-lo?

Você respira fundo.

— Sra. Kennedy... Lamento informar que seu marido foi encontrado morto hoje de manhã.

Cada pessoa recebe esse tipo de notícia de um jeito. Você já a deu várias vezes ao longo da carreira e nunca foi capaz de prever como os que ficaram vão reagir.

Flora Kennedy parece chocada, incapaz de falar durante algum tempo. Ela não pergunta se você tem certeza, nem pede que você repita o que disse. Então desaba, devastada e aos prantos, seus gritos ecoando pela sala.

Você se prepara para sair e mandar um policial cuidar dela, mas, quando se levanta, Flora se recompõe e pergunta:

— Como ele morreu?

— Isso é o que estamos aqui para descobrir, e, infelizmente, a morte dele nos parece suspeita. — Você volta a se sentar. — Sra. Kennedy, preciso lhe perguntar: a senhora imagina que alguém quisesse fazer mal ao seu marido?

— Não! — protesta ela. — Harry era um homem encantador, sempre com um sorriso nos lábios... — Ela hesita. — Bem, quer dizer, às vezes ele encantava algumas pessoas que mais tarde se arrependiam. Mas eram apenas negócios! Ninguém iria de fato querer matá-lo — conclui ela, fungando.

— Acho que alguém quis.

— Realmente, não consigo acreditar...

— Entendo. Sinto muito pela sua perda.

A viúva balança a cabeça.

— Quero dizer que não acredito que estivesse hospedado aqui. Esse lugar não é nada do feitio dele.

— A senhora quer dizer o Elysium? Ele não frequenta retiros de bem-estar?

A mulher se empertiga um pouco em seu assento e observa você com atenção.

— Detetive, meu marido é, ou melhor, era um homem das antigas. Carne vermelha e carros de luxo, não ioga e aromaterapia. Eu sequer sabia que ele estava aqui. Ele disse que só queria uma folga e fez as malas na semana passada. Então, hoje de manhã, um panfleto chegou pelo correio.

— Ele costumava tirar férias sem dizer para onde ia?

A viúva olha para o vídeo de ioga no jardim, em exibição na tela da tevê.

— Sei que pode parecer estranho para você, detetive, mas muitas vezes tirávamos férias sozinhos. Não éramos siameses.

— E a senhora? O Elysium é o tipo de lugar que a senhora frequentaria?

Ela funga.

— Se alguém estivesse pagando, talvez.

— Pode explicar a visita do seu marido? Ele estaria, por acaso, avaliando-o para a senhora?

— Não sei, talvez... Não sei. — Ela suspira e então, de repente, se recorda de alguma coisa. — Ai, Deus, a empresa. Eu vou ter de administrar tudo agora.

Você faz que sim em solidariedade.

— A senhora é sócia nos negócios dele? Ele era empreiteiro, certo?

— Preferimos *empresário do setor de construção* — corrige ela. — A Kennedy Homes é a principal incorporadora de imóveis local. Oferecemos uma solução completa, do conceito à construção.

— Entendi. Então, a senhora vai assumir agora?

Ela parece ofendida.

— Espera aí. Eu não matei Harry por causa disso, se é o que está sugerindo.

— Claro que não. E imagino que vá ter muito a resolver, dado que a nova incorporação imobiliária foi bloqueada.

— Hummm, sim. Sim, naturalmente.

Se tiver C3 *anotado, vá para* **174**

Caso contrário, vá para **72**

121

O documento que o agente Zwale encontrou na gaveta do escritório de Stephen continha o número de uma nota fiscal. Você o anotou? Caso tenha anotado, inverta-o e vá até a seção correspondente ao novo número.

Caso contrário, vá para **105**

122

McAdam assovia.

— Não me importa quanto ela ganha como parlamentar, sete mil é uma quantia decente. E Kennedy dispunha de pouco dinheiro, o que significa que devia estar desesperado pelo que quer que seja que quisesse comprar com ela.

— Um suborno de algum tipo se encaixa com a mensagem, não? — você sugere. — "Você sabe para que eram aqueles sete mil." Com certeza.

Existe alguma outra coisa cutucando sua mente, alguma coisa ligada a...

— Consultoria! — você exclama.

— Melhor esperar até se aposentar, não acha? Pode ser contra o regulamento.

— Não, não eu. A Kennedy Homes pagou recentemente sete mil em honorários de consultoria à Standard Umbrella, lembra? Essa mensagem é uma ameaça acerca daquele pagamento.

Se tiver C1, C8 ou C15 anotados em seu caderno, vá para **179**

Caso contrário, vá para **12**

123

Antes de você conseguir decidir qual o curso de ação seguinte, um relâmpago ilumina o céu, rapidamente seguido por um trovão. Com a chuva perpétua e as nuvens escurecendo lá em cima, você vem esperando uma tempestade severa o dia todo. Ontem, você esperava um alívio para o calor, mas não queria uma mudança tão extrema. Cuidado com o que deseja.

De repente, você ouve outro trovão ribombar, seguido por gritos de choque e surpresa da área do saguão. Troca um olhar preocupado com McAdam, perguntando-se o que pode ter causado essa repentina comoção. Ela não hesita e corre na direção do tumulto, com você nos calcanhares. Logo vocês veem algo que jamais poderiam ter esperado.

O grande lustre antigo do saguão imponente, um dos principais ornamentos da vida pregressa da Mansão Finchcote, está espatifado no chão em meio a um caos de metal e vidro, com pedaços encharcados de vigas de madeira estilhaçadas por cima dele. Do teto destroçado onde ele ficava pendurado escorre uma cascata, pequena, mas incessante.

— Alguém se machucou? — pergunta McAdam a Jennifer, de pé, congelada, atrás da recepção.

— Eu... Eu acho que não — responde ela, sem fôlego.

Você se inclina sobre o lustre, esticando o pescoço para olhar o teto, ao mesmo tempo que tenta evitar a água que cai. É difícil de ver, mas você tem certeza de enxergar a claridade do dia lá em cima. Algo no telhado aparentemente cedeu sob toda essa chuva e deu início a uma reação em cadeia até aqui embaixo, atravessando vários andares e culminando com a destruição do lustre. Desde que pisou no Elysium você percebeu que a mansão necessitava de reparos, mas não esperava ver isso comprovado tão rapidamente.

— Bom, essa é uma bela maneira de encerrar a semana de alguém. — Carla Nesbitt está na escada ampla, descendo e observando o desastre.

Funcionários e Amigos se acotovelam no saguão, atraídos pelo barulho da queda ou pela gritaria. Tank Destroyer chega, vindo da área da piscina, enxugando-se com uma toalha. Finalmente, Stephen Cheong surge correndo dos fundos da casa, encharcado.

— Que diabos aconteceu? — grita ele.

Você lhe explica sua teoria a respeito do telhado, o que só o deixa mais nervoso.

— Como o senhor soube que alguma coisa *tinha acontecido*? — você indaga. — Não pode ter ouvido o barulho lá de fora nas estufas.

— Jennifer me mandou uma mensagem de texto — responde ele, o que ela confirma fazendo que sim.

— Eu estava trocando de roupa quando ouvi o barulho — diz Tank, sem que ninguém perguntasse.

— E eu estava descendo para ver quando vocês estão planejando nos liberar, afinal — acrescenta Carla, irritada.

Alina Martinescu desce afobada atrás de Carla.

— O quarto ao lado do meu está destruído! — diz ela aos prantos. — Ouvi um barulho horrível do outro lado da parede e fui olhar. Tem um buraco no teto e no chão, como se algo tivesse atravessado os dois. Foi tão perto de mim!

— Meu Deus, eu estava a poucas portas de distância de lá — diz Carla, estremecendo.

— Tinha alguém naquele quarto? — pergunta McAdam, pronta para entrar em ação.

Alina balança a cabeça.

— Não, graças a Deus. Ele não estava sendo usado.

Murmúrios de espanto e fofoca se espalham pelo grupo como marolas, enquanto todos se perguntam o que fazer a seguir. Você nota que um fluxo constante de pessoas dá meia-volta e retorna ao andar superior e palavras como “armadilha mortal”, “perigoso” e "assassino" alcançam seus ouvidos acima do burburinho. O clima no Elysium está ficando cada vez mais tenso.

Enquanto isso, o pequeno, mas constante filete de água continua a cair do teto. Jennifer traz um balde que tirou de um armário atrás da recepção e manda outro funcionário providenciar toalhas para fazer uma barricada em torno do lustre encharcado e impedir que a água se espalhe. Stephen se recompõe e pega o celular.

— Vou ligar para Ted — diz, afastando-se. Jennifer explica a você que Ted é o faz-tudo do Elysium. — Mas ele não mora aqui e acho pouco provável que consiga vir com esse tempo.

Você tende a concordar, e, embora não consiga ouvir a conversa de Stephen, sua expressão facial e linguagem corporal lhe dizem que a suposição de Jennifer está correta.

— Muito bem, então — diz o gerente, encerrando a ligação com um olhar desnorteado. — Ted está no meio da enchente, então não pode ir a lugar algum. Vou ter de resolver sozinho.

Suas palavras fazem você pensar no agente Zwale, levando Flora Kennedy de carro até a delegacia, debaixo de chuva. Torce para que eles estejam bem.

Como se tivesse sido chamado, Zwale entra pela porta principal que se escancara, acompanhado de Flora Kennedy. Ambos estão encharcados e ficam parados na entrada, parecendo náufragos.

— Que raios aconteceu? — pergunta McAdam. — Vocês resolveram ir a pé até a delegacia, por acaso?

— Não, senhora — desembucha Zwale. — A estrada que vai dar na ponte está parecendo um rio. Não quis arriscar, preferi voltar para cá. Lamento, eu devia ter tentado sair mais cedo. Alguém tem uma toalha? — Ele olha para a aparência lamentável de Flora. — Duas, talvez.

Os funcionários que Jennifer mandou estão agora voltando. Um deles entrega toalhas a Zwale e Flora. Jennifer instrui os demais a enrolar as que sobraram como cilindros e colocá-las em volta do lustre desabado para conter a água que vaza.

— Você devia tirar essas roupas — diz Jennifer a Zwale, acrescentando rapidamente: — Quer dizer, vocês dois. Garanto que temos kits de roupas de academia extras para emprestar. Venham comigo.

Jennifer leva ambos por um corredor até um aposento exclusivo para funcionários. Flora e o policial a seguem, enxugando rosto e cabelos. Quando estão próximos, você pede a Zwale que mantenha a viúva naquele aposento até a tempestade amainar para que possa levá-la até a delegacia. Ele faz que sim e continua a seguir Jennifer. Você fica intrigado ao constatar quanto da administração passa pela recepcionista, que mais parece um maître de restaurante, e se pergunta se Stephen está ciente de como ela é vital para que tudo corra sem problemas em seu negócio.

— Talvez devêssemos partir enquanto ainda podemos — diz McAdam a você baixinho. — Esse temporal não parece que vai passar tão cedo. Se não formos agora, talvez não possamos mais sair.

— Pode já ser tarde demais. O agente Zwale achou que não era seguro.

— Mais um motivo para tentarmos já. Se esperarmos demais não vamos ter saída.

O argumento dela é válido, e, se vocês conseguirem retornar para a delegacia, talvez dê para voltar para casa de lá.

Por outro lado, você assumiria um risco pessoal e poderia potencialmente estar deixando todos no Elysium presos com um assassino. Ao menos na mansão todos estão, digamos, no mesmo barco.

Para sair imediatamente, vá para **15**

Para esperar a tempestade passar, vá para **67**

124

— A mulher que matou Harry Kennedy talvez seja a que parece menos provável — você diz. Muitos integrantes do grupo se viram para olhar para Carla, mas você balança a cabeça. — Não, não é a nossa distinta, ainda que eventualmente sorrateira, parlamentar. Estou falando da mulher que o conhecia melhor, mas talvez desejasse que não fosse assim. Não é verdade, Flora?

Você encara com firmeza a viúva de Harry.

— Isso é uma afronta! — protesta ela, fazendo suas joias tilintarem. — Muito bem, eu admito que estava planejando me divorciar de Harry. Então por que ia precisar matá-lo?

É hora de responder a essa pergunta. Você tem as provas necessárias para uma acusação sólida?

Verifique seu caderno em busca de pistas na seguinte ordem:

- *Se tiver F4 anotado, vá para* 83
- *Se tiver F3 anotado, vá para* 186
- *Se tiver C12 anotado, vá para* 49
- *Se tiver F2 anotado, vá para* 151
- *Caso contrário, vá para* 18

125

Greenleaf Lane é um nome adequado; situada numa zona tranquila margeada por árvores, no lado da cidade oposto à Mansão Finchcote, a rua é suficientemente estreita e sinuosa para obrigar até mesmo McAdam a dirigir devagar.

— Você ainda acha que Flora Kennedy poderia ter feito esse percurso em vinte minutos? — você pergunta. — Com ou sem Ferrari, essa não é uma pista rápida.

— Não se trata do motor, mas de como você o opera. Se ela tem o hábito de andar aqui, poderia saber como andar com velocidade.

— Então, mesmo assim ela poderia conseguir chegar ao Elysium a tempo de matar o marido. Vamos ver se achamos o Dr. Proctor correto para corroborar o álibi de Flora.

McAdam estaciona ao lado do escritório Proctor, Proctor e Proctor. Agradecendo a sombra das árvores em volta, você se encanta com a tranquilidade reinante. Os únicos sons são o canto dos pássaros e um ou outro carro que passa.

Vocês entram e cumprimentam a recepcionista, mostrando seus distintivos.

— Gostaríamos de dar uma palavrinha com o Proctor que atende a Sra. Flora Kennedy.

— Ah, sim, o Dr. Proctor — diz a moça com um leve sotaque escocês. — Posso perguntar do que se trata?

— Basta dizer a ele que é uma questão de polícia — responde McAdam, reforçando seu sotaque um bocadinho. — Ah, e certifique-se de que seja o Dr. Proctor correto, também.

Essa tentativa de conexão patriótica desaba como um castelo de cartas. A recepcionista olha do alto do seu nariz para a sargento, um feito relevante, já que ela está sentada e McAdam de pé.

— Existe apenas um Dr. Proctor — esclarece, com arrogância, a recepcionista. — Os outros sócios são a Sra. Proctor e a Srta. Proctor.

Você dá um risinho e cutuca McAdam.

— Não se deve fazer suposições, sargento. Estamos no século XXI.

McAdam enrubesce, embora você não tenha certeza se é de vergonha por ter sido despida com os olhos pela recepcionista ou de irritação por ser acusada de uma suposição que você também fez.

Pouco depois, a recepcionista chama vocês, e o Dr. Proctor sai do escritório para os cumprimentos. Ele é baixinho, rechonchudo e totalmente careca, com uma papada de buldogue que arremata o rosto flácido.

— Como posso ajudar? — indaga, estendendo a mão, que você declina. — Alguma coisa sobre Flora Kennedy, não?

— Temo que sim. Sinto muito informar que o marido dela, Harry Kennedy, foi encontrado morto em circunstâncias suspeitas. Ele também era seu cliente?

— Minha nossa! — exclama o Dr. Proctor, aparentemente chocado com a notícia. Ele se apoia na mesa e se recompõe. Por fim, responde: — Não, o Sr. Kennedy não era meu cliente... Seria difícil conciliar.

— Entendi. Podemos falar em particular? — Você faz um gesto, indicando a porta que leva às salas.

Proctor hesita, consultando o relógio, o que faz você acrescentar:

— Não vai demorar.

— Bem... Suponho que, devido às circunstâncias... tudo bem, mas não posso lhe dar muito tempo.

Ele conduz vocês por um corredor curto, cheio de portas fechadas. No fim, vocês sobem uma escada que vai dar numa sala luxuosa que ocupa o primeiro andar inteiro.

— Como, exatamente, seria difícil conciliar o Sr. Kennedy e a esposa como clientes? — Você se senta numa poltrona de couro, enquanto a sargento McAdam fecha a porta. — Ambos são sócios nos negócios, não?

— Ah, não cuidamos da Kennedy Homes, minha nossa, não! Sou o advogado particular da Sra. Kennedy.

McAdam faz que sim, vendo suas suspeitas confirmadas.

— Ela estava planejando se divorciar do marido, não estava? Por isso o senhor não poderia representar os dois.

— Não posso comentar — responde Proctor. — Trata-se de uma questão de confidencialidade, entendem?

— Onde o senhor estava entre dez e onze horas dessa manhã, Dr. Proctor?

— Não vejo por que responder. Sem dúvida não sou suspeito, não é?

— Pode não ser — você garante ao advogado —, mas sua cliente é. Com Harry Kennedy morto, Flora não precisa mais de divórcio. Ela agora vai herdar a Kennedy Homes em sua integralidade, em vez de se contentar com qualquer porcentagem do negócio que pudesse estar esperando levar numa separação. Não só isso lhe dá um motivo para querer o marido morto mas ela também forneceu o senhor como álibi nesse horário. Por isso, gostaria que respondesse.

Proctor pigarreia e olha pela janela.

— Entendo sua posição, detetive, mas continuo comprometido a não revelar as circunstâncias sob as quais represento a Sra. Kennedy. No entanto, tendo em vista a situação, posso confirmar que tivemos uma reunião hoje de manhã. Ela chegou às nove e meia e saiu pouco antes das dez e meia. Isso corrobora a declaração da minha cliente?

Você troca um olhar com McAdam. Se ela estiver certa a respeito do tempo de locomoção, sobra o período justo para Flora chegar ao Elysium, matar Harry Kennedy e estar em casa às onze.

— O senhor disse "as circunstâncias sob as quais represento a Sra. Kennedy" — observa McAdam. — Isso é bastante específico e sugere que ela o contratou para uma única tarefa. Quando foi que ela o contratou?

É uma boa pergunta. Contratar um advogado tão recentemente pode, em si, não provar que Flora estivesse buscando um divórcio, mas é uma base sólida para a teoria.

Proctor consulta novamente o relógio, depois cede.

— Em fevereiro desse ano. Mais alguma coisa? Tenho, realmente, outros compromissos e, como eu disse, se quiserem saber mais, vão precisar perguntar à própria Sra. Kennedy.

Você duvida que vá extrair mais alguma coisa do Sr. Proctor sem um mandado bem fundamentado. Mas, quando está prestes a sair, você escuta o som característico de um motor de alto desempenho se aproximando. Proctor olha, nervoso, para a janela. McAdam vai até lá e olha também.

— Talvez façamos isso — diz ela com um sorriso —, e mais cedo do que o esperado.

Você se junta a ela na janela e vê Flora Kennedy estacionando a Ferrari. Um dos "outros compromissos" do advogado? Ou uma visita inesperada após a morte do marido?

O Dr. Proctor pode manter a boca fechada, mas a própria Flora talvez fale — a menos que seja orientada em contrário pelo advogado, claro.

Como abordá-la?

Para aguardar no escritório do Dr. Proctor a chegada de Flora, vá para **171**

Para interceptá-la antes que ela entre no escritório, vá para **68**

126

Jennifer dá de ombros.

— Não sei se ajuda muito, mas Joseph... desculpe, o agente Zwale mencionou que Harry Kennedy não pagou pela estadia, o que me surpreendeu. Achei bom verificar a frequência com que Stephen costuma oferecer cortesias a outros Amigos sem me dizer.

— E o que descobriu? — você pergunta.

— Ele faz isso de vez em quando, mas o que me chamou a atenção foi o fato de serem duas essa semana. Harry Kennedy e um upgrade para Tank Destroyer.

Isso poderia de alguma forma explicar os aparentemente eternos problemas financeiros do Elysium.

— Que tipo de upgrade?

— Tank normalmente adquire o pacote Rosa básico — explica a recepcionista. — É um programa pague o que usar, com uma tarifa mais baixa. Mas essa semana Stephen pôs um bilhete na reserva dele para passá-lo para o Flor de Lótus, como cortesia.

— Com que frequência o Sr. Destroyer se hospeda aqui?

— Cinco dias de estadia a cada mês, mais ou menos.

McAdam resmunga:

— Por que um milionário da tecnologia precisa de um upgrade de cortesia?

O agente Zwale dá de ombros.

— Tem gente que é pão-duro, senhora. Meu tio é podre de rico, mas as roupas dele são todas de bazares de caridade. No caso dele, acho que é por ter sido pobre na infância.

Tank Destroyer pode valer milhões agora, mas talvez também possa ter crescido sem dinheiro. Mas resta uma pergunta: terá sido coincidência Stephen Cheong ter dado a Harry Kennedy uma estadia grátis e a Tank Destroyer um upgrade de cortesia ao mesmo tempo? Ou existe algo mais aí?

— Isso pode ser uma informação útil — você diz a Jennifer. — Agradeço por verificar. Tem mais uma pergunta que preciso fazer, me desculpe: a Sra. Kennedy estava certa? A senhorita estava dormindo com o marido dela? — Quando Jennifer hesita, você acrescenta rapidamente: — Devo recordá-la de que mentir para a polícia é crime.

— Ora, vamos — intervém Zwale, defendendo a recepcionista. — Kennedy era um canalha, todo mundo já disse. Jennifer não faria isso!

— Calado, agente! — rosna McAdam.

— Ele tem razão — diz Jennifer. — O Sr. Kennedy tentou, como fez com todas as outras mulheres aqui, mas eu mandei o sujeito pastar. Nem no dia de são nunca.

Anote **T2** *em seu caderno*

Se já tiver J3 anotado, vá para **37**

Caso contrário, vá para **136**

127

— Então, me responda — você diz. — Um homem cuja descrição bate com a sua foi visto observando, de uma forma que pode ser entendida como intimidadora, uma família em Burrowlands, que, por acaso, anda brigando com a Kennedy Homes por conta da má qualidade da construção. O que o senhor pode me dizer sobre isso?

Tank encara você com cautela.

— Visto por quem?

— O senhor foi gravado, então nem tente negar. O que não entendo é que o senhor disse que conheceu Harry Kennedy essa semana, mas essa intimidação vem acontecendo há mais de um mês. Por favor, não me ofenda alegando que se trata de uma coincidência.

O figurão da tecnologia solta um suspiro.

— Ok, tudo bem. Na verdade, conheci Harry cerca de seis meses atrás num encontro de negócios. Nos demos bem e concordamos em fazer investimentos mútuos.

— Se deram quão bem? — pergunta McAdam.

— Por quê? Está com ciúmes?

— Sr. Destroyer, o senhor acabou de admitir que mentiu para nós sobre quando conheceu um homem que foi assassinado a menos de cem metros daqui. Sugiro que amadureça e nos diga por quê.

Tank desvia o olhar.

— Porque não quero problemas com a sua turma, certo? Não tive nada a ver com a morte dele, e não, não vi nada daqui da piscina ontem de manhã. Mas eu sabia que, se dissesse a vocês que Harry e eu já éramos amigos, passariam a suspeitar de mim. Exatamente como agora, não é mesmo?

Você não nega, pois é verdade — embora parte das suas suspeitas se baseie agora na relutância de Tank em contar a história toda.

— Vocês planejaram suas visitas ao Elysium ao mesmo tempo? Já que era a primeira vez do Sr. Kennedy aqui, isso também não parece ser uma coincidência.

— Não, não foi uma coincidência. Mencionei o Elysium a Harry quando nos conhecemos. Ele nunca tinha ouvido falar do retiro de bem-estar na época, mas depois, há umas duas semanas, ele ligou e me disse que viria. Concordamos em nos encontrar e falar de negócios.

— Então, o que o senhor estava fazendo em Burrowlands? — pergunta McAdam. — Um favor para um amigo?

— Tipo isso, claro. Só para deixar claro para aqueles encrenqueiros que alguém estava de olho neles.

Anote **T4** *em seu caderno, depois vá para* **161**

128

Enquanto você continua a apreciar a propriedade, McAdam liga para o agente que está vendendo aquela fileira de quatro casas. Não é uma área ruim; o loteamento é pavimentado, mas seus limites são margeados de árvores, oferecendo muito espaço verde para as crianças brincarem. Cantos de pássaros enchem o ar, e o barulho do trânsito na estrada principal é abafado. Não é difícil entender por que famílias jovens viriam morar aqui.

— Posso ajudar? — pergunta uma jovem com uma criança pequena num carrinho de bebê, felizmente na sombra por um grande guarda-sol, lá do outro lado da rua. Você está prestes a dizer que não educadamente, mas então decide lhe fazer algumas perguntas, afinal.

— Na verdade, talvez possa. A senhora sabe quem está comprando aquele lote do outro lado da estrada?

A mulher balança a cabeça.

— Não, ele está fechado pela cerca há meses. Vocês são da área de construção?

— Somos da polícia, na verdade. A senhora viu algo estranho acontecer aqui recentemente?

— Tipo o quê? É um lote de terra.

De fato, mas ainda assim isso parece ter tido uma importância grande para Harry Kennedy.

— Veja — continua a jovem —, se vocês são da polícia, vão querer dar uma palavrinha com a empresa que construiu isso aqui. Um bando de incompetente.

— Como assim?

— As minhas janelas têm frestas e deixam a chuva passar quando é forte, e isso não acontece só comigo. O safado que construiu as casas diz que não tem nada a ver com isso porque as casas têm alguns anos. A empresa se chama Kennedy Homes. O lugar deles é na cadeia.

Você dá uma olhada em volta, sob uma nova perspectiva.

— Esse lugar foi construído pela Kennedy Homes? Tem certeza?

— Claro que tenho — responde lentamente a jovem mãe, como se estivesse falando com uma criança burra.

— É a mesma empresa — você explica. — A Kennedy Homes pediu uma licença para construir outro empreendimento naquele lote.

— Pois não deviam permitir. Sabia que eles são responsáveis pelas janelas só por dois anos? Que tipo de garantia é essa? Nenhuma.

Você admite ser difícil discordar. Mas será possível que Harry Kennedy realmente tenha sido morto por causa de janelas mal vedadas? Seria uma reação extrema.

— Se quiser pegar uns criminosos, basta levar um par de algemas para o escritório deles — diz a moça, voltando a caminhar. — Canalhas, todos eles.

Enquanto a mulher se vai, McAdam conclui a ligação.

— Ora; ora — diz ela, com um sorriso largo. — Essa é uma descoberta inesperada. Em primeiro lugar, adivinhe quem construiu esse lugar?

— A Kennedy Homes.

— Ah. — O sorriso se apaga.

— Acabei de saber, de forma bem objetiva, por aquela jovem mãe. Ela também disse que Harry Kennedy era um construtor incompetente que devia ser preso e confinado. Aparentemente, as casas nesse empreendimento têm janelas mal vedadas.

O sorriso de McAdam volta ao rosto.

— Isso deve explicar o que descobri a respeito daquela fileira de casas à venda.

Se tiver C1 anotado, vá para **43**

Caso contrário, vá para **96**

129

Enquanto anda pelo porão, passando por prateleiras vazias que não armazenam coisa alguma além de poeira, você reflete sobre o que Jennifer disse a respeito de Harry Kennedy e tenta juntar as peças.

— Então Kennedy de fato tentou se dar bem com todas as funcionárias?

— Tentou mesmo — confirma a recepcionista. — Em especial com as massoterapeutas. Tão previsível...

— Incluindo Alina Martinescu?

Jennifer reflete um instante.

— Talvez não, porque ontem de manhã foi a primeira sessão que ele teve com ela. Todas com quem ele já teve sessões imploraram que eu não agendasse horário com elas de novo. O problema é que não há muitas "Rosas" no Elysium. Mais cedo ou mais tarde eu teria de mandá-lo de volta para uma delas. Não estava ansiosa para fazer isso, acredite.

— Mas agora poderíamos dizer que o problema foi resolvido — você observa.

Para sua surpresa, Jennifer ri e depois, rapidamente, abafa o riso.

— Detetive, se você acha que Harry Kennedy era o único homem que tinha "mão boba" com as "Rosas", sua ingenuidade é maior do que parece. Quem esbanja dinheiro aqui faz o que quer.

— Tenho certeza de que vocês reclamam com a administração, não?

— Com Stephen? É ele que os deixa se safarem. Não quer correr o risco de levarem o dinheiro deles para outro lugar, entende?

Anote **J2** *em seu caderno, depois vá para* **166**

130

Você tira a planta do centro, que impede que você veja Carla, colocando-a no chão.

— Pouco antes de morrer, Harry Kennedy pagou sete mil libras como honorários de consultoria a uma empresa com a qual ele nunca tinha feito negócios: a Standard Umbrella. Pelo que sei, a senhora conhece a empresa, não?

Carla observa você com cautela. Quase dá para ver os dentes das engrenagens girando por trás dos seus olhos enquanto ela tenta adivinhar quanto você já sabe. Finalmente, ela rebate sua pergunta com outra pergunta.

— Por que está me perguntando isso?

— Porque essa é uma quantia significativa, mesmo para os seus altos padrões, e uma transação incomum para ser feita com um homem que a senhora afirma que lhe desagradava. Sabemos que a Standard Umbrella é sua empresa. Também sabemos que a senhora possui várias casas em Burrowlands, originalmente adquiridas da Kennedy Homes, que agora está tentando passar adiante numa venda rápida. São casas que, se o novo projeto do Sr. Kennedy tivesse sido aprovado, ficariam no caminho de uma potencial enchente, tornando-as mais difíceis de vender.

Carla pisca, registrando o volume de indícios, e empalidece. Mas você não amolece.

— Por isso, vou tornar a perguntar — você avisa —, e dessa vez eu gostaria de uma resposta. Por que o Sr. Kennedy lhe pagou sete mil libras?

Vá para 82

131

Apesar dos protestos de inocência do acusado, McAdam prende Tank. Mais tarde, depois de a tempestade se acalmar, você o leva para ficar sob custódia na delegacia.

No entanto, por mais que as pesquisas provem que as credenciais do suposto figurão da tecnologia e a história da sua vida são falsas, nenhuma prova física aparece ligando Tank ao crime. Você não consegue colocá-lo na cena do crime ou pôr a arma letal na mão dele. Tudo que você tem é sua própria especulação — e isso simplesmente não basta.

O caso é um fiasco. Ao perder a confiança em você, o detetive-superintendente lhe dá um caso diferente, mais simples, e chama outro detetive para assumir o crime do Elysium. O assassinato de Harry Kennedy ainda pode ser desvendado... mas não por você. Mais tarde, você reflete sobre o que deu errado. Você teve razão ao acusar Tank, mas simplesmente não coletou as provas certas? Ou o assassino foi, na verdade, outra pessoa?

Para descobrir, não se desespere. Apenas apague tudo em seu caderno, volte para **1** *e tente outra vez.*

Por ora, porém, este é...

O FIM

132

— Esse é um caso de fraude e chantagem — você diz simplesmente. — Terapia floral, com flores cultivadas no local é a "promessa de marca exclusiva" do Elysium, como descreve Stephen. Mas ele vem tendo dificuldade de cultivar flores suficientes por causa do mau tempo. Passar sem elas não é uma opção, por isso ele tem comprado plantas e flores de um viveiro para fingir que são cultivadas aqui.

Stephen não se manifesta, aguardando que você produza provas. Você assim o faz.

— Sabemos disso por vários motivos, sendo o mais importante a existência de uma testemunha ocular. Não é verdade, Sr. Destroyer?

Tank parece surpreso ante a abordagem, mas faz que sim em resposta.

— Eu o vi no viveiro, comprando plantas e colocando-as na caçamba de uma van. Foi Harry quem me disse para segui-lo.

— Ele disse de fato — você concorda, virando-se para Stephen. — Com a confirmação da sua fraude, o Sr. Kennedy, então, chantageou o senhor. Foi por isso que o senhor lhe deu uma estadia VIP grátis no Elysium e deu a Tank um upgrade de cortesia;

é por isso que o senhor deixa ambos se comportarem feito meninos mimados.

— Ei! — objeta Tank, mas você o ignora.

— Harry Kennedy colocou o senhor contra a parede — você diz a Stephen —, até que o senhor percebeu uma oportunidade de se livrar desse empresário turbulento. O senhor não estava nas estufas ontem de manhã, certo? Estava aqui na casa e viu Harry sair mais cedo da sessão com Alina. Atraiu-o para o quarto que servia como depósito e o silenciou para sempre. A rosa na boca da vítima foi um símbolo poético do porquê Harry Kennedy precisava morrer.

Stephen vacila diante da acusação.

— Está bem, admito que comprei um pequeno número de flores. Vocês não fazem ideia do quanto é difícil manter esse negócio! Meu Deus, se eu pudesse recomeçar, eu abriria mão totalmente das flores. Ou talvez do retiro de bem-estar inteiro, e voltaria a ter um centro de jardinagem. E daí se algumas flores não foram cultivadas aqui? São as mesmas porcarias de flores!

Carla estala alto a língua.

— Você vende o Elysium como um retiro holístico, Stephen. Pelo que estamos pagando, se não pelo toque especial de saber que todas as plantas são cultivadas a mão aqui na propriedade? Que papelão!

— São apenas flores — diz Tank.

— O ponto não é esse! — insiste Carla.

O aposento irrompe numa discussão calorosa. Ignorando-as, você instrui McAdam a prender Stephen Cheong.

Vá para **76**

133

Você sai da sala de espera e entra no saguão, onde Jennifer está varrendo as pílulas de Viagra esmagadas. Com uma pá e uma vassoura em mãos, ela papeia com um homem asiático que ajudou o agente Zwale a controlar Flora Kennedy.

— Você prendeu a Sra. Kennedy? — pergunta Jennifer.

— Prendi.

— Ótimo — diz o homem. — Não dá para as pessoas acharem que podem entrar aqui e começar uma briga.

Você estende a mão para cumprimentá-lo.

— Agradeço a sua ajuda com a Sra. Kennedy, a propósito. Ainda que eu preferisse que não tivesse se arriscado, a ajuda foi bem-vinda.

— Apenas agi como um bom cidadão — responde ele com um firme aperto de mão. — Além do mais, eu não queria que Stephen fosse onerado com despesas de limpeza, caso as coisas ficassem sangrentas.

— Muito solidário da sua parte, Sr...

— Cheong, Bill Cheong. Eu ministro as aulas de tai chi. — Ele resplandece de orgulho e poupa você da necessidade de fazer uma suposição. — Sim, somos parentes. Stephen é meu filho.

Jennifer o cutuca, brincalhona, quando passa para esvaziar a pá.

— Nem vamos falar de nepotismo — comenta, rindo.

— Garanto que isso não é verdade — você diz, embora tenha pensado o mesmo. — Há quanto tempo trabalha aqui, Sr. Cheong?

— Três anos. Desde o dia da inauguração.

— E onde ensinava tai chi antes?

Bill se aproxima e sussurra:

— Em lugar algum, mas não conte aos nossos "Amigos". Aprendi ensinando, se é que me entende.

Então, a piada sobre nepotismo não era piada, afinal. McAdam balança a cabeça, descrente.

— Recebi algumas dicas daquela ali, também. Ela é boa no caratê.

— Judô, na verdade — corrige Jennifer, guardando os objetos de limpeza no armário atrás do balcão. — E para autodefesa, nada a ver com tai chi.

— Tudo bem — diz Bill com um sorriso. — Eles não sabem disso.

Se tiver C3 anotado, vá para 26

Caso contrário, vá para 81

134

O sol entra pelas janelas amplas da sala de espera, alimentando as plantas ao longo das paredes. Você se senta em silêncio por um instante, depois segue em frente com uma pergunta difícil.

— Desculpe-me perguntar, Sra. Kennedy, mas onde a senhora estava entre dez e onze horas essa manhã?

Flora tira um lenço da bolsa, seca os cantos dos olhos e depois assoa o nariz. Finalmente recuperada, diz:

— Com o meu advogado. Proctor, Proctor e Proctor, na Greenleaf Lane. Eu tive uma reunião às nove, saí às dez e meia e cheguei em casa às onze.

— Onde fica sua casa? Ainda não levantamos as informações sobre seu marido — você explica.

— É uma das nossas maiores propriedades, na Monkroyd Avenue.

— Então vou mandar um policial levá-la até lá.

— Que bobagem — protesta ela. — Sou perfeitamente capaz e, além disso, não vou deixar meu carro aqui.

Você acha essa reação dela estranha e continua tentando fazê-la mudar de ideia até se aproximar da escadaria principal e ver uma brilhante Ferrari vermelha, conversível, estacionada atrás da fileira de viaturas. Talvez Flora Kennedy e a sargento McAdam fossem se dar bem conversando sobre carros rápidos.

Ainda assim, por mais estoica que pareça, você não pode permitir que a viúva dirija sozinha até em casa depois de tamanho choque emocional. Por fim, chega-se a um acordo: um policial vai levá-la no carro esporte. Você supõe que o agente Zwale vá agarrar na hora a chance de se postar ao volante de uma Ferrari, mas se surpreende quando ele se recusa a fazê-lo. Em seu lugar, um outro jovem policial se apresenta, praticamente esfregando as mãos de alegria e, com a Sra. Kennedy segura no banco do carona, você observa o carro se afastar rapidamente pela avenida em direção à ponte.

Ao voltar para o interior da casa, você vai até McAdam e Zwale no saguão. Pede a Zwale que verifique a Greenleaf Lane e a Monkroyd Avenue e instrui McAdam a requisitar quaisquer gravações das câmeras de trânsito desta manhã que cubram o percurso entre os dois endereços.

Zwale aponta que, segundo seu celular, a Greenleaf Lane fica a trinta minutos daqui enquanto a Monkroyd Avenue fica a menos de dez.

— Parece que o álibi dela se sustenta — diz ele.

McAdam olha por cima do ombro de Zwale para o mapa.

— Calma lá. Esses tempos levam em consideração que você esteja num carro comum, algo que o da Sra. Kennedy definitivamente não é. Digamos que a reunião com o advogado tenha terminado dez minutos mais cedo e que ela tenha saído de lá às dez e vinte. Se pisasse fundo no acelerador, chegaria aqui às dez e quarenta, entraria furtivamente e mataria o marido. Sobra um bocado de tempo para estar em casa às onze.

Sem câmeras de segurança no Elysium, é verdade que Flora poderia entrar furtivamente — mas com mais de cem funcionários e hóspedes no local, alguém não a teria visto? Além disso, como ela roubaria a chave do velho quarto que servia de depósito? Como sequer saberia onde ele ficava se jamais esteve aqui? E como convenceria Harry a largar a sessão de massoterapia? Essas e muitas outras perguntas continuam sem resposta.

— O cônjuge é sempre o principal suspeito em casos de assassinato — você concorda —, embora Flora Kennedy tenha me parecido genuinamente abalada. Vamos ver se as câmeras de trânsito podem jogar alguma luz sobre os movimentos dela.

De repente, uma ideia ocorre a você.

— *Flora*... uma conexão com a rosa na boca de Kennedy talvez?

— Não sei dizer — responde McAdam —, mas, enquanto ela estava na sala de espera, dei uma olhada no carro.

Ela ergue o celular, mostrando a você uma série de fotos.

A primeira é do banco do carona da Ferrari de Flora, com um panfleto sobre o Elysium em cima de um envelope pardo comum. McAdam passa a foto e a próxima mostra o envelope aberto, revelando seu conteúdo; livros com títulos do tipo *Seus direitos em um divórcio* e *O processo de divórcio explicado*.

— Estava tudo no banco da frente, por isso dei uma olhada — explica ela. — Talvez a Sra. Kennedy não esteja tão devastada pela morte do marido quanto alega.

O agente Zwale olha por cima do ombro de McAdam.

— Você abriu o envelope? — pergunta ele, os olhos esbugalhados. — Essa não é uma busca ilegal?

— Sem dúvidas é contra o regulamento — você concorda.

McAdam dá de ombros.

— Ela é suspeita de homicídio. Além disso, a capota estava arriada, por isso não precisei abrir a porta. E usei uma luva para abrir o envelope. Foi uma boa, não? Isso cria uma perspectiva diferente das coisas — diz ela, olhando para você, esperançosa.

Para parabenizar a sargento McAdam pela iniciativa, vá para **60**

Para repreendê-la por ter feito uma busca ilegal, vá para **156**

135

Você e McAdam entram no escritório do gerente, na parte principal da casa que dá para o pátio. Em contraste com o ambiente elegante, minimalista, das áreas comuns que você viu até agora, esta sala é um turbilhão de pastas, arquivos, cartas, caixas de arquivos e livros de referência, equilibrados entre plantas e flores. Uma prateleira contém biografias de empresários de sucesso, em sua maioria dos Estados Unidos, alguns dos quais você se recorda de terem sido alvos de denúncias de fraude. O chão e as prateleiras estão abarrotados de vasos contendo uma variedade de folhagens.

Ninguém trabalharia num lugar tão entulhado por acaso. Olhando mais de perto, porém, você teoriza que isso também pode funcionar para esconder problemas com a casa. Bolhas na pintura acima das prateleiras e toques discretos e escuros de mofo atrás das flores sugerem problemas com umidade e até mesmo podridão. Prédios velhos como a Mansão Finchcote exigem manutenção permanente, e o Elysium parece estar atrasado com relação a essas responsabilidades.

No meio de tudo isso está sentado um homem de cabelo preto — mais novo do que você havia imaginado, com cerca de 30 anos —, vestindo uma camisa polo, folgada demais para seu corpo magrelo, com o logo do Elysium, e usando um *smartwatch* grande e chamativo. Ele para de roer as unhas, fica de pé e estende a mão em cumprimento.

— Stephen Cheong — diz, apresentando-se. — Nossa, isso é horrível. Já recebemos o pedido de cancelamento de um grupo de

Southend que chegaria amanhã. E durante a manhã toda vários hóspedes me disseram que estão indo embora e querem reembolso. Vocês não vão ficar muito tempo mais aqui, certo? Não é preciso, tendo em vista que já levaram o corpo.

— Pelo contrário, Sr. Cheong, temos todos os motivos para "ficar aqui". A morte do Sr. Kennedy não foi um acidente.

Stephen encara você e McAdam, piscando, confuso. Então, a ficha cai e ele empalidece, desabando na cadeira.

— Mas eu achei... Quem... Pelo amor de Deus, somos só um spa! Isso é, como....?

— Uma coisa de cada vez. Em primeiro lugar, acredito que tenha sido o senhor quem encontrou o corpo do Sr. Kennedy, não?

Ele passa a mão no rosto.

— Exatamente. Estive nas estufas, regando os canteiros. Está tudo tão ressecado no momento! Quando terminei, vim até aqui para atender uma ligação às onze. Por isso vim pelo pátio e... Bem, lá estava ele.

— O senhor tocou no corpo? — você pergunta.

— Toquei, lamento. Sei que não se deve fazer isso, não é? Mas foi tão surreal. Eu quase não acreditei no início. — Ele indica a própria camisa polo, grande demais para o corpo. — Um de vocês levou a minha roupa. Precisei arrumar outra até poder ir em casa trocá-la.

— Então o senhor viu que ele tinha um forcado cravado no peito. Por acaso isso não lhe sugeriu que não tivesse sido um acidente?

Stephen olha pela janela em direção ao pátio.

— Dito assim, fico parecendo um idiota, mas, no início, achei que ele talvez tivesse tropeçado, e, quando os seus policiais disseram que ele tinha caído da varanda, supus que fosse essa a explicação.

— O senhor ouviu ou viu algo incomum antes de encontrar o Sr. Kennedy? — pergunta a sargento McAdam, tomando nota. — Alguém gritar, um som, alguma coisa?

— Acho que não. Eu não estava prestando atenção, para ser sincero, por causa das plantas.

Você se lembra da flor enfiada na boca da vítima.

— Percebeu algo estranho no corpo?

— Quer dizer, afora o forcado saindo do peito? Nossa, não me lembro. Acho que não.

Então, o gerente não viu a flor... A menos que a tenha posto lá e agora esteja mentindo.

— Tem muitas plantas aqui — você diz, indicando os vasos ao redor. — E não pude deixar de notar mais cedo as estufas atrás do jardim. Suponho que o senhor tenha um interesse especial.

Stephen pisca de novo, antes de explicar:

— Desculpe, achei que soubesse. O Elysium é pioneiro em terapia floral holística; ioga corólica, homeopatia angiospermal e tudo o mais. Além de oferecer uma dieta estritamente vegana, é claro.

— Lógico — você concorda, com um olhar de soslaio para McAdam.

— As flores que usamos são cultivadas aqui, nos jardins, com base na nossa promessa de marca exclusiva. Os últimos anos não nos brindaram com o melhor clima para o cultivo, mas estamos dando conta. E agora estamos quase no fim da estação.

— Fascinante — diz McAdam, num tom que sugere fortemente o oposto.

— Está dizendo seriamente que alguém apunhalou Harry e depois o empurrou daquela varanda? — pergunta Stephen. — É inacreditável. Eu pretendia converter o 312 em outro quarto, sabe? Se já tivesse feito isso, ele poderia ainda estar vivo...

— Tente evitar esse tipo de pensamento, Sr. Cheong. O senhor não pode se culpar. Entendi que o depósito normalmente fica trancado e apenas funcionários têm acesso a ele, não?

— Isso mesmo. A única chave fica atrás da recepção.

— Sem contar a que o senhor usou para abri-lo para os nossos policiais — observa você.

O gerente pisca nervosamente.

— Ah, sim, claro. Sem contar a minha, óbvio.

McAdam vagueia lentamente pela sala, examinando o conteúdo da prateleira e contemplando as plantas.

— O senhor tem câmeras pela casa? — pergunta ela.

Stephen balança a cabeça.

— A energia negativa estragaria o nosso ambiente. De todo modo, jamais precisamos disso.

— Até hoje — intervém a sargento, soturnamente. — Se o Sr. Kennedy não deveria estar naquele depósito, onde deveria estar? Ele estava só de cueca e roupão.

— Ele tinha uma sessão marcada com Alina Martinescu, uma das nossas massoterapeutas. Mas ela falou que ele saiu antes do fim.

— O senhor já teve algum problema com Alina? — você pergunta.

— Não. Ela é calada, trabalhadora e uma boa massoterapeuta. Eu a mandei para a sala de repouso dos funcionários. Pode ser que ainda esteja lá, se quiser falar com ela.

— Quantos funcionários o senhor tem aqui? — pergunta McAdam.

— Vinte, vinte e cinco, depende do dia. Podemos receber até oitenta hóspedes. Isto é, quando eles não cancelam em bloco.

É compreensível que Stephen esteja preocupado com seu negócio, e você se solidariza. Mas não pode deixar que isso interfira numa investigação de homicídio.

Você atravessa a sala, vai até a janela e olha para fora. Daqui, a tenda branca da polícia é visível, com a Dra. Wash agora orientando a remoção do corpo.

— Para quem o senhor estava ligando? — você pergunta casualmente.

— Como assim?

Você se vira para encarar o gerente.

— O senhor disse que estava voltando para a mansão para fazer uma ligação às onze. Para quem?

— Isso não é da sua conta, certo?

— Acho que é sim, considerando os acontecimentos dessa manhã.

O gerente olha para você um instante, depois suspira.

— Ok, muito bem. Eu havia marcado de falar com o banco para discutir a nossa hipoteca. — Registrando a expressão indagadora com que você reage, ele explica: — Isso aqui não é apenas o meu negócio. Sou proprietário do lugar. Quando a Mansão Finchcote entrou no mercado, vendi meu antigo negócio de viveiros, comprei a casa e abri o Elysium.

— Deve ter custado caro.

Stephen faz cara feia.

— Menos do que seria de imaginar, porque a casa precisava de muitos reparos. O problema é que ainda precisa. O telhado é um pesadelo, a alvenaria está detonada, as vigas estão apodrecendo com mofo... Às vezes, acho que fiz uma loucura. De todo jeito, obviamente, precisei remarcar aquela ligação para o banco. Diga, a sua equipe vai permanecer aqui por muito tempo?

— Tanto tempo quanto for necessário — você responde, sem querer se comprometer. — Também preciso pedir a todos aqui, inclusive ao senhor e aos funcionários, que não saiam do local durante algum tempo. O senhor tem hóspedes com a partida prevista para hoje ou amanhã?

— Não muitos, eu acho. A maioria fica de um fim de semana até o outro. Jennifer, na recepção, vai poder lhe dizer com certeza. Por quê?

— Porque eles vão ter de ficar pelo menos mais um dia enquanto investigamos a morte do Sr. Kennedy.

Stephen geme.

— Olha só... Não se deve falar mal dos mortos, sei disso, mas você provavelmente sabe que Harry não era o Amigo mais popular.

— Um amigo? Então o senhor era próximo dele? — você pergunta.

Stephen parece confuso, mas depois explica:

— Não. É assim que chamamos os nossos clientes. Nós os consideramos nossos Amigos.

— Entendi. Mas o senhor está dizendo que o Sr. Kennedy não tinha muitos. Amigos, quer dizer.

— Isso mesmo. Ele podia jogar seu charme quando convinha, sobretudo com mulheres como as nossas Rosas. Embora fosse um cinquentão, Harry era visto como um espertalhão com pinta de galã, inclusive ostentando e se achando, o que irritava um bocado de gente. A única pessoa com quem realmente se dava bem por aqui era Tank Destroyer.

McAdam quase engasga.

— É o quê?

— Outro Amigo. Um dos nossos clientes assíduos, na verdade. Tank ganhou muito dinheiro com sites e mudou de nome legalmente.

A sargento faz uma anotação.

— O Sr... Destroyer... ainda está aqui?

— Você acabou de dizer que não vai liberar a saída de ninguém, por isso suponho que sim. Pergunte a Jennifer, ela pode acessar os horários dele.

Você se vira para sair, mas para na porta.

— E quanto à Sra. Nesbitt, a parlamentar? Nós a encontramos mais cedo e ela havia presumido que o Sr. Kennedy tinha cometido suicídio. Como era o relacionamento dos dois?

— Pelo que vi, eles fugiam um do outro como o diabo da cruz e se por acaso se trombavam sempre acabavam discutindo — responde Stephen, balançando a cabeça. — Por acaso, eles tiveram um arranca-rabo ontem à noite, perto das quadras de tênis.

— A que horas foi isso?

— Por volta das sete, depois do jantar.

Você agradece ao proprietário-gerente pelo tempo que lhe dispensou e vai embora. Do lado de fora, você confabula com McAdam.

— Rosas, rosas por todo lado — você comenta. — Interessante, não? Você reparou que ele chegou a usar esse apelido para se referir às funcionárias? "Mulheres como as nossas Rosas." Stephen Cheong sem dúvida está comprometido com a "promessa de marca exclusiva".

McAdam balança a cabeça.

— Essa eu perdi. É que eu estava ocupada demais imaginando por que um homem mudaria o próprio nome para Tank Destroyer.

Você se surpreende com o fato de a sargento ter deixado passar um detalhe tão relevante. E ela também já irritou algumas pessoas. Será que lhe empurraram uma parceira imprestável?

— Detalhes, sargento. Sempre procure e analise os detalhes. Podemos descobrir os motivos de Tank Destroyer logo, logo, de todo jeito. O mais importante é que temos de cogitar se o fato de ser um velhaco e desagradar praticamente a todos foi suficiente para levar alguém a enfiar um forcado de jardim em Harry Kennedy... ou se existem mais coisas sobre esse homicídio do que se deduz à primeira vista.

🔍 *Se tiver P4 anotado, vá para* **79**

Caso contrário, decida seu próximo curso de ação:

🔍 *Para interrogar Alina, a massoterapeuta, vá para* **48**
🔍 *Para interrogar Carla, a parlamentar, vá para* **177**
🔍 *Para interrogar Tank, o figurão da tecnologia, vá para* **73**

136

Você volta para dentro da mansão, deixando Jennifer terminar de fumar seu *vape*, e conversa baixinho com Zwale.

— Sei que todo mundo adora um homem fardado, agente, mas lembre-se de que você está de serviço e a Srta. Watts é uma suspeita potencial.

— Eu sei — protesta ele. — Mas Jennifer vê quase tudo que acontece aqui, e ser amistoso é um jeito de conseguir que ela se abra.

Você não acredita nem um segundo que essa seja a única razão pela qual ele se interessa tanto por passar o tempo com a recepcionista, mas o argumento apresentado é válido.

— Tudo bem, mas tome cuidado com o que diz perto dela. É importante que mantenhamos as cartas sempre escondidas. Agora, quando essa chuva diminuir, quero que você leve Flora Kennedy pessoalmente até a delegacia e a fiche. Ela provavelmente vai se safar com uma fiança, mas isso fará com que retome o juízo.

Tendo instruído Zwale, você discute o próximo movimento com a sargento McAdam.

— Flora deve conseguir se safar da agressão com uma fiança — diz ela —, mas e quanto ao assassinato do marido? Ela tinha motivo de sobra, e as câmeras de trânsito filmaram o carro dela.

— É o que parece — você concorda. — Mas não posso deixar de pensar que há mais aqui do que uma briga conjugal e a herança de um negócio. Sobretudo quando assumir a Kennedy Homes é meio como um cálice envenenado.

— Certo, mas ela não sabia disso... — O telefone de McAdam toca, interrompendo-a. Ela verifica o número e sorri. — Opa.

— Notícia boa? — você pergunta.

— Acontece que Carla Nesbitt tem antecedentes. Aparentemente foi mãe solo da filha, Sharon, e quando estava na casa dos vinte anos foi pega por roubar coisas de bebê.

— Uma jovem mãe desesperada roubando fraldas é muito diferente de um assassinato a sangue-frio mais de vinte anos depois, sargento.

Ela dá de ombros.

— Uma vez criminoso, sempre criminoso, diz a minha experiência. Não exatamente o pilar da comunidade que ela vem nos fazendo crer. De todo jeito, não é só isso. Os resultados da perícia digital também saíram.

— Eu tinha esperança de que saíssem hoje. O que descobriram?

McAdam lê o texto do e-mail.

— Penny entrou no laptop de Kennedy. A maior parte do conteúdo diz respeito a negócios, contas e coisas do gênero, que ela está examinando. Mas algo que ela achou logo foi uma coleção de fotos antigas dele e... adivinha quem?

O sorrisinho em seu rosto só pode significar uma coisa.

— Carla Nesbitt?

— A própria. Eles parecem bem amiguinhos, não?

McAdam ergue o celular e vai passando as fotos de Harry e Carla, ambos jovens e despretensiosos. Em duas delas, estão abraçados e sorrindo. Uma mostra Carla sozinha, vestida com elegância e sentada no que aparenta ser uma boate. A última é mais recente, embora não exatamente atual, e dá a impressão de ter sido escaneada de um artigo de jornal noticiando sua eleição para o Parlamento.

Se tiver C14 anotado, vá para **74**

Caso contrário, vá para **149**

137

Você volta ao saguão onde jaz o lustre espatifado. Uma barricada de toalhas cerca os escombros agora, absorvendo uma boa porção da água que caiu do telhado e detendo o restante. O balde está cheio, mas a cascata imprevista que ele supostamente deveria aparar parece ter parado, embora a tempestade continue forte.

Com seu figurino de academia emprestado, o agente Zwale atravessa o saguão para falar com Jennifer. Ela percebe que você está olhando para o alto, através do buraco que se abriu no teto.

— O Sr. Cheong foi lá em cima consertar o telhado — explica ela. — Acho que ele só pregou uma tábua em cima do buraco, mas já é melhor que nada.

— Ao menos com isso não precisamos nos preocupar — diz McAdam. — Agora, Srta. Watts, tenho uma pergunta. Quando, exatamente, a senhorita causou aquele hematoma no braço de Harry Kennedy?

Ela está jogando um verde — existem várias outras pessoas fortes o bastante para terem deixado uma marca no Sr. Kennedy, como Tank Destroyer ou Stephen Cheong —, mas funciona, já que ela não tenta negar.

— Não me lembro exatamente — responde Jennifer, dando de ombros. — Dois ou três dias atrás? Ele me encurralou quando eu estava saindo do banheiro e tentou me assediar. Dei um baita passa-fora nele.

— Sem falar num belo hematoma — acrescenta McAdam. — Esse judô todo é bom para fortalecer os músculos, suponho.

A recepcionista rebate num tom desafiador:

— Não vou me desculpar por enfrentá-lo. Homens assim precisam disso. Eu só gostaria de ter impedido que ele...

Mas você jamais descobre qual seria o desejo dela, porque, nesse momento, as luzes se apagam no Elysium. Não só as luzes, você logo percebe. As telas nas paredes do saguão ficam repentinamente escuras, o computador de Jennifer desliga e o eterno zumbido ambiente da vida moderna cessa.

— Quando não é uma coisa, é outra — resmunga McAdam.

Por um instante o Elysium mergulha num silêncio completo, como se a própria mansão estivesse prendendo a respiração. Então, ao mesmo tempo, as pessoas começam a chamar umas às outras e a gritar em pânico. Vários gritos de alarme vêm lá de cima. Tecnicamente, ainda é de dia, mas as nuvens do temporal e a chuva fazem parecer o início da noite, e a tensão que você sentiu aumentar mais cedo agora enche os corredores do Elysium. Você manda uma dupla de policiais fardados verificar os hóspedes que gritaram e garantir que esteja tudo bem.

McAdam pega uma lanterna no bolso e ilumina o saguão ao redor.

— Não podemos nem usar o Wi-Fi sem energia — queixa-se Jennifer. — Estamos totalmente isolados. Vou precisar ir até o gerador para ligá-lo.

— A mansão tem gerador?

— No porão — confirma ela —, embora eu não saiba ao certo quando foi usado pela última vez, nem conferido, para ser franca. Definitivamente, antes de eu começar a trabalhar aqui. Vamos torcer para que esteja funcionando.

Jennifer acende a lanterna do celular e abre a caixa de chaves atrás da recepção.

— Agente, vá com ela — você diz a Zwale.

A recepcionista se irrita.

— Sou totalmente capaz de fazer isso sozinha. Sem ofensas, Joseph — acrescenta para Zwale.

— Tenho certeza de que é, mas, com ou sem judô, sinto uma segurança maior em mandar a senhorita acompanhada.

— Será que é uma boa ideia? — pergunta McAdam baixinho. — Esses dois vêm trocando olhares apaixonados desde que chegamos. A cabeça dele não está completamente no caso e agora sequer está fardado.

Você baixa o tom de voz para que apenas a sargento possa ouvir.

— Não temos como ter certeza absoluta de que o assassino não vá agir novamente, e essa falta de energia pode lhe dar a oportunidade perfeita.

— Eu poderia ir com ela, em vez dele — sugere McAdam, mas você discorda.

— Não, eu quero você aqui comigo para o caso de algo importante surgir. Ainda tem gente com quem precisamos falar.

— Duvido que vocês consigam fazer muita coisa até a energia voltar — diz uma voz feminina logo atrás de você.

Ainda se recuperando do susto, você se vira e vê Carla com uma expressão curiosa — ela está sorrindo.

— Sra. Nesbitt. Como posso ajudá-la?

O sorriso da parlamentar não se abala.

— Achei que poderíamos bater um papo. Considerando a minha posição na comunidade, seria recomendável me manter a par dos avanços no caso, não concorda?

Em outras palavras, ela quer saber o que você já descobriu até agora. Como a própria Carla é suspeita, você terá de tomar cuidado. Mas essa atitude amistosa é uma novidade, e cavalo dado não se olha os dentes.

— Talvez seja uma boa ideia, Sra. Nesbitt. Na verdade, eu queria falar outra vez com a senhora...

Antes que você possa continuar, a voz do agente Zwale se faz ouvir.

— Hummm... Não olhe agora, mas acho que Tank Destroyer está dando no pé.

Zwale está ao lado de uma janela perto do balcão da recepção. Você corre até lá para ver, e ele aponta para a figura inconfundível de Tank Destroyer lá fora, lutando contra a chuva e o vento para descer a escada e sair para o acesso de carros.

— Como que o idiota acha que vai sair? — pergunta McAdam de forma retórica. — Não acredito que consiga cruzar o rio.

— Mais pertinente é saber o que o motivou a partir no meio de uma tempestade dessas — você elucubra. — O que aconteceu para de repente fazer com que ele precisasse ir embora?

— Devemos ir atrás dele?

Você está inclinado a responder que sim, dado o clima inclemente, mas às suas costas Carla Nesbitt pigarreia. Com a parlamentar aparentemente num humor amistoso, talvez você não tenha chance melhor para interrogá-la. Quem sabe o agente Zwale não consegue lidar sozinho com Tank?

Para desistir de Carla e perseguir Tank, vá para **164**

Para mandar Zwale atrás de Tank enquanto você interroga Carla, vá para **28**

138

A sala toda aguarda que você explique por que acusou Tank... mas a verdade é que nem você tem certeza do motivo. Tem convicção de que foi ele, mas não tem provas sólidas em que basear sua conclusão nem que sugiram o que o motivou. Você tem suas suspeitas, mas, sem provas, elas não passam disso.

Talvez você esperasse que a acusação fizesse Tank confessar espontaneamente, mas, se era esse o caso, não funcionou.

O momento se arrasta, até que McAdam pigarreia. Você lhe diz que prenda Tank, prometendo que, uma vez que o figurão da tecnologia esteja sob custódia na delegacia, vai explicar seu raciocínio. Decepcionado, o grupo sai da sala, partilhando, aos sussurros, dúvidas sobre sua capacidade dedutiva.

Vá para **154**

139

O agente Zwale volta ao seu posto na entrada. Você e McAdam se deslocam para uma lateral do saguão para deliberar sobre os passos seguintes.

— Falando com Flora Kennedy agora há pouco, ficou claro que existe muita coisa a respeito do marido que desconhecemos — você diz. — Como dizem, para entender a morte de alguém, é preciso primeiro entender a vida, e, assim sendo, vamos atrás dessas informações. Quero que a equipe levante os registros financeiros de Harry Kennedy: balanços, cartões de crédito, o de sempre.

McAdam pega o celular para fazer uma ligação e comenta com sarcasmo:

— Tem certeza de que isso está dentro do *regulamento*?

— Um pouquinho menos de sarcasmo, por favor, sargento.

Ela franze a testa.

— E quanto aos registros comerciais da Kennedy Homes? Devemos pedi-los também?

— Sim, bem pensado. Não podemos esquecer que Flora Kennedy deve herdar a empresa. A surpresa dela podia ser apenas fingimento, e ainda resta saber se esse foi um crime passional ou uma questão de dinheiro. Precisamos descobrir o máximo possível sobre cada faceta da vida de Harry Kennedy.

Verifique seu caderno em busca de pistas na seguinte ordem:

- *Se tiver A5 anotado, vá para* **14**
- *Se tiver C3 anotado, vá para* **51**
- *Caso contrário, vá para* **162**

140

— Conheci a sua irmã ontem — você diz a Alina. — Ela me contou que você teve problemas no seu último emprego na Romênia e foi por isso que saiu de lá. O que você pode dizer a respeito?

— Falou com Roxana? Por quê? — pergunta Alina, confusa.

— Não há problema algum com ela — você tranquiliza a massoterapeuta. — Na verdade, fomos até lá para falar com o marido, Robbie. Não fazíamos ideia de quem era Roxana até chegarmos.

Você se dá conta de que Alina não respondeu à pergunta original.

— Então, sobre deixar a Romênia...

— Homem nenhum me assedia.

Vendo a expressão em geral amistosa ficar gelada, você sente pena de qualquer homem que tente. O que quer que tenha acontecido em seu passado, Alina parece determinada a garantir que jamais aconteça de novo.

— Foi esse o verdadeiro motivo por que a senhorita ficou no seu aposento depois da saída do Sr. Kennedy e não disse para Jennifer que estava livre?

Alina faz o máximo para se manter tranquila, mas você sente que algo se parte em sua compostura. Ela faz que sim, desviando o olhar.

Vá para 173

141

Você se aproxima da janela para olhar melhor a foto. Carla Nesbitt foi muito clara quando disse que ela e Harry Kennedy não se davam bem. No entanto, aqui está uma foto antiga deles juntos —

felizes, sorridentes e amistosos, se divertindo — que ele guardava não apenas na carteira mas escondida.

Era evidente que havia um lado no relacionamento dos dois, ao menos historicamente, que Carla não sentiu necessidade de mencionar. Você se pergunta se a parlamentar sabia que Harry andava com uma foto dela. Se não, como seria sua reação ao descobrir?

Anote **C5** *em seu caderno*
Se já tiver T8 anotado, vá para **104**
Caso contrário, vá para **7**

142

Não existe uma forma sutil de fazer esta pergunta, por isso você vai direto ao ponto:

— Sra. Nesbitt, Harry Kennedy era o pai da sua filha Sharon?

Para sua surpresa, a parlamentar ri.

— De jeito nenhum. Sharon nasceu quando eu ainda não conhecia Harry. Não, conheci o pai dela quando estávamos na faculdade e ele se mandou assim que descobriu que eu estava grávida. A última vez que soube dele, estava em Bangcoc. Que fique por lá.

Se tiver C4 anotado, vá para **184**
Se tiver C1 anotado, vá para **55**
Caso contrário, vá para **93**

143

Você se reclina, massageando as têmporas.

— Acho que já chega de decodificar por ora, você não acha? Por que não damos uma olhada nesses e-mails que Penny encaminhou?

— Já estou fazendo isso — diz McAdam, lendo em seu celular. — O resumo dela foi preciso. Veja, esses e-mails de Harry para Tank são uma leitura interessante. Kennedy estava furioso.

Ela lhe mostra as mensagens. Kennedy se torna mais raivoso a cada e-mail, e a recusa de Tank em responder só piora as coisas. Kennedy acaba recorrendo a ameaças, e num e-mail da semana anterior avisa ao figurão da tecnologia que vai "expô-lo" a outros investidores.

— Eu me pergunto que tipo de "exposição" ele tinha em mente — você murmura.

— Não faço ideia, nem ele explica em lugar nenhum. Esse é o último e-mail de Kennedy, enviado poucos dias antes de vir para cá. Talvez ele e Tank tenham continuado a conversa pessoalmente.

— Imagino que tenha sido menos unilateral do que esses e-mails. O que sabemos de fato a respeito de Tank Destroyer, afora que ele é um homem que enriqueceu com a tecnologia?

McAdam dá de ombros.

— Não muita coisa. A maioria desses caras adora estar nos holofotes, mas Tank parece evitá-los ativamente. Sua página na Wikipedia é bem curtinha, e não encontrei muitas entrevistas. As notícias sobre a compra da sua empresa pelo Google mais parece um release de relações públicas, sem substância real. Encontrei um site da sua nova startup de IA, mas é tão curto em detalhes quanto é longo em termos de fotos de arquivo.

— Isso é incomum? Estou longe de ser especialista, mas as empresas de tecnologia em geral operam em segredo para evitar que a concorrência lhes passe a perna... no que quer que estejam fazendo.

— Sim, é verdade. De qualquer modo, isso me faz pensar no que o nosso Sr. Destroyer está apronTando.

Se tiver T7 anotado, vá para 75
Caso contrário, vá para 117

144

— Sra. Nesbitt, existe algo mais que gostaria de nos contar? Descobrimos sua relação pregressa com o Sr. Kennedy, e esteja certa de que descobriremos mais. É melhor que nos conte de uma vez.

— Na verdade, tem uma coisa — diz Carla. — Mas não sobre mim. Sobre a recepcionista.

— Jennifer Watts?

— Ela mesma, com aquelas malditas chaves tilintando no cinto aonde quer que vá.

— Continue.

Carla baixa o tom de voz, embora a porta esteja fechada.

— Eu não me surpreenderia se ela estivesse indo além dos limites com Harry, se é que me entende.

— A senhora tem algum motivo para pensar assim?

— Conheço Harry e homens como ele. Para que você acha que era todo aquele Viagra?

— Sra. Nesbitt, essa é uma acusação e tanto para ser feita sem provas. Está sugerindo que Jennifer matou Harry por um motivo passional?

— Não se deixe enganar pela aparência dela. Sabia que ela é adepta das artes marciais? E, se estiver procurando uma chave para aquele quarto, Jennifer tem um conjunto completo. Ela age como se fosse a proprietária desse lugar em vez de Stephen.

A sargento McAdam consulta suas anotações.

— Pelo que sabemos, a Srta. Watts estava na recepção no momento em que o Sr. Kennedy foi morto. Ela não poderia tê-lo matado.

— Eu verificaria de novo, se fosse você. Pergunte a ela quantos intervalos de dez minutos ela tira para fumar seu *vape*.

Voltando à sua posição de lótus, Carla aumenta o volume no celular e o som de ondas do mar quebrando novamente enche o pequeno aposento. Evidentemente, ela considera a conversa encerrada. Você entende o recado.

- *Anote* **C4** *e* **J3** *em seu caderno*
- *Você decodificou a segunda mensagem de texto extraída do celular de Harry Kennedy? Em caso afirmativo, anote* **P9** *em seu caderno. Em seguida, multiplique o número encontrado nessa mensagem por 14 e vá para a seção correspondente.*
- *Caso contrário, saia da sala e permita que Carla faça sua meditação.* **Some 1** *ao seu valor de* INTERROGATÓRIO *e vá para* **65**

145

Você lê de novo a mensagem decodificada, decifrando não apenas as palavras, mas o significado.

— Três semanas atrás uma pessoa anônima enviou para Harry Kennedy uma mensagem sobre um "Cara das Flores" comprando quatro páletes de... alguma coisa... num viveiro.

— Bem, o "Cara das Flores" definitivamente não deve ter ido a um viveiro de animais — graceja McAdam.

— Como comediante, você é uma ótima sargento. Pois é, a resposta óbvia é flores. E "tentando passar despercebido" sugere que quem quer que fosse não queria ser visto.

Vocês refletem por um instante, então a ficha cai.

— Você se lembra da nota fiscal que o agente Zwale encontrou no escritório de Stephen Cheong? Era do viveiro Green Fingers.

— "Cara das Flores" — diz McAdam, registrando. — Alguém viu Stephen comprando flores, pronto para fingir que elas eram cultivadas por ele.

— Mas não foi qualquer pessoa. Quem é a única pessoa que já ouvimos chamar Stephen de "Cara das Flores"...?

McAdam faz uma careta.

— Tank Destroyer, claro. Mas por que ele estaria vigiando Stephen, para começo de conversa? Ele deve ter suspeitado de algo.

— Ou Kennedy suspeitou. Veja a primeira parte da mensagem.

— "Você tinha razão" — lê McAdam. — Sugere que Kennedy tinha suas suspeitas e pediu a Tank que ficasse de olho.

— Não só isso, mas pediu que codificasse a mensagem ao enviar, garantindo que ninguém mais a lesse. — Você recapitula o que sabe agora. — Stephen Cheong vinha comprando flores em segredo e fingindo para os hóspedes que as cultivava. De alguma forma, Kennedy passou a suspeitar disso e pediu que Tank vigiasse Stephen. Não deu outra. Tank o viu fazendo uma baita compra no viveiro e mandou uma mensagem para Kennedy avisando. Isso deu a Kennedy uma vantagem sobre Stephen, algo que com muita facilidade se transforma em ameaças ou chantagem. Poderia explicar por que Stephen deu a Kennedy o pacote Lótus gratuitamente.

— E um upgrade para Tank também. Chantagem, né? Um dos motivos mais antigos para se cometer homicídio que se tem notícia. Como eu disse, todos nós temos segredos. As pessoas são capazes de quase tudo para protegê-los, principalmente se seu meio de subsistência é colocado em risco.

Isso é verdade. Será que Stephen poderia ter matado Kennedy para impedir que seu segredo fosse revelado?

— Falta responder a uma pergunta — você diz, olhando novamente para a mensagem. — Por que cargas-d'água essa mensagem foi enviada há três semanas?

Ela parece confusa.

— Não entendi.

— Harry Kennedy nunca tinha estado aqui e, ao que tudo indica, não se tratava de um sujeito afeito a retiros de bem-estar, para começo de conversa. Como ele poderia saber quem Stephen Cheong era e ainda por cima suspeitar que ele estivesse mentindo? E por que se importaria com isso?

— Não faço ideia. Prossiga.

Você ri.

— Essa é a questão. Também não sei, mas espero sinceramente que possamos descobrir...

Anote **S7** *em seu caderno, depois volte para* **100** *e pule para o fim da seção.*

146

— Por exemplo — você diz —, falemos da sua relação com Harry Kennedy e esse "investimento mútuo" que o senhor mencionou. Ele não ocorreu de fato, certo? Sabemos que dinheiro algum trocou de mãos, e mais cedo escutei o senhor importunar a viúva por conta de dinheiro.

A expressão de Tank se anuvia.

— Harry concordou em investir na minha nova startup de IA, e em troca eu investiria no seu projeto imobiliário. Mas o dinheiro nunca apareceu, por isso lembrei a Flora que deve honrar sua parte no acordo.

— Talvez o senhor precise honrar a sua parte primeiro, de modo que ela possa então lhe pagar esse mesmo dinheiro. A Kennedy Homes está em sérios apuros financeiros, sabia? O único pagamento vultoso que ele fez recentemente foi a uma empresa de propriedade de Carla Nesbitt.

— Nesbiscate de novo — diz Tank com desprezo. — Eu devia ter adivinhado que ela levaria o dela antes de mim.

Anote **T5** *em seu caderno, depois vá para* **180**

147

Vocês sacodem seus guarda-chuvas e os devolvem ao lugar, ao lado da porta da frente, agradecendo a Jennifer, que está atrás do balcão da recepção, com um aceno de cabeça. Só então você se dá conta de que o agente Zwale está em pé junto ao balcão novamente, conversando com a recepcionista.

Porém, antes que você (ou mais provavelmente a sargento McAdam) possa repreendê-lo, o policial fala primeiro:

— Detetive — diz ele, aproximando-se rápido. — Descobri algo que você deveria ver.

Ele conduz você até um canto do saguão onde não serão vistos e tira do bolso o celular.

— Usei a minha iniciativa, como a sargento fez com o carro da Sra. Kennedy. Jennifer disse que vocês estavam interrogando Stephen na estufa e aproveitei a oportunidade para xeretar no escritório dele. Olha o que encontrei enfiado no fundo de uma gaveta...

Ele mostra a foto de um documento e a amplia de modo que você possa ler:

NOTA FISCAL: 981
DE: Viveiro Green Fingers

FAV.: Stephen Cheong
MERCADORIAS: Itens inteiros e caules variados
VALOR DEVIDO: £ 1.630,00
IVA: £ 326,00
TOTAL: £ 1.956,00

— Eu sabia que havia algo estranho sobre esse lugar — comenta McAdam com um risinho. — Tudo cultivado no local uma ova.

Você faz que sim, concordando.

— Então Stephen vem comprando flores e fazendo parecer que são cultivadas por ele.

— Isso é fraude, não? — indaga Zwale.

— Acho que mais provavelmente uma infração simples ao Código do Consumidor. De todo jeito, não é nada bom. Percebam que a nota fiscal foi emitida no nome de Stephen, pessoa física, também. Supostamente para evitar deixar um rastro que ligasse a transação ao negócio dele.

McAdam bufa.

— Mas com certeza não está pagando quantias como essa do próprio bolso para manter o negócio funcionando, não é mesmo?

— Bom argumento. Ou a empresa significa um bocado para ele... ou ele pode estar pegando dinheiro do próprio Elysium por outros meios.

— Continua sendo estelionato se ele rouba da empresa para pagar mercadorias que a empresa usa?

McAdam balança a cabeça.

— Isso está além do meu conhecimento, mas cheira mal.

Infrações corporativas não fazem parte da sua área de especialidade também. Felizmente, existem especialistas na força policial que podem determinar com muito mais precisão se isso é ou não um delito. Você toma nota dos detalhes da nota fiscal a fim de passar a informação mais tarde.

— Bom trabalho, policial — você elogia. — Ainda vamos fazer de você um detetive.

Zwale irradia de orgulho, embora você logo segure as rédeas dele.

— Mas não deixe que isso lhe suba à cabeça. Pare de flertar com as funcionárias e leve Flora Kennedy para a delegacia.

— Naturalmente — diz ele, sério, embora não consiga esconder o sorriso.

Enquanto isso, você precisa decidir seu próximo movimento.

Anote **S1** *em seu caderno e* **some 1** *ao seu valor de INTERROGATÓRIO*

Depois vá para **65**

148

— Ah, eu já contei — diz Jennifer a você — que Tank Destroyer ganhou um upgrade de cortesia essa semana, do plano Rosa para o pacote Lótus.

— Tem razão, e o pacote Rosa é o mais barato, certo? Me diga, com que frequência o Sr. Destroyer se hospeda aqui?

— Cinco dias por vez, quase todos os meses.

McAdam resmunga:

— Por que um milionário da tecnologia precisa de um upgrade de cortesia?

O agente Zwale dá de ombros.

— Tem gente que é pão-duro, senhora. Meu tio é podre de rico, mas as roupas dele são todas de bazares de caridade. No caso dele, acho que é por ter sido pobre na infância.

Tank Destroyer pode valer milhões agora, mas talvez também tenha crescido sem dinheiro. Mas resta uma pergunta: terá sido coincidência Stephen Cheong ter dado a Harry Kennedy uma estadia grátis e a Tank Destroyer um upgrade de cortesia ao mesmo tempo? Ou existe algo mais aí?

— Desculpe, mas tenho mais uma pergunta — você fala para Jennifer. — A Sra. Kennedy estava certa? A senhorita estava dormindo com o marido dela? — Quando Jennifer hesita, você acrescenta rapidamente: — Devo recordá-la de que mentir para a polícia é crime.

— Ora, vamos — intervém Zwale, defendendo a recepcionista. — Kennedy era um canalha, todo mundo já disse. Jennifer não faria isso!

— Calado, agente! — rosna McAdam.

— Ele tem razão — diz Jennifer com um suspiro. — O Sr. Kennedy tentou, como fez com todas as outras mulheres aqui, mas eu mandei o sujeito pastar. Nem no dia de são nunca.

Se tiver J3 anotado, vá para 37

Caso contrário, vá para 136

149

— Então, parece que Harry Kennedy tinha uma paixonite por Carla Nesbitt — você diz. — E ainda temos a mensagem de texto bizarra que ele enviou para ela. Penny já descobriu o que diz?

— Não, mas ela descobriu outra coisa — responde McAdam. — Mais duas mensagens de texto extraídas do celular de Kennedy. Mais uma de Kennedy para Carla, enviada há duas semanas, e uma terceira recebida de um número desconhecido por Kennedy três semanas atrás. Ambas estão desconexas como as outras, mas ela tem mais certeza agora de que estão codificadas.

Ela mostra a você as mensagens.

Mensagem de texto nº 2: Harry Kennedy para Carla Nesbitt, 13 dias atrás

Vewmi eb baeb meceb i eua aibiaeea ub vibvub biob moeb, iui meae av siocx mi vi iwleogea bi coeia saoiu

Mensagem de texto nº 3: Desconhecido para Harry Kennedy, 20 dias atrás

EULI COWQE AEIEU, ELEKIO MI EIA U LEAE MEB OUUAIB CIWCEWMU YEBBEA MIBYIALIKOMU WAVE UUWPE EOBOCE EU EOEIOAU. IUI LUVYAUA ZAECAU YEUICIB

— Penny tem a esperança de que, com o tempo, possa descobrir como decodificar todas elas — diz McAdam.

Você não duvida da habilidade de Penny para decifrar códigos, mas o tempo está se esgotando e ao menos duas dessas mensagens foram trocadas entre Kennedy e Carla Nesbitt. Se ao menos você descobrisse o que elas dizem, talvez tivesse mais munição com a qual interrogar a parlamentar antes de ter de deixá-la partir. Você as copia em seu caderno e resolve que em algum momento precisará parar um instante para decodificar as mensagens.

— O que exatamente estava rolando entre Kennedy e Carla? — você se pergunta em voz alta.

— Algo duvidoso, garanto — responde McAdam. — As fotos, as mensagens de texto... Se nada disso estiver relacionado, eu como meu chapéu.

— Você não usa chapéu.

— Precisamente.

Você tende a concordar com ela, mas as respostas ainda estão irresistivelmente fora de alcance. Sem dúvida a resposta para esse mistério, e outros que confrontam você neste caso, está bem aqui no Elysium... Se ao menos você puder fazer as perguntas certas.

Anote **C2** *em seu caderno, depois vá para* **65**

150

Lendo o cronograma de Kennedy, você se recorda de que Alina disse que a sessão de massoterapia com ele terminou trinta minutos antes, quando ele se retirou dizendo que teria de dar um telefonema importante.

O cronograma confirma que a sessão não estava prevista para terminar antes das onze da manhã, quinze minutos depois do corpo dele ser encontrado no pátio. Você realmente precisa ver os registros telefônicos do morto.

Anote A6 *em seu caderno*

Se já tiver T6 anotado, vá para 86

Caso contrário, vá para 16

151

— A senhora respondeu a própria pergunta — você diz. — Um divórcio poderia levar meses, até mesmo anos, para ser concluído. No fim, a senhora talvez ficasse com metade da Kennedy Homes. Mas o negócio já ia mal das pernas, com pouquíssimo dinheiro no banco.

Flora protesta:

— Eu não fazia ideia dos problemas financeiros. Harry me disse que a empresa ia bem.

— A senhora espera que acreditemos que simplesmente aceitava a palavra dele como verdade? De um homem do qual admite que pretendia se divorciar? Mesmo que a senhora acreditasse, seu advogado certamente não acreditaria. Acho que a senhora descobriu que a Kennedy Homes estava em apuros e talvez também que Harry pagou uma quantia vultosa que mal podia se dar ao luxo de arcar por uma "consultoria" misteriosa e resolveu dar um basta. Afinal, mesmo que acabasse levando mais da empresa num divórcio, o seu ex-marido continuaria a tocá-la.

— A tocá-la para o buraco — resmunga a viúva.

— Talvez. Mas, com ele morto, a senhora herda integralmente o negócio, que vai poder administrar como achar conveniente. Não é verdade que a senhora acredita que o novo projeto imobiliário é sólido, que basta Carla Nesbitt cooperar e intervir a seu favor? Harry nitidamente não a convenceu a fazer isso. A senhora acredita que seria bem-sucedida onde ele falhou?

Flora se vira para Carla, mas a parlamentar meramente dá de ombros.

— Ainda não vi um caso convincente — diz ela. — Além disso, tenho coisas mais importantes em que pensar.

— Mas isso não é um não definitivo — você observa. — Essa ínfima oportunidade é o motivo que levou Flora a matar o marido.

Os olhos da viúva alternam de um lado para outro, com nervosismo.

— Vocês estão esquecendo duas coisas — diz ela. — Primeiro, eu não tinha certeza de que Harry estava aqui. Segundo, como eu poderia ter feito tudo isso sem ser vista? Verifique as câmeras de trânsito. Elas vão mostrar que eu estava indo do escritório do meu advogado para casa.

McAdam faz que sim com a cabeça.

— Mostram, sim... antes de a senhora desviar o caminho e vir em direção ao Elysium. Existe uma lacuna de dez minutos até a senhora aparecer de novo na câmera, momento em que a senhora está se afastando da mansão e tomando o caminho de casa.

— Ora, eu peguei um caminho mais bonito — insiste Flora, quase aos prantos. — Eu estava com a cabeça cheia. Mas nada disso incluiu assassinar Harry!

— Não? — você pergunta. — A senhora tinha motivo suficiente para querer ver o seu marido morto. Seu carro some da câmera, lhe dando tempo suficiente para correr até aqui, atravessar furtivamente a casa, onde não existem câmeras, e matar seu marido, antes de voltar para o carro e dirigir até em casa.

Carla Nesbitt decide falar.

— Isso parece um esforço e tanto, detetive. Por acaso Flora parece o tipo de mulher capaz de fazer uma coisa dessas? Sem querer ofender, Flora — acrescenta.

— As aparências podem enganar, Sra. Nesbitt. Hoje mais cedo, a Sra. Kennedy saiu por uma janela para escapar do confinamento. E, quanto mais improvável parece o plano, maior a chance de não levantar suspeitas.

Flora Kennedy geme baixinho e se desfaz em lágrimas. Você não se convence de que elas sejam mais reais do que o álibi dela.

— Tem também a questão da rosa na boca da vítima. Uma flor... ou devo dizer *flora*?

A viúva funga.

— Você não pode estar pensando que isso aponta para mim. Por que... Por que eu deixaria uma pista dessas?

— Alguns criminosos inconscientemente querem ser presos e punidos — você diz. — E fico feliz de satisfazê-la. Sargento, prenda a Sra. Kennedy.

Vá para **172**

152

— Alina está bem — você diz, tranquilizando a mulher. Agora que você sabe, é possível ver a semelhança entre as duas irmãs. — Pela sua pergunta, suponho que soube o que aconteceu no Elysium.

Ela faz que sim.

— Alina me contou. Como ela está?

— Meio abalada, só isso. A senhora pode me confirmar seu nome, por favor?

— Roxana Martinescu — responde ela, trocando o bebê de um lado para o outro. — Por que vocês estão aqui?

— Estávamos, na verdade, procurando o Sr. Robert Graham — você responde, trocando um olhar com McAdam. — Essa é mesmo a casa certa?

Roxana faz que sim.

— Robbie é o meu marido. Por que querem vê-lo?

— Temos só umas perguntas relacionadas ao incidente no Elysium — responde McAdam. — Podemos entrar?

Roxana hesita, então se vira e entra em casa.

— Vocês precisam falar baixo. Valeria tem de dormir.

Vocês a seguem até a sala de estar. Como era de esperar de uma família jovem, cada centímetro da casa é dedicado às necessidades e ao conforto do bebê. Roxana põe Valeria numa cadeira de balanço para bebês e se senta num pufe estofado ao lado, delicadamente embalando a neném enquanto fala com vocês.

— Seu marido está em casa, Sra. Graham? — pergunta McAdam.

Roxana a corrige:

— Ainda uso o sobrenome Martinescu.

— Sim, estou aqui — diz um homem, descendo a escada. — O que está acontecendo?

Robbie Graham é um homem corpulento, com ombros largos e pernas e braços longos. Pode ter sido um boxeador; talvez ainda seja. Ele se posta ao lado de Roxana, mas não se senta, assim como vocês.

— Harry Kennedy foi encontrado morto hoje de manhã no retiro de bem-estar Elysium — você explica. — Estamos considerando a morte dele suspeita, e os registros telefônicos mostram que o senhor ligou para ele pouco antes de a morte ocorrer. Pode nos dizer sobre o que conversaram?

— Deve haver algum engano — diz Robbie, com uma expressão confusa. — Não falo com ele há semanas.

— Não há engano nenhum — refuta McAdam. — A ligação foi feita desse número. Qual era o seu relacionamento com o Sr. Kennedy?

A expressão de ambos continua empedernida.

— Como ele morreu? — pergunta Robbie.

— Foi assassinado — você diz, em tom firme. — E o senhor foi uma das últimas pessoas a falar com ele antes do crime. Por isso, vou perguntar novamente: sobre o que conversaram?

— Por favor, falem baixo — diz Roxana. Você olha para baixo e percebe que a bebê já adormeceu. — Vamos lá para fora.

Roxana abre as portas que dão para o pátio e conduz todos a um pequeno jardim à sombra do sol vespertino. Ela fecha a porta atrás de você silenciosamente e explica:

— Robbie trabalha à noite. Ele estava dormindo lá no quarto de cima quando liguei para Kennedy — diz ela, praticamente cuspindo o nome da vítima.

— Foi a senhora que ligou para ele? Por quê?

— Porque ele é um canalha, um mentiroso e não faz nada.

O sotaque de Roxana fica mais pesado à medida que sua raiva aumenta. Vendo a frustração da esposa, Robbie explica:

— Nossas janelas deixam entrar água quando chove forte. E não somos os únicos. Metade das casas tem o mesmo problema. Não está tão ruim agora, mas quando chega o inverno é horrível. O problema é que Kennedy acha que a casa não é mais responsabilidade dele porque tem quatro anos. São dez anos de garantia, mas apenas dois de "seguro contra defeitos", e por isso não vai pagar. Mas por que devemos pagar, quando foram os construtores dele que fizeram essa lambança? Não que a gente tivesse dinheiro para isso, com a hipoteca e as contas de luz.

Você experimenta um instante de revelação crescente, como a chama de uma vela iluminando a escuridão.

— Essas casas são da Kennedy Homes? A empresa construiu essa propriedade?

— Isso. Pegou o dinheiro e sumiu. Deviam mostrá-lo naquele programa com os construtores incompetentes.

— Mais provável seria estar num programa de crimes reais, agora — diz McAdam baixinho.

— Foi por isso que liguei — explica Roxana. — Para mais uma vez tentar convencê-lo. Mas ele gritou comigo e disse: "Some daqui, sua boboca!" Na verdade, ele usou outros termos.

Você consegue bem imaginar quais.

— A senhora lembra que horas eram quando ligou para ele?

— Vou verificar — diz ela, abrindo a porta de vidro um pouquinho e voltando para dentro de casa.

McAdam se vira para Robbie.

— Sua esposa disse que o senhor trabalha à noite.

Ele assente.

— Sou segurança no shopping. Tentei entrar para a polícia uma vez, mas fui reprovado no exame por uns pontinhos.

Ele não vai além, mas obviamente espera estabelecer uma certa camaradagem com vocês.

— Garanto que o senhor teria sido um ótimo acréscimo à força policial — afirma McAdam.

— Então, onde o senhor estava entre dez e onze horas dessa manhã?

— Cheguei em casa logo depois das sete e não saí mais. — Robbie cruza os braços musculosos, embora você não saiba ao certo se é um movimento defensivo ou ameaçador. — Não lamento a morte dele. Kennedy. Era um idiota. Chegou até a mandar uma pessoa espionar a gente depois que dissemos que iríamos processá-lo.

— Espionar vocês? Como assim?

Roxana volta ao pátio, com o telefone sem fio na mão. Robbie se vira para ela.

— Conta para a polícia do sujeito que você viu do lado de fora de casa.

Roxana estremece.

— Fiquei muito preocupada. Era um cara grandão, de cabeça raspada e com tatuagens. Veio da primeira vez faz um mês e depois outras vezes. Só quando estou sozinha com Valeria. Se Robbie estiver, ou mesmo Alina, ele não aparece.

— Temos uma câmera na campainha, vejam — diz Robbie, erguendo o celular. — Salvei essas imagens para o caso de termos de chamar a polícia.

Ele mostra a você vários vídeos curtos de um homem andando do outro lado da rua, vez por outra parando para olhar para a casa. Mesmo visto de longe, você tem certeza de estar olhando para um homem que já viu hoje de manhã no Elysium...

— Deixe conosco — você diz. — Tenho uma ideia de quem ele pode ser. Agora, Sra. Martinescu, a senhora verificou a hora da ligação para o Sr. Kennedy?

Roxana acena que sim com a cabeça.

— Dez e vinte hoje de manhã. Eu sabia que tinha sido depois de alimentar Valeria, quando ela estava dormindo.

Isso bate com o horário dos registros telefônicos, o que significa que a irmã, Alina, está equivocada ou mentindo sobre a sessão com Kennedy.

— A senhora veio da Romênia junto de Alina, certo? — pergunta McAdam, sabendo que a massoterapeuta disse algo diferente para vocês. É um teste.

— Não, ela veio primeiro — responde Roxana, corrigindo-a. — Alina escapou e veio para cá atrás de um emprego melhor. Quando ela me disse como era e que estava feliz, eu vim.

— Alina é a irmã mais velha — explica Robbie. — Roxana sempre vai atrás dela.

Roxana o cutuca de brincadeira.

— A gente cuida uma da outra. Até eu conhecer você, claro. Agora, vocês dois cuidam de mim.

Vendo os dois lado a lado, com Roxana mal chegando ao queixo de Robbie, não é difícil entender por que uma mulher delicada como ela se sentiria segura com homenzarrão como ele.

— O que a senhora quis dizer com "escapou"? Alina tinha problemas na Romênia?

— Ah, não. Quer dizer, não problemas com a polícia. — Roxana baixa o tom de voz. — Ela foi agredida, mas o patrão a chamou de mentirosa e tornou as coisas muito difíceis para ela. Ele achou que ela ia ficar lá de qualquer forma, porque precisava trabalhar. Mas se enganou. Ela veio embora e agora está livre.

Um chorinho suave vem de dentro da casa, logo se tornando mais intenso. Instintivamente, todos se viram para a janela, e Roxana vai atender a filha.

— Quem vai consertar a casa agora? — pergunta Robbie, balançando a cabeça. — Se Kennedy saiu de cena, a gente está totalmente ferrado.

— Imagino que a viúva vá assumir os negócios — você diz. — Talvez ela seja mais acessível com relação às suas queixas.

— É, e talvez eu ganhe na loteria — retruca Robbie com um suspiro.

Vocês deixam o casal e voltam a atravessar o loteamento.

— Agora sabemos quem construiu essas casas, mas será que Kennedy ainda é proprietário delas?

Vocês passam pela fileira de casas com a placa de À VENDA.

— Sargento, ligue para o corretor e descubra quem está vendendo essas aqui.

McAdam faz isso e você volta para o carro. Só dá para ouvir um lado da conversa, mas os eventuais murmúrios de "ora, ora" lhe dizem que ela descobriu algo interessante. Finalmente, ela assente com satisfação e encerra a ligação.

Anote **T3** *em seu caderno*

Se já tiver C1 anotado, vá para **43**

Caso contrário, vá para **96**

153

— Sabemos que vocês eram mais que amigos — você diz. — Na verdade, a senhora e Harry Kennedy eram amantes, como a senhora já admitiu para nós.

Uma exclamação de surpresa coletiva irrompe no aposento.

— Você, Carla?! — grita Flora Kennedy. — Como pôde?

McAdam pousa uma mão solidária no ombro da viúva, enquanto todos os olhos se voltam para Carla.

— Sem comentários — diz a parlamentar, os lábios cerrados numa linha firme.

— Não precisamos de comentários — você afirma. — Sabemos que a senhora e Harry Kennedy combinaram de "coincidentemente" estarem aqui ao mesmo tempo, como forma de passar um tempo juntos sem o conhecimento dos respectivos cônjuges. Em público, mantinham uma farsa de antagonizar um ao outro, para que ninguém desconfiasse. Chegaram até mesmo a ver uma oportunidade de reforçar a suspeita de Flora de que era Jennifer quem estava dormindo com ele.

— Eu disse que não era eu — fala baixinho a recepcionista.

Você continua:

— Esgueirar-se por essa casa não era difícil graças à falta de câmeras de vigilância, mas alguma coisa deu errado. A senhora achou que algum funcionário poderia desconfiar do que estava acontecendo e expor o caso de vocês? Ou simplesmente ficou com medo de que Harry pudesse se sentir compelido a confessar a Flora?

— Aonde você pretende chegar com essa baboseira? — indaga Carla, impaciente.

— Ao homicídio, Sra. Nesbitt. A senhora sabia que, se o seu relacionamento com Kennedy fosse revelado, seu nome iria parar nas manchetes pelos piores motivos e a senhora ia precisar se defender dos pedidos de renúncia. Dependendo da atitude do seu marido com relação a esse tipo de situação, talvez tivesse até de enfrentar um divórcio.

A parlamentar encara você com desdém.

— Você acha mesmo que eu mataria Harry por isso? Por que simplesmente não terminar com ele?

— Porque então ele teria ainda menos motivos para não expor a senhora. Poderia até mesmo vender essa história por um bom dinheiro à imprensa, o que de alguma forma o ajudaria a sanar seus problemas de fluxo de caixa. Por isso, a senhora fez uma pausa na sua aula de tai chi, o atraiu para o quarto, o apunhalou lá e depois o jogou da varanda antes de voltar para o gramado. Seu DNA foi encontrado na pia do quarto 312, supostamente o lugar onde removeu o sangue de Kennedy.

— Essa é uma fantasia absurda. Não vou honrá-la com uma resposta.

— Nem é preciso. Sargento, prenda a Sra. Nesbitt.

Vá para **196**

154

Você volta para a delegacia, confiante de que pode extrair uma confissão na sala de interrogatório... mas sua confiança não tem fundamento e logo se torna imperativo liberar a pessoa suspeita sem acusação.

Quando, posteriormente, precisa se apresentar ao detetive-superintendente, você vê a sargento McAdam de pé ao lado dele. Ela evita contato visual com você. Qualquer pretensão de amizade e respeito que você e ela vinham cultivando murchou como flores velhas.

O detetive-superintendente também perdeu toda a confiança em seu trabalho e retira você do caso. O assassinato de Harry Kennedy ainda pode ser desvendado... mas não por você.

Mais tarde, você reflete sobre o que deu errado. Você acusou a pessoa que cometeu o assassinato, mas falhou em coletar provas suficientes? Ou acusou alguém que não havia cometido crime nenhum?

Para descobrir, não se desespere. Apenas apague tudo em seu caderno, volte para **1** *e tente outra vez.*

Por ora, porém, este é...

O FIM

155

— Acredito que o assassino de Harry Kennedy tenha sido uma das últimas pessoas a vê-lo com vida — você diz. Muitos se viram para olhar para Tank, mas você balança a cabeça em negação. — Não, não a última pessoa. Estou falando da mulher de cuja sessão de massoterapia ele saiu bufando pouco antes de morrer. Não é verdade, Alina?

A massoterapeuta fica desconcertada.

— Sim! Quer dizer, não, eu não o matei. Ele saiu, eu o vi conversando com Tank e depois não tornei a vê-lo até seu corpo estar espatifado no pátio. Por que eu mataria o Sr. Kennedy?

Está na hora de responder a essa pergunta. Você tem a prova de que precisa para fazer uma acusação consistente?

Verifique seu caderno em busca de pistas na seguinte ordem:

🔑 *Se tiver A7 ou A3 anotados, vá para* **92**
🔑 *Se tiver A1 anotado, vá para* **110**
🔑 *Se tiver A4 anotado, vá para* **29**
🔑 *Caso contrário, vá para* **61**

156

— Não sei como você agia na Nortúmbria, sargento, mas isso é inaceitável — você diz. — Violou o direito de Flora Kennedy à privacidade, sem quaisquer circunstâncias atenuantes que se sustentem num tribunal. Se ela *for* a nossa assassina, essas fotos vão ser inadmissíveis como provas e tudo delas derivado também correrá risco.

McAdam defende a própria decisão.

— A minha experiência diz que saber se um suspeito de homicídio planejava se divorciar da vítima é bastante útil.

Você balança a cabeça.

— Entendo que queira causar uma boa impressão no seu primeiro caso comigo, mas o caminho não é esse. Lembre-se de que representamos a lei. Se a violamos no exercício dos nossos deveres, que confiança podemos esperar que a população deposite nela... ou em nós?

McAdam parece abatida.

— Desculpe. Acho que me empolguei demais. Não vai acontecer de novo.

— Acho bom — você diz. — Vou relevar desta vez e não vou pôr no meu relatório. Mas daqui para a frente não vou ser tão leniente. — Você olha alternadamente para a sargento e para o agente. — Estamos entendidos?

— Perfeitamente. — Zwale faz que sim. Ele é jovem e empolgado, ansioso por uma promoção, e você tem certeza de que não vai arrumar problemas.

McAdam é mais relutante, mas aceita sua autoridade.

— Entendidíssimos.

— Muito bem. Agora sugiro que vocês deletem essas fotos imediatamente e que todos façamos um esforço para esquecer o que vimos e continuar com a investigação.

Vá para 139

157

McAdam prende Jennifer, e, depois que a tempestade arrefece, você a leva para que fique sob custódia na delegacia. O agente Zwale protesta e se recusa a ajudar na prisão. A decepção está estampada no rosto do jovem, mas essa é uma lição que ele precisa aprender.

Mais tarde, na delegacia, porém, você começa a se perguntar se não é você quem precisa aprender algumas coisas também. A recepcionista se atém à história que contou, e o advogado dela, justificadamente, aponta que você não tem nenhuma prova concreta ligando-a à cena do crime ou à arma letal. Também não existem testemunhas que coloquem Jennifer nas proximidades do quarto que funcionava como depósito na hora do homicídio. Flora pode ter suspeitado que ela e a vítima tinham um caso, mas não tem provas... nem você.

O caso é um fiasco. Ao perder a confiança em você, o detetive-superintendente lhe dá um caso diferente, mais simples, e chama outro detetive para assumir o crime do Elysium. Para piorar, o agente Zwale pede ao superintendente que o libere de voltar a trabalhar com você.

O assassinato de Harry Kennedy ainda pode ser desvendado... mas não por você.

Mais tarde, você reflete sobre o que deu errado. Você acertou ao acusar Jennifer, mas simplesmente não coletou provas suficientes? Ou o assassino era, na verdade, outra pessoa?

🔎 *Para descobrir, não se desespere. Apenas apague tudo em seu caderno, volte para* **1** *e tente outra vez.*

Por ora, porém, este é...

O FIM

158

— Se os projetos não tivessem se tornado públicos, quem saberia da existência deles? — indaga McAdam. — Por exemplo, Carla Nesbitt certamente sabia. Foi ela quem primeiro nos falou deles.

Baker assume uma postura de autoridade.

— Tem razão, ela sabia, mas não sei como. Estou certo de que ninguém aqui iria contar a ela. Talvez o Sr. Kennedy tenha mencionado o fato em um daqueles eventos abomináveis de arrecadação de fundos que ela sempre promovia.

— Considerando as palavras indelicadas que a Sra. Nesbitt usava para falar dele, duvido que ele doasse dinheiro para ela — diz a sargento.

— Talvez ele estivesse esperando um *quid pro quo* — você observa, e explica ao Sr. Baker: — Carla Nesbitt disse que Harry Kennedy pediu que ela interviesse em favor dele com o senhor.

🔎 *Anote* **P11** *em seu caderno, depois vá para* **90**

159

Você volta a pensar na mensagem de texto decodificada sobre o "Cara das Flores" secretamente fazendo compras num viveiro, bem como na nota fiscal encontrada pelo agente Zwale no escritório de Stephen Cheong, que sugerem fortemente que o gerente vem comprando flores e fingindo que elas são cultivadas no retiro de bem-estar. Agora, ouvindo Carla Nesbitt falar, você se dá conta de que pode ter sido assim que Kennedy ficou sabendo, para começo de conversa. A primeira parte da mensagem que ele recebeu — "Você tinha razão" — infere que Kennedy já suspeitava da má conduta de Stephen.

Tudo que você descobriu sobre Kennedy sugere que ele não teria o menor problema em estar envolvido com chantagem. Se tiver colocado Stephen Cheong contra a parede, estaria explicado como conseguiu uma reserva, apesar de o Elysium estar cheio, e por que ganhou o pacote Lótus de cortesia.

Mais importante, daria ao gerente um forte motivo para proteger seu negócio silenciando Kennedy. Talvez para sempre.

Anote S4 *em seu caderno, depois vá para* 25

160

A sargento McAdam liga com antecedência para garantir que alguém esteja esperando por vocês. Com Carla Nesbitt na cidade, ainda que de férias no Elysium, a secretária está presente no escritório da parlamentar e fornece instruções sobre o percurso a fazer.

Vocês atravessam a cidade e saem dela até chegar a uma casinha reformada numa área semirrural que você suspeita não ser bem servida por transporte público. Se é nesse local que Carla Nesbitt faz as audiências públicas, você se pergunta quantos dos seus eleitores conseguem de fato se deslocar até aqui. Talvez seja essa a questão.

A secretária, uma jovem de cabelo tingido de vermelho vivo e cujas clavículas marcadas seriam dignas de uma passarela, está esperando vocês.

— Sharon Gibbs — diz ela, apresentando-se. Algo nela parece familiar, mas você não consegue captar o quê.

A secretária leva vocês até um aposento cheio de estantes com uma escrivaninha num canto e várias cadeiras em frente.

— Não vamos ter audiências hoje, por isso podemos usar a sala principal. Eu soube o que aconteceu com o Sr. Kennedy, claro. Que coisa horrível. Como posso ajudar?

A Srta. Gibbs se senta na cadeira atrás da escrivaninha, provavelmente onde Carla Nesbitt costuma se sentar para receber seus eleitores, e você tem a impressão de que ela se sente bastante confortável ali. Quase dá para esperar que ela ponha os pés sobre a mesa.

— Entendo que a Sra. Nesbitt e o Sr. Kennedy não se davam bem — você diz. — Supostamente esse é o motivo pelo qual ela se opôs ao projeto dele de construir um novo empreendimento imobiliário. O que a senhora sabe a esse respeito?

A Srta. Gibbs assume uma expressão de indiferença.

— Absolutamente nada. Harry Kennedy não é um tema muito discutido. Sei que não se deve falar mal dos mortos, mas suponho que vá ser difícil encontrar muita gente que possa falar bem dele.

— A Sra. Nesbitt chegou a mencionar algo sobre o empreendimento? — você indaga. — Quando ela falou da morte do Sr. Kennedy, quer dizer.

— Não, mamãe não disse nada. Um novo empreendimento imobiliário?

— Isso mesmo... Espera um instante — você se interrompe trocando olhares com McAdam, ao perceber por que a Srta. Gibbs lhe pareceu familiar. — A senhorita disse "mamãe"?

— Disse — responde a secretária, evidentemente surpresa com o fato de você não tê-la reconhecido de imediato. — Sou filha de Carla. Administro o escritório para ela. Desculpe, presumi que soubessem, sendo da polícia e tudo mais.

A sargento McAdam dá um sorriso forçado.

— O sobrenome nos confundiu — diz ela. — Então você adotou o sobrenome do seu marido?

— Isso. Eu não queria que achassem que estou aqui por nepotismo.

Uma afirmação insolente da parte de alguém que administra o escritório da mãe, mas que você decide ignorar.

— Imagino que não haja muita coisa que a senhorita ignore a respeito da vida da sua mãe — diz McAdam com delicadeza. — Considerando que a senhorita é o motor que faz as coisas funcionarem por aqui.

— Bem, ela é uma mulher ocupada — responde a Sra. Gibbs, incapaz de resistir ao elogio. — Alguém precisa cuidar das coisas.

— Então, a senhora reservou a estadia dela no Elysium também? Quando isso foi feito?

— Ah, tem uns dois meses. Eu precisaria verificar meus e-mails para dar uma data exata.

Você e McAdam sorriem e esperam até a Sra. Gibbs entender a deixa.

— Talvez queiram vir comigo até a minha sala — diz ela, saindo sem esperar por vocês e encerrando a exibição de poder atrás da escrivaninha da mãe.

De volta à recepção, a Sra. Gibbs se senta diante da própria mesa atulhada, tira alguns papéis impressos de cima do laptop de modo a poder abri-lo e verifica seus e-mails. Algumas páginas escorregam da mesa, mas você as apara antes que caiam no chão. São de um site da corretora de imóveis e mostram casas à venda.

— Está pensando em se mudar? — você pergunta, devolvendo-os à secretária.

— Estou vendendo, na verdade. Essas casas pertencem à mamãe, mas ela pretende tirá-las do portfólio. Posso chamar o corretor para marcar uma visita se houver interesse da parte de vocês.

— Não, agradeço. Basta verificar as datas daquela reserva, se não se importa.

A Sra. Gibbs volta à tela e a examina.

— Elysium... Achei. A estadia de mamãe foi reservada há sete semanas, em meados de julho.

— Alguma coisa incomum quanto a essa reserva específica? — pergunta McAdam.

— Ela já se hospedou lá antes, logo, era algo bem rotineiro.

— Só me pergunto se poderia ter havido algum arranjo para coincidir com a estadia do Sr. Kennedy no mesmo local. Ou a de qualquer outro hóspede.

— Não, creio que não. No começo, mamãe queria reservar a última semana de agosto, mas o Elysium estava cheio na data, por isso tivemos que nos contentar com essa semana. O período de volta ao Parlamento depois do recesso é meio apertado, mas ela estava decidida a tirar uma folga.

A secretária tem razão; se havia precisado inesperadamente mudar as datas da reserva, Carla Nesbitt não podia ter planejado se hospedar no Elysium ao mesmo tempo que Harry Kennedy.

Anote **C14** *em seu caderno, depois o consulte na seguinte ordem:*

Se já tiver C15 ou P5 anotados, vá para **50**

Se já tiver P7 anotado, vá para **10**

Caso contrário, vá para **97**

161

Você leva um instante para formular a pergunta seguinte.

— O senhor tem certeza absoluta de que não sabe a que horas veio nadar aqui ontem de manhã?

— Já lhe disse que não uso relógio — responde Tank, impaciente. — Segundo a minha terapeuta, é uma expressão da minha rejeição a normas sociais.

— Essa rejeição abrange consultar um relógio de parede? — você pergunta, indicando com um gesto a parede diante da qual um funcionário do Elysium conduz uma aula na água para um grupo de Amigos. Acima deles está o enorme relógio de parede que você viu ao entrar.

— Quem sabe? — rebate Tank, dando de ombros. — Seja como for, não olhei para ele. Eu não tinha nada marcado. Já terminaram o interrogatório?

Você decodificou a terceira mensagem de texto extraída do celular de Harry Kennedy? Em caso afirmativo, anote P6 *em seu caderno. Depois multiplique o número encontrado nessa mensagem por 14 e vá para a seção correspondente.*

Caso contrário, vá para 89

162

— Parece que Harry Kennedy era mesmo uma figura complexa — você diz a McAdam —, ainda que tenha gente aqui que tente nos fazer acreditar o contrário.

— É, poucos veem todos os lados de uma pessoa. Todos nós carregamos segredos.

— Muito filosófico, sargento. Eu não conhecia essa sua característica.

— O que comprova a minha tese, detetive.

Você ri baixinho.

— Você me pegou. Bom, tomara que esses registros de Kennedy revelem alguns dos segredos dele. Precisamos saber mais sobre o sujeito e por que alguém o queria morto. Fico pensando se valeria a pena dar uma olhada no quarto dele.

— Tenho certeza de que a perícia vai verificar tudo. Pensei que talvez os horários dele pudessem nos esclarecer alguma coisa.

A perícia vai de fato fazer buscas no quarto de Kennedy, mas mesmo assim talvez fosse bom você dar uma olhada. Por outro lado, descobrir o que a vítima estava fazendo durante a estadia no Elysium também seria útil. Como o tempo é de fundamental importância aqui, você resolve fazer as duas coisas, dividindo as tarefas com McAdam.

Para examinar o quarto de Kennedy enquanto McAdam verifica os horários dele, vá para **118**

Para verificar os horários de Kennedy enquanto McAdam examina o quarto dele, vá para **40**

163

A sala toda aguarda que você explique por que acusou Stephen... mas a verdade é que nem você tem certeza. Tem convicção de que foi ele, mas não tem provas sólidas em que basear sua conclusão nem que sugiram a motivação dele. Você tem suas suspeitas, mas, sem provas, elas não passam disso.

Talvez você esperasse que a acusação fizesse Stephen confessar espontaneamente, mas, se era esse o caso, não funcionou.

O momento se arrasta, até que McAdam pigarreia. Você lhe diz que prenda Stephen, prometendo que, uma vez que o gerente esteja sob custódia na delegacia, vai explicar sua linha de raciocínio. Decepcionado, o grupo sai da sala, partilhando, aos sussurros, dúvidas sobre sua capacidade dedutiva.

Vá para 154

164

Você se decide.

— Ele não fugiria sem um bom motivo. Vamos atrás dele.

McAdam pega dois guarda-chuvas num porta-sombrinha no saguão e joga um para você. Zwale já tomou a dianteira, escancarando a porta da entrada principal e correndo direto para a chuva, gritando por Tank. A visibilidade nessas condições é péssima, e você rapidamente começa a perder de vista o figurão tatuado. Ainda que estivesse disposto a obedecer ao policial, ele provavelmente não conseguiria ouvir Zwale por causa da tempestade.

Você e McAdam vão atrás, protegendo-se debaixo de seus guarda-chuvas da chuva que cai quase na horizontal. Suas pernas ficam ensopadas antes mesmo de você chegar ao pé da escada da entrada.

A sargento engata uma velocidade que você não tem esperança de acompanhar, e em pouco tempo ela e Zwale estão confortavelmente na liderança. Tudo bem. Aonde Tank poderá ir, afinal? A propriedade é cercada por muros altos, fazendo com que o portão principal seja a única saída. Isso significa atravessar o rio, o que, no momento, é impossível. Por isso, você segue andando rápido, ciente de que vai acabar alcançando a dupla.

Quando isso acontece, você se surpreende ao ver McAdam e Zwale mantendo distância de Tank, que está de frente para o rio cheio e agitado não muito longe da ponte. De tão alta, a água mal deixa entrever os muros de pedra, e a superfície da estrada há muito submergiu. Tank está encharcado, mas, mesmo nesse estado lastimável, você identifica um medo desesperado nos olhos dele.

— Estou avisando que ele matou Harry e eu sou o próximo! — grita o figurão acima do barulho da chuva. — Se eu não for embora agora, ele vai me pegar!

— Podemos proteger o senhor! — grita Zwale em resposta. — Não faça nenhuma besteira.

O estrondo de um trovão se faz ouvir no céu.

— Vocês não podem me proteger dele! Preciso sair daqui!

Dito isso, Tank mergulha no rio. Você, Zwale e McAdam avançam correndo, chegando tão perto da água quanto é seguro. Tank, sem dúvida, é um homem forte e um exímio nadador, mas imediatamente começa a ter dificuldades quando a corrente frenética tenta levá-lo. Você não é muito fã de água, mas, sem ajuda, ele pode muito bem se afogar. Por outro lado, qualquer pessoa que se aventure no rio tentando salvá-lo se arrisca a ter o mesmo destino. Você precisa tomar uma decisão rápida.

- *Para se arriscar a entrar no rio para resgatar Tank, vá para* **2**
- *Para mandar o jovem e apto agente Zwale resgatar Tank, vá para* **42**
- *Para priorizar a vida de seus subordinados em detrimento da de Tank e deixá-lo afundar ou nadar, vá para* **181**

165

— Duas semanas atrás, Harry disse a Carla "Mande as suas datas", para que ele pudesse "reservar os mesmos seis dias" — você lê em voz alta. — Quantos dias ele reservou para ficar aqui no Elysium?

— Seis — confirma McAdam com um sorriso. — Talvez não seja uma coincidência estarem ambos aqui ao mesmo tempo.

— Aposto que está muito longe de ser coincidência.

— Quem você acha que é "ele" no trecho que diz "ele dará um jeito de me encaixar se tiver juízo"?

Se você tiver razão quanto ao contexto dessa mensagem, só pode ser uma pessoa.

— Stephen Cheong. Sabemos que parece que ele deu a Kennedy um pacote VIP de cortesia, o que sugere que a ameaça surtiu efeito.

— "Se tiver juízo" — rumina McAdam. — Será que Kennedy tinha estabelecido conexões criminosas que desconhecemos? Será que realmente mandaria para cá uns brutamontes com taco de beisebol só por que Stephen não se dispunha a lhe dar uma reserva nas datas desejadas?

— Isso não faz sentido para mim. Não, desconfio que seja algo mais sutil, embora não menos danoso. Talvez Stephen guarde um segredo que não queira ver revelado.

— Não há escassez disso por aqui, não é mesmo? — McAdam suspira.

Se tiver C5 *ou* C9 *anotados, vá para* 182

Caso contrário, vá para 45

166

Jennifer parece mais resignada do que amarga quanto ao progresso do caso. Mas, falando em casos, você se pergunta quanto do que ela está lhe contando é verdade. Não sobre o fato de Kennedy ser um molestador em série — ela não mentiria a esse respeito, sabendo que você pode facilmente verificar essa denúncia com as demais funcionárias —, mas sobre a relação que tinha com Harry Kennedy.

Por mais extremo que pareça, será que a recepcionista decidiu menosprezá-lo para disfarçar seus verdadeiros sentimentos? Será que Flora tem alguma razão para acusar Jennifer de ser amante de Kennedy e tê-lo matado para salvar o próprio emprego? A recepcionista tem um bocado de responsabilidades no Elysium e parece gostar do que faz.

Ou o motivo poderia ser bem mais simples? Se as funcionárias todas fofocavam com Jennifer sobre Kennedy, ela logo descobriria que ele não se sentia satisfeito exclusivamente com ela.

Existe também a questão de Kennedy ser um dos que esbanjavam dinheiro, quando você sabe que, na verdade, ele não fazia isso. Estava desfrutando de um pacote VIP aqui no Elysium gratuitamente, graças à generosidade de Cheong. Será que existe alguma conexão entre isso e a morte dele?

Se tiver A4 anotado, vá para **20**
Caso contrário, vá para **113**

167

Apesar de toda a boa vontade do agente Zwale, não se pode ignorar que ele é jovem e inexperiente. Após um começo tortuoso ontem, McAdam impressionou você com algumas perguntas e observações pertinentes, motivo pelo qual resolveu confiar nos instintos dela e deixar as gravações das câmeras de trânsito para mais tarde.

— Mantenha o assunto em sigilo até chegarmos aí — você diz a Zwale pelo celular. — Assegure à Sra. Kennedy que estamos a caminho e que qualquer dúvida ou objeção que ela tenha pode ser discutida comigo.

Você encerra a ligação e põe rapidamente o cinto de segurança, enquanto McAdam parte a toda a velocidade com a sirene ligada e as luzes azuis, que ficam escondidas atrás do para-choque frontal, acionadas. Estritamente falando, não se trata de uma emergência que exija tais medidas, mas a essa hora da manhã elas vão ajudar a cortar o trânsito. Recostando-se no banco, você lança um olhar de esguelha para McAdam. Ela está totalmente à vontade, encarnando perfeitamente o papel de piloto de rally e aparentemente amando cada minuto, apesar do clima chuvoso. Talvez por causa dele.

Veículos se afastam e desviam enquanto a sargento enfia o carro em brechas e ultrapassa como pode até vocês alcançarem as estradas rurais menos movimentadas nos arredores do Elysium. Não que ela diminua o ritmo a essa altura, mas ao menos você não precisa mais se agarrar ao painel quando ela avança sinais vermelhos.

McAdam desliga a sirene quando vocês entram pelos portões, passando pelo pobre policial fardado de vigia debaixo da chuva. Ao cruzarem a ponte, você repara que o rio está muito mais cheio que ontem, correndo sob os arcos de pedra. Você reflete sobre quem seria responsável por manter a ponte em bom estado. Ela fica no terreno da mansão, logo pode-se presumir que a função fique a cargo de Stephen Cheong. Sendo a única opção para entrar ou sair, essa pode ser uma responsabilidade onerosa se algo der errado.

Vocês param do lado de fora do Elysium, onde cascatas brotam da boca das muitas gárgulas da fachada. McAdam estaciona tão perto quanto possível da entrada e você sobe depressa a escadaria que leva ao saguão. Um agradável efeito colateral da chuva é uma queda na temperatura; você se pergunta se a combinação das duas ajudará a deixar as plantas do Elysium um pouco mais felizes.

Do lado de dentro, uns dez funcionários estão reunidos, cercados pelo dobro de Amigos hóspedes. O som de vozes combinado ao barulho da chuva lá fora torna difícil escutar o agente Zwale. Do balcão da recepção, ele faz um gesto pedindo que você se aproxime, dizendo algo inaudível. Você atravessa o grupo, desejando ter nos pés o equivalente a uma sirene.

— Por que essa gente toda está aqui, agente? Não está em horário de aulas e oficinas para todos?

— Alguém ouviu a Sra. Kennedy discutindo comigo, a notícia se espalhou — explica Zwale. — Agora está todo mundo esperando para ver se vai ter confusão, e, quando tentei dispersar, as pessoas ficaram mais decididas a permanecer aqui. A boa notícia é que consegui acalmar a Sra. Kennedy. Garanti a ela que vocês estavam a caminho e as coisas seriam resolvidas. Ela está bastante agitada.

Flora Kennedy está a uma pequena distância, mas não consegue ouvir você por estar envolvida numa gritaria com Stephen Cheong.

— Com ou sem divórcio, a vítima era marido dela — você recorda ao agente. — O luto afeta as pessoas de formas diferentes. Com o tempo você vai ver com seus próprios olhos. Agora, onde está o pacote?

Zwale gesticula na direção de Jennifer, que leva a mão ao molho de chaves no cinto. Ela usa uma das chaves para abrir uma gaveta trancada atrás do balcão da recepção e tirar dela uma caixa de papelão, colocando-a sobre o balcão.

— A culpa é minha — diz ela. — Jamais me ocorreu que pudesse ser uma evidência, por isso liguei imediatamente para a Sra. Kennedy.

— Tudo bem — você tranquiliza a recepcionista. — Por acaso o Sr. Kennedy já recebeu correspondências aqui antes?

— Para ser sincera, não tenho certeza se qualquer pessoa recebeu. Os funcionários mandam enviar coisas para cá e não para as próprias casas com frequência, para não perderem as entregas, mas não me lembro de Amigo nenhum ter feito isso.

O pacote é pequeno, mede quinze por dez centímetros, com cinco centímetros de profundidade, fechado às pressas com fita adesiva grossa. Está úmido depois de pegar um pouco da chuva matinal, mas dá para ver nitidamente que está endereçado a *Harry Kennedy a/c Elysium em Mansão Finchcote* com uma etiqueta impressa e está selado. No entanto, não tem nenhuma identificação e não consta o nome da empresa no endereço para devolução, apenas o número da unidade numa propriedade industrial em Wolverhampton.

— Independentemente do que seja, foi endereçado a Harry, logo cabe a mim como herdeira — afirma Flora Kennedy, surgindo repentinamente ao seu lado, tendo esquecido ou interrompido sua discussão com Stephen. — Vocês não têm o direito de ficar com os pertences pessoais dele. Existem leis, não é mesmo?

— Estou totalmente ciente disso, Sra. Kennedy, mas, diante das circunstâncias da morte do seu marido, esse pacote é uma evidência em potencial.

Você percebe que a viúva está prestes a embarcar em outra discussão, motivo pelo qual você se antecipa, fazendo-lhe uma pergunta:

— Quem poderia ter enviado alguma coisa a Harry? Quem sabia que ele estava aqui?

Flora pensa um pouco.

— Ninguém, pelo que sei. Eu já disse que eu mesma não sabia disso até ontem. Por que alguém enviaria algo para cá em vez de mandar para a nossa casa?

— A mim parece óbvio — intervém uma voz às suas costas.

Você se vira e se depara com uma figura tatuada familiar usando uma roupa de academia com manchas de suor e se secando com uma toalha.

— Como assim? Quem é você? — indaga Flora, encarando com repulsa o sujeito.

— Tank Destroyer — responde o interlocutor, apresentando-se. — O que quer que esteja nesse pacote, aposto que Harry não queria que a senhora descobrisse. Fico me perguntando o que tem dentro.

Agora, Carla Nesbitt entra na conversa, afastando-se do grupo maior.

— Estamos todos pensando nisso, pateta. Por que você acha que viemos para cá? — Ela se dirige a você: — Vai abrir o pacote ou não?

— Pelo amor de Deus, Carla, você precisa ser tão arrogante o tempo todo? — censura Flora. — Tenha um pouco de respeito.

Você imagina que a parlamentar vá responder a esse apelo à civilidade de sua forma característica, mas, em vez disso, ela fica em silêncio e se afasta, sugerindo que a observação calou fundo. Você se pergunta quanta disputa haverá de fato entre as duas mulheres.

A sargento McAdam tira da jaqueta uma faquinha e a entrega a você, juntamente com um par de luvas nitrílicas.

— Não está tiquetaqueando nem nada, logo podemos abri-lo.

Você faz uma pausa. O que quer que o pacote contenha, sem dúvida vai alimentar as fofocas no Elysium, e entre os suspeitos, potencialmente prejudicando a investigação. Talvez fosse melhor abrir o pacote privadamente.

Mas a decisão é roubada de você — assim como o pacote. Quando você se vira para se dirigir a McAdam, Flora agarra o pacote e começa a abri-lo. Você tenta pegá-lo de volta e, por um instante, vocês se envolvem num cabo de guerra patético, até que, fragilizado pela umidade, o pacote de papelão se rompe e seu conteúdo se espalha pelo chão.

O silêncio se instala no saguão. Uma funcionária do Elysium se abaixa para pegar uma das cartelas prateadas, reprimindo o riso ao reconhecer o formato das pilulinhas azuis.

— É Viagra! — grita ela, alto o bastante para todos os presentes ouvirem. — Alguém mandou Viagra para ele!

O silêncio é quebrado. Todo mundo reage e fala ao mesmo tempo, as reações divididas igualmente entre risadas de zombaria e exclamações de desdém.

— Acho que basta — você diz bem alto ao grupo de curiosos. — Poderiam, por favor, se dispersar agora?!

A reação é um muxoxo coletivo, mas algumas pessoas vão embora. A maioria, porém, simplesmente recua alguns metros e continua a observar.

Flora Kennedy está confusa e perplexa.

— Isso é alguma piada? — diz ela, num tom quase inaudível.

Mas você já percebeu que não, e agora é capaz de responder como alguém poderia saber que Harry Kennedy estava aqui para receber uma encomenda. Não se trata do presente de um amigo. O próprio Kennedy fez a encomenda, marcando a entrega para durante a estadia.

A viúva chega à mesma conclusão. Com o rosto da cor de uma rosa do Elysium, ela se vira e grita para Jennifer:

— O que é isso aqui, algum tipo de bordel? Ah, eu conheço a sua laia, não consegue resistir ao cheiro de dinheiro! Bom, você não vai conseguir! Não mais!

A acusação parece confundir Jennifer tanto quanto ofendê-la.

— Acredite, ninguém aqui queria... — começa ela, depois pensa melhor e fecha o bico. Será que ia soltar algumas verdades desagradáveis sobre Harry?

— Eu lhe garanto que o Sr. Kennedy não estava dormindo com ninguém aqui — diz Stephen, intervindo para acalmar a situação.

— A ideia vai de encontro a todo o padrão de profissionalismo que temos, não é verdade?

Ele se vira para o grupo de funcionárias para obter confirmação. Algumas assentem com veemência, enquanto outras reviram os olhos. Uma, porém, se mostra exasperada. Alina Martinescu dá um passo à frente, com uma expressão venenosa.

— A senhora sequer conhece o seu marido — diz ela a Flora. — Ele tentou com todas nós, as mãos dele eram incansáveis. Mas ninguém queria aquele safado. Nojento!

Flora desfere um soco na moça.

Exclamações de choque são ouvidas entre os funcionários e os hóspedes quando Alina perde o equilíbrio e depois desaba no chão. Tank Destroyer ri bem alto. O agente Zwale intervém rapidamente para conter a Sra. Kennedy, ajudado por um homem do Extremo Oriente que estava no grupo. Juntos, eles impedem novos ataques, enquanto você e McAdam se aproximam de Alina, que agora está no chão. Jennifer ajuda a massoterapeuta a levantar. O olho dela já começa a arroxear.

— Prendam essa mulher — grita Stephen. — Isso é lesão corporal dolosa e eu vou prestar queixa!

— Essa é uma decisão que cabe ao procurador da Coroa, Sr. Cheong, não ao senhor.

Você se vira para Zwale e para o outro homem, que continuam contendo Flora. A fúria parece tê-la abandonado e ela se encolhe entre os dois.

— Ainda assim, Sra. Kennedy, ele tem razão. A senhora cometeu uma agressão, sem falar que contaminou provas e será responsabilizada por isso.

Talvez sentindo que a ação acabou, o grupo se dispersa. Jennifer leva Alina, chorosa, embora, enquanto Zwale continua segurando Flora.

Você desconfia de que ambas as mulheres tenham mais a contar do que dão a entender. Será que é melhor deixar McAdam e o agente lidarem com a viúva, enquanto você vai ver como

Alina está? Ou você prefere interrogar Flora agora, enquanto Jennifer cuida da massoterapeuta ferida?

Para interrogar Flora, vá para 8

Para ver como Alina está, vá para **53**

168

— Precisamos tentar. Vá em frente, sargento.

McAdam faz uma careta, engata a primeira e avança devagar, porém com firmeza, em direção à ponte. Rapidamente a água cerca vocês, fazendo pressão contra o carro e forçando McAdam a compensar com manobras no volante e no acelerador. Ela está concentrada, decidida a manter o controle, enquanto vocês atravessam lentamente a água do rio que invadiu a ponte. Se fosse possível imaginar um carro *nadando*, é isso que está acontecendo.

Infelizmente, carros não foram feitos para nadar, e, embora ela seja uma excelente motorista, McAdam subestimou a imensa força da correnteza. O primeiro sinal de que algo não vai bem surge quando o aquecimento engasga e para, enquanto as luzes do interior piscam.

— Isso não é bom — sussurra McAdam, trincando os dentes. — Vamos lá, garota, só um tantinho mais...

O carro de repente derrapa para a esquerda, os pneus aquaplanando enquanto a água que corre com rapidez carrega vocês com ela. McAdam gira o volante e aperta furiosamente os pedais, mas o carro roda e desliza sobre a água, tão suavemente quanto se estivesse sobre esquis.

Sua cabeça é lançada para a frente quando a traseira do carro bate no muro baixo da ponte com força suficiente para fazer um buraco nele. Os *air bags* se inflam, empurrando você de volta para o banco, mantendo sua posição enquanto o carro mergulha de costas no abraço gélido do rio.

Em pânico, você olha para McAdam. Escorre sangue do nariz dela, que parece estar inconsciente. Você começa a tiritar e se dá conta de não sentir os próprios pés. Olhando para baixo, vê que a água gelada do rio está rapidamente cobrindo seus tornozelos. O carro está afundando!

Você solta o cinto de segurança e faz o mesmo com o de McAdam e em seguida tenta abrir a maçaneta da porta. Mas a água já chega à metade da janela, e, por mais que você se esforce, a porta não cede. *Claro*, você pensa. *Iguale a pressão*. Recorda, então, o treinamento de emergência de anos antes, que explicava que é preciso, contrariando a intuição, permitir que a água entre. Apenas quando a pressão dentro do carro fica próxima à da água do lado de fora é que você é capaz de abrir a porta. Você pressiona o controle da janela para abri-la... mas nada acontece. O motor do carro pifou, e você não sabe sequer se existe um controle manual neste veículo, quanto mais onde ele fica.

McAdam continua inconsciente. Não há tempo. Metendo a mão na água gelada, você pega um dos seus sapatos e golpeia com ele o vidro várias vezes. Grita o mais alto que pode, na esperança de que talvez o policial de vigia no portão escute sua voz ou tenha visto o carro tentando atravessar a ponte. Mas ninguém aparece.

Uma onda atinge o carro, dando-lhe um solavanco e jogando você para fora do banco. Novamente, sua cabeça bate no painel. Sua visão fica turva. Você mal se dá conta de que a água já chegou ao porta-luvas e é preciso tentar novamente a porta. Mas suas pernas e seus braços estão dormentes e a cabeça gira. Quando você alcança a maçaneta, o carro afunda mais e você engole um bocado de água gelada. Por reflexo, você tosse e tenta respirar, o que só faz engolir mais água.

Amanhã, quando encontrarem seus corpos, a Dra. Wash vai balançar a cabeça e se perguntar o que vocês estavam pensando quando tentaram atravessar uma ponte inundada.

Seus colegas vão lamentar sua partida e a de McAdam, mas não por muito tempo, já que ainda há trabalho a fazer e casos a solucionar. Um novo detetive será designado para o caso de Harry Kennedy, na esperança de punir seu assassino.

Você pode apagar suas anotações agora, voltar para **1** *e tentar de novo — talvez da próxima vez confiando mais em seu instinto de autopreservação.*

Por ora, porém, este é...

O FIM

169

Você abre a porta com toda a naturalidade que é capaz de reunir, fingindo não ter ideia de quem está do lado de dentro.

Tank vê você e imediatamente gira nos calcanhares, apressando-se para cruzar o saguão e subir a escadaria imponente. Para sua surpresa, a pessoa com quem ele estava falando é Flora Kennedy. Ela veste as roupas de academia que Jennifer providenciou, embora estas não pareçam mais secas do que as encharcadas que ela despiu.

— Sra. Kennedy, a senhora não devia estar trancada num aposento para funcionários?

Flora recupera a compostura.

— Não vejo por que eu deveria ser aprisionada. A possibilidade de eu conseguir chegar a qualquer lugar com esse tempo é baixíssima, certo?

— Essa não é a questão. Onde está o agente Zwale?

— Não faço ideia. Ainda postado do outro lado da porta, suponho.

McAdam refreia o riso.

— A senhora pulou uma janela, não é? Ora, eu jamais imaginaria.

A viúva se abstém de comentar.

— Sobre o que a senhora e Tank conversavam? — você pergunta.

Ela hesita.

— Ele estava me dando os pêsames pela morte de Harry.

— Isso parece quase tão improvável quanto a senhora pular a janela.

Flora dá de ombros.

— Talvez você simplesmente não saiba fazer um bom juízo de caráter.

Pelo contrário, você sente ter uma avaliação bastante boa de Tank e Flora.

— Por favor, venha comigo e não saia vagando por aí de novo. — Virando-se para McAdam, você completa: — Busque o agente Zwale, por favor. Não pegue pesado demais com ele. Duvido que algum de nós esperasse que a Sra. Kennedy fosse executar uma fuga ousada.

Vá para **137**

170

— Por exemplo — você começa —, vamos falar do seu relacionamento com Harry Kennedy e o "investimento mútuo" que o senhor mencionou. Os registros dele mostram que ele não pagou nada ao senhor, nem o senhor a ele. Como explica isso?

— Essas coisas levam tempo, detetive — responde Tank num tom arrogante. — Não se trata simplesmente de trocar um aperto de mãos e entregar cem mil. Há contratos a elaborar, advogados a pagar, esse tipo de coisa.

— Mas, mesmo que quisesse, Harry Kennedy não tinha esse montante de dinheiro para investir na sua empresa. Na verdade, o único pagamento vultoso que ele fez recentemente foi a uma empresa totalmente diferente, de propriedade de Carla Nesbitt.

— Nesbiscate de novo — diz Tank, raivoso. — Eu devia ter adivinhado que ela levaria a grana dela antes de mim.

McAdam faz cara feia diante do apelido injurioso, antes de endereçar uma pergunta a Tank.

— Seus próprios investidores parecem peixe pequeno. Como é que um sujeito com seu currículo não tem grandes empresas de tecnologia fazendo fila para investir na sua?

— Elas não têm visão — diz Tank, fungando. — Ficam só esperando gente como eu inovar para depois comprar a nossa empresa.

Você reflete sobre isso. Existe algo sobre Tank Destroyer que você não pode deixar de achar performático, como se ele estivesse fazendo um teatro para você e para todos que o cercam. No entanto, devido à escassez de informações on-line, é difícil verificar seja o que for. Você supõe que o Google não compraria uma empresa qualquer... não é?

— Você deveria estar falando com Stephen, não comigo — observa Tank. — Ele é o louco que corre atrás das pessoas com um martelo.

Antes que você possa corrigir Tank de novo, um grito agudo ecoa pelo saguão... e é silenciado repentinamente.

Vá para **69**

171

Usando o telefone fixo sobre a mesa do Dr. Proctor, você liga para a recepcionista e pede que ela não avise a Flora Kennedy de sua presença ali.

— Detetive, se você acha que vai ficar assistindo enquanto minha cliente e eu discutimos assuntos privados e pessoais, aviso que não vou permitir — diz o advogado, ofendido.

Sem dúvida ele sabe que tecnicamente pode expulsar você do recinto. Trata-se de uma propriedade privada, ninguém está preso, e você não tem um mandado. Mas o Dr. Proctor também sabe que fazer isso apenas dará mais motivo para investigação e suspeita, algo que ele parece decidido a evitar. Será por uma razão específica ou apenas devido a uma desconfiança geral da polícia?

— Não é nossa intenção nos metermos, doutor, mas o senhor está consultando o relógio desde que chegamos, e gostaria de saber se esse é um encontro agendado.

— Claro. Não atendo todo mundo que entra aqui vindo da rua, sabe? — diz ele, acrescentando rapidamente: — Salvo as pessoas aqui presentes.

— *Quando* essa reunião foi marcada? — pergunta McAdam.

É uma boa pergunta. Proctor grunhe.

— Há cerca de meia hora. Ela disse que era um assunto urgente. Agora sei qual é.

Nesse momento a porta é escancarada por uma Flora Kennedy esbaforida, que diz ofegante:

— Boa notícia. Eu... — começa ela para logo se interromper ao ver você e McAdam. Uma expressão de pânico se instala em seu rosto.

— Sra. Kennedy — você saúda, sorrindo —, é um prazer vê-la novamente. A senhora não conseguiu esperar para falar com o Dr. Proctor depois que o nosso policial a levou para casa?

— Eu... Eu só vim começar a tomar as providências necessárias quanto à morte de Harry — responde ela, reformatando a expressão para expressar apenas luto. — Não esperava ver vocês aqui.

— Essa parte parece óbvia. Suponho que a senhora já não está tão abalada pela morte do seu marido quanto nos fez acreditar. Talvez a "boa notícia" seja que agora vai herdar a Kennedy Homes inteira, em vez de se contentar com qualquer que seja a parte que lhe caberia num divórcio, não?

Você decide não mencionar a situação financeira precária da empresa.

— Eu já disse à polícia que isso não é da conta deles — interrompe o Dr. Proctor antes que Flora possa responder. — A senhora não precisa responder pergunta alguma.

McAdam se aproxima de Flora e fala com delicadeza:

— Ele tem razão, a senhora não precisa responder. Mas encare a questão sob o nosso ponto de vista. Suspeitamos de que a senhora estivesse pensando em divórcio e agora a senhora chega aqui correndo, toda feliz. Talvez haja uma explicação inocente, mas a coisa não cheira bem.

Flora olha de McAdam para o Dr. Proctor, depois deixa escapar um profundo suspiro e desaba numa cadeira de couro.

— Ok, tudo bem. Eu ia me divorciar de Harry. Cansei dos casos amorosos dele. Vinte e cinco anos de casamento e eu duvido que ele tenha passado qualquer um deles sem se envolver com uma garota ou outra.

— Seu marido era um galinha? — pergunta McAdam.

— Harry era fraco, isso sim. O nosso negócio está cheio de mocinhas bonitas. São corretoras, secretárias, marketeiras... Ele não conseguia se controlar. Houve uma época que ele andou com três ao mesmo tempo, com metade da idade dele e cérebros compatíveis. Ah, depois ele sempre me pedia desculpas e jurava que era a última vez. Sei que era sincero. Então outra chamava a sua atenção e lá ia ele de novo atrás dela.

— Flora, ninguém culparia você por querer se livrar dele — intervém o Dr. Proctor, com delicadeza. Mas logo ele parece se dar conta do que disse e rapidamente acrescenta: — No sentido jurídico, eu quis dizer. Detetive, não é possível que ache que a Sra. Kennedy fosse recorrer à violência.

Apesar da confiança do advogado, você sabe que muita gente é capaz de usar violência quando instigada o suficiente.

— Está correta a minha suposição de que a Sra. Kennedy agora vai herdar a Kennedy Homes integralmente? — você pergunta ao advogado.

— Não tenho conhecimento do testamento do falecido Sr. Kennedy.

— Vou herdar, sim — responde Flora. — Não temos filhos, por isso fizemos testamentos deixando tudo que temos um para o outro. Talvez eu venda a empresa — acrescenta. — Não sei ao certo se dou conta de administrá-la.

— A senhora já não é sócia? — pergunta McAdam.

— Sou conselheira no papel, e Harry discutia comigo as grandes decisões, mas, na verdade, não tenho nada a ver com o funcionamento. Não saberia por onde começar.

— Lamento informar que vendê-la talvez possa não ser tão fácil também — você diz. — Segundo os registros financeiros da Kennedy Homes, a empresa está devendo um bocado. A senhora sabia disso?

Flora parece profundamente desconcertada com essa notícia.

— Eu não... Dívidas? Sério? Mas Harry sempre teve... Não, isso com certeza é um engano.

— Infelizmente, acho que não. Talvez seu marido tivesse a esperança de que o novo empreendimento desse um jeito nas finanças e a senhora jamais precisasse descobrir. Mas o conselho estava prestes a rejeitar formalmente o projeto, deixando a Kennedy Homes no vermelho. A senhora herdou um estorvo, Sra. Kennedy.

Flora fita o Dr. Proctor com olhos arregalados, buscando ajuda. O advogado sai de trás da escrivaninha, pousa a mão solidariamente no ombro da viúva e encara você com uma expressão de desprezo.

— Acho que já aproveitou seu momento, não, detetive? Agora, se me derem licença, minha cliente e eu temos assuntos particulares a tratar.

Você está confiante de que extraiu o máximo possível de Flora Kennedy por enquanto. Você e McAdam saem para o sol vespertino e de volta ao carro.

— Flora pareceu genuinamente surpresa pelo estado da empresa — observa McAdam. — Faz sentido Harry ter guardado segredo para que ela não ficasse nervosa.

— Faz, se partirmos do pressuposto de que ela está falando a verdade. Seja como for, seria uma motivação frágil. Se ela ia se divorciar de qualquer forma, por que se dar ao trabalho e correr o risco de matá-lo?

Nem você nem McAdam conseguem responder a essa pergunta... ainda.

Anote **F3** *em seu caderno e* **some 1** *ao seu valor de* LOCALIZAÇÃO

Depois vá para **30**

172

McAdam prende Flora Kennedy, e, depois que a tempestade passa, você leva a viúva para ficar sob custódia na delegacia.

Mas ela não tem, de fato, uma consciência culpada nem secretamente acredita que merece ser pega. Em vez disso, Flora mantém sua inocência, e o advogado, justificadamente, aponta que você não tem nenhuma prova concreta ligando-a ao homicídio. Você não consegue colocá-la na cena do crime ou pôr a arma em sua mão. Tudo que você tem são especulações, e isso por si só não basta.

O caso é um fiasco. Ao perder a confiança em você, o detetive-superintendente lhe dá um caso diferente, mais simples, e chama outro detetive para assumir o crime do Elysium. O assassinato de Harry Kennedy ainda pode ser solucionado... mas não por você.

Mais tarde, você reflete sobre o que deu errado. Você acertou ao acusar Flora, mas simplesmente não coletou provas suficientes? Deveria ter buscado entender melhor a motivação potencial dela? Ou o assassino era, na verdade, outra pessoa?

Para descobrir, não se desespere. Apenas apague tudo em seu caderno, volte para **1** *e tente outra vez.*

Por ora, porém, este é...

O FIM

173

— Qualquer mulher aqui pode lhe dizer como Kennedy era — diz a professora de ioga. — Eu me considero sortuda, já que ele só tentou comigo uma vez e quando lhe dei um tapa ele não voltou mais para a minha aula.

— Digo o mesmo — concorda outra funcionária. — Ele ficava me chamando de sua "rosinha" como se fôssemos namorados. Horrível — conclui, estremecendo.

As mulheres trocam olhares de cumplicidade entre si, mas ninguém acrescenta mais nada — talvez porque você está presente. Na verdade, não precisam mesmo; o silêncio fala por elas.

Neste momento, seu telefone toca. É McAdam.

— Flora Kennedy se fechou por completo. Não vai falar, e insiste que Kennedy devia estar dormindo com as funcionárias. Talvez você tenha mais sorte, mas duvido.

— Agradeço, sargento. Logo, logo, estarei aí.

A professora de ioga terminou de cuidar de Alina e se afasta para admirar o resultado.

— Prontinho. Nada mau — diz ela, arrumando tudo na bolsa de maquiagem.

— Obrigada — agradece Alina baixinho, enfiando uma mecha de cabelo preto atrás da orelha. — Tenho um cliente agora. Preciso voltar ao trabalho.

Jennifer pousa a mão no braço da massoterapeuta.

— Talvez não devesse. Posso achar outra pessoa para substituir você. Ninguém vai culpá-la por isso.

Alina sorri, mas balança a cabeça.

— Não, o trabalho vai me ajudar a esquecer o que aconteceu.

Ela sai de cabeça erguida.

— Acho melhor eu tratar de varrer aquelas pílulas azuis espalhadas no chão — diz Jennifer, se levantando.

As outras funcionárias também se levantam e você entende a deixa. Despedindo-se de todas, você decide ver se consegue arrancar mais alguma coisa de Flora Kennedy.

Anote A3 *em seu caderno, depois vá para* **101**

174

Ela se recupera rapidamente, mas fica claro que Flora Kennedy não sabe do que você está falando.

— A senhora não tinha ciência de que o conselho não aprovaria o novo empreendimento? — você pergunta.

— Hummm... Harry ainda não tinha me contado. Garanto que contaria quando voltasse para casa.

Você se pergunta que outros segredos Kennedy escondia da esposa.

— A senhora sabia que o seu marido havia pedido à parlamentar Carla Nesbitt que interviesse para ajudá-lo?

— Intervir? Como assim?

— Convencer o conselho a aprovar o projeto. Ele parecia ansioso para enfatizar que o empreendimento criaria empregos, o que, vale ressaltar, os políticos costumam endossar. A senhora imagina por que seu marido não se deu ao trabalho de lhe falar isso?

Flora olha pela janela.

— Harry costumava me proteger das confusões e das dificuldades do negócio, detetive. Eu o ajudava com grandes ideias, mas nunca me envolvi nos detalhes práticos da administração da empresa.

— Como a senhora descreveria a sua relação com Carla Nesbitt?

— Não temos relação alguma — responde a viúva. — Harry e Carla se conhecem há muito tempo porque ambos cresceram aqui, mas não somos próximos. Frequentamos eventualmente os eventos de arrecadação de fundos dela, porque é proveitoso para os negócios, mas só isso.

Anote **F6** *em seu caderno, depois vá para* **134**

175

— Sra. Kennedy, preciso que entenda a minha posição — você explica. — Se a senhora sabia que o seu marido estava tendo um caso, isso não só é fundamento para um divórcio como também um excelente motivo para querer vê-lo morto. Vingar-se, além de herdar integralmente o negócio. Sem dúvida, o negócio não vale muito no momento, mas ao que parece a senhora não sabia disso.

— Mas eu *não* queria vê-lo morto — protesta a viúva. — Eu não fazia ideia de que Harry estava levando a empresa para o buraco.

— A senhora não faz parte do conselho da empresa? — pergunta McAdam.

— Apenas para fins fiscais, policial. — A sargento se contrai diante do insulto inconsciente à sua patente, mas não diz nada. — Não fico sentada lá auditando as finanças. Esse era o trabalho de Harry.

— Que não parece ter sido muito competente nisso — você sugere.

— Ele costumava ser. Quem vocês acham que comprou a Ferrari para mim?

McAdam tinha dito inicialmente que Harry Kennedy era considerado um empresário local bem-sucedido. Talvez tivesse sido, um dia.

— Então por que ele não conseguiu fazer o conselho aprovar o novo empreendimento? O que deu errado?

A viúva balança a cabeça.

— Não sei, mas não fico surpresa. Todos sempre sentiram inveja de Harry naquele lugar, todos, do prefeito até o baixo escalão. — Ela passa a mão no cabelo. — Sei que ele podia incomodar quando não conseguia o que queria. Mas no fundo era um homem bom.

Você não sabe se as funcionárias do Elysium concordariam.

— Talvez eu tenha mais sorte que ele com o conselho — diz Flora. — Talvez valha a pena continuar tentando aprovar o projeto. Pode ser que eles me deem um voto de solidariedade.

— Ainda tem a questão do homicídio. E já vimos que a senhora é capaz de violência quando provocada — você diz, olhando a viúva nos olhos. — Sra. Kennedy, vou direto ao ponto. A senhora matou seu marido?

— Não — diz ela com firmeza. — Eu já disse que não o via desde a semana passada e essa é a verdade.

Ela pode simplesmente estar mentindo. Embora você não tenha nenhuma prova convincente de uma coisa nem da outra, as provas circunstanciais estão se fortalecendo a cada minuto. Com poucas alternativas depois do que ela fez com Alina, você se levanta e lhe dá a má notícia.

— Flora Kennedy, estou prendendo a senhora por suspeita de agressão, em violação à seção 39 do Código Penal de 1988. A senhora tem o direito de ficar calada...

Ao instruí-la, você se surpreende ao ver a reação de Flora. A maioria das pessoas se abate e fica nervosa ao ser presa, mas a Sra. Kennedy recupera a força e a pose, sentada empertigada com uma expressão desafiadora. Pouco antes, ela estava desesperada; agora parece pronta para enfrentar o mundo. Você pede ao agente Zwale que providencie para que ela seja posta sob custódia. Primeiro, porém, você verifica os depoimentos das testemunhas tomados ontem.

— Infelizmente, ninguém viu nada — diz ele, desanimado. — Quase todos estavam tendo aula no momento, não estavam olhando para o pátio. Pelo que sabemos, Alina e Tank continuam sendo as últimas pessoas a terem visto Kennedy.

Ele leva Flora embora.

— E se ela tiver razão? — McAdam franze a testa. — Sobre o caso entre Kennedy e Jennifer.

— Isso pode fortalecer a hipótese de que Flora o matou. Ela pode alegar que era apenas uma suspeita, mas, se for verdade e ela tiver descoberto, sua motivação ganha peso.

— Sim, mas... — McAdam se interrompe, claramente incomodada com alguma coisa.

— Desembucha, sargento. Não sei como eram seus colegas anteriores, mas sempre me disponho a ouvir novas ideias.

— Bom, eu estava pensando... Quem tem a chave para o velho quarto?

— Ninguém. Ela está desaparecida.

— Será mesmo? Jennifer Watts cuida do escaninho trancado onde ela costuma ficar. Podia facilmente ter pegado a chave e depois alegar que havia sido roubada. Não há câmeras para provar o contrário.

Ela tem razão. A recepcionista alega que não sabia que a chave estava desaparecida até depois da morte de Kennedy, mas...

— Você está sugerindo que Jennifer tinha um caso com Harry e o matou para manter isso em segredo? Para preservar a própria reputação?

— Talvez para manter o emprego também. Ou quem sabe esteja apenas mantendo a chave com ela em vez de admitir que a pegou. Pode sentir vergonha do caso e não querer que a viúva descubra.

— Mas com certeza Jennifer poderia ter colocado a chave de volta com a mesma facilidade com que a pegou. Ninguém teria mais condições de fazer isso que ela.

McAdam dá de ombros.

— Sim, mas aí ela seria um dos dois suspeitos, não? Se apenas ela e Stephen tivessem acesso à chave daquele quarto e nenhuma estivesse desaparecida, estaríamos de olho neles dois e em mais ninguém.

Mais uma vez, a sargento tem razão. Seu respeito por ela está crescendo.

— Fico pensando onde está essa chave agora — você se pergunta em voz alta. — E como ela foi roubada, para começo de conversa.

Sua mente está cheia de possibilidades. Jennifer Watts poderia ser a assassina? Ou Flora Kennedy continua sendo a suspeita mais provável? Você precisa de mais provas, ainda que seja para eliminar suspeitos, quanto mais para fazer uma acusação.

Anote **J3** *e* **F2** *em seu caderno, depois vá para* **133**

176

— Acredito que você tenha um bom motivo para matar Harry Kennedy — você afirma. — Um motivo que você mesma mencionou para nós. Já nos disse que os Amigos mais proeminentes do Elysium têm permissão para se comportar mal, porque Stephen morre de medo de perder a fidelidade deles. No caso de alguém como Carla, isso significa tratar os funcionários como empregados, sempre vencê-los no tênis e de maneira geral andar por aí como se o lugar fosse dela.

— Como é que é? — indaga, indignada, a parlamentar, mas você a ignora.

— Mas no caso dos clientes masculinos essa liberdade se torna algo mais sinistro. Mesmo na curta estadia aqui no Elysium, Harry Kennedy rapidamente adquiriu entre as funcionárias a reputação de ser um molestador. "Mão boba", acho que foi o termo que você usou.

— É verdade — concorda Jennifer. — Ele tentou com todas, e Stephen não fez nada a respeito.

— Vocês deveriam ter trazido suas queixas até mim — protesta Stephen.

Um revirar de olhos coletivo passa como uma brisa entre as funcionárias reunidas.

— Nós levamos, Stephen — insiste Jennifer com frieza. — Você as ignorou. Chegou até mesmo a acusar uma massoterapeuta de ter uma "reação exagerada", o que fez com que ela pedisse demissão. O fato de você sequer se lembrar mostra o quanto estava *preocupado*. — Ela se vira para você. — Harry Kennedy não era o único, sabe? Homens assim não estão habituados a ouvir não.

— Mas foi o que você fez, não foi? Primeiro quando ele a confrontou na saída do banheiro, deixando um hematoma ainda visível no braço dele. Depois disso, ele tentou de novo? Ou você simplesmente decidiu dar um fim definitivo... com um forcado de jardinagem?

— De forma alguma — protesta ela. — Ele sabia o que ia acontecer se tentasse qualquer gracinha comigo uma segunda vez.

Todos na sala olham para a recepcionista, que se dá conta do que acaba de dizer.

— Eu quis dizer que lhe daria um baita tapa! — exclama ela. — Não que o apunhalaria e jogaria de uma varanda. Não sou uma psicopata, pelo amor de Deus!

— Isso quem vai decidir é um júri — você diz. — Sargento, prenda a Srta. Watts.

Vá para 157

177

Quando você viu Carla Nesbitt mais cedo, ela vestia um uniforme de tênis imaculado o bastante para se deduzir que estivesse a caminho de uma partida, em vez de estar voltando de uma. Você pede a um funcionário que passa, identificado pelo logo na camisa polo, que lhe indique o caminho até as quadras de tênis. O jovem funcionário instrui você a atravessar a ala leste, passar a entrada para a piscina e seguir em frente. Há um gramado com um amplo pavilhão que protege do sol um grupo de "Amigos" hóspedes. Eles ocupam fileiras de mesas de madeira, cada qual com um pilão e um almofariz na mão, aparentemente triturando pétalas de flores. Dois funcionários do Elysium circulam entre eles, monitorando o progresso.

Além do gramado ficam as duas quadras de tênis. Carla está jogando numa delas, vencendo com facilidade outro funcionário. A bola levanta poeira toda vez que quica no chão. Você não é capaz de dizer com certeza se Carla é tão boa assim ou se o funcionário está deixando que ela vença.

A sargento McAdam estala a língua em desaprovação.

— Sei que ela não gostava do sujeito, mas estou surpresa com a rapidez com que todos parecem ter retomado suas atividades.

— Talvez esse seja o poder da homeopatia angiospermal — você retruca com sarcasmo, acenando para Carla.

Ela se mostra nitidamente aborrecida com a interrupção, mas para o jogo e vem falar com você.

— Como posso ajudar, detetive?

— Vou direto ao ponto — você diz, tendo a certeza de que, mesmo neste retiro de lazer, a parlamentar valoriza o próprio tempo. — Onde a senhora estava entre dez e onze horas da manhã de hoje?

Carla observa você com cuidado.

— Achei que Harry tinha se jogado de uma janela.

— Muito pelo contrário. Parece que alguém o matou.

— Sério? Por essa eu não esperava. Então, agora, vocês estão verificando os álibis, é isso?

— É a metodologia que seguimos, sim — você responde, pacientemente.

Ela estala a língua.

— Bem, não deu sorte comigo. Eu estava praticando tai chi no gramado, junto com umas dez outras pessoas e Bill, o instrutor. Todos vão confirmar.

— Bom saber disso. Diga, como a senhora conheceu o Sr. Kennedy? Pelo que sei, vocês não se davam bem.

— Isso é uma forma de descrever as coisas. O sujeito era vulgar, um machista arrogante, que achava que ser bonitão lhe dava o direito de fazer o que quisesse e que qualquer problema podia ser resolvido com dinheiro.

— Era sobre isso que vocês estavam discutindo ontem à noite? — O olhar de surpresa de Carla agrada você, que suspeita que a parlamentar não esteja habituada a ser pega em flagrante. — Aqui, nas quadras de tênis — você acrescenta para avivar a memória de Carla.

Ela faz cara feia.

— Já vi que alguém tem a língua maior que a boca. É, Harry e eu discutimos. Ele tinha um projeto maluco de construir um empreendimento imobiliário num terreno local, mas o departamento de planejamento não estava disposto a aprovar. Ele ficou indignado por não receber a permissão que queria e pediu que eu interviesse a seu favor.

— Mas a senhora se recusou.

— Sim. O terreno em questão é uma planície de inundação, e cobri-lo com asfalto vai fazer com que a água desça para a propriedade vizinha, Burrowlands.

— O Sr. Kennedy não entendia isso?

Carla funga, impaciente.

— Sério mesmo, detetive, não vejo o que isso tem a ver com a morte de Harry. Caso não tenha percebido, eu estava no meio de uma partida. Não podemos conversar mais tarde?

— Garanto que conversaremos, mas o tempo é de fundamental importância aqui. Jamais me passaria pela cabeça lhe dizer como fazer o seu trabalho parlamentar.

— A maioria faz exatamente isso.

— Ouvi dizer. Agora, por favor, me diga: por que Harry Kennedy achou que poderia convencê-la a fazer o conselho mudar de ideia?

— Ele prometeu instalar um sistema de drenagem para desviar a água para o rio, poupando tanto as antigas quanto as novas propriedades. Ele também usou a velha cantilena de como a construção das casas geraria empregos. Mas não convenceu o conselho sobre nenhum dos pontos, nem a mim.

McAdam está tomando notas, mas você percebe que ela também tenta fazer uma pergunta. Dada a abordagem agressiva da sargento, você teme que ela possa ofender Carla Nesbitt ainda mais. Mas precisa lhe dar uma oportunidade, razão pela qual permite que ela intervenha.

— Sra. Nesbitt — começa ela —, se a senhora e o Sr. Kennedy não se davam bem, por que estavam os dois hospedados aqui ao mesmo tempo?

Para seu alívio, é uma boa pergunta. Você adoraria tê-la feito.

— Não foi de propósito — responde Carla, franzindo a testa. — Só estou aqui essa semana porque não consegui reserva para o fim de agosto. Minhas opções são limitadas, com o recesso do Parlamento prestes a terminar.

Se Carla pensa que recordar a McAdam seu status político vai parar o interrogatório da sargento, ela está equivocada.

— Mas o Sr. Kennedy teria como saber que a senhora estaria aqui? — insiste McAdam. — Talvez ele tenha achado que seria mais fácil convencê-la num cenário informal como esse.

— Ele bem que seria capaz disso. — Carla suspira. — Acabamos aqui?

— Quase — você garante. — A senhora tornou a ver o Sr. Kennedy depois da discussão que tiveram?

— Não. Ele começou uma partida com aquele cara tatuado, e eu fui para o meu quarto. Não o vi mais depois disso.

— Nem mesmo no pátio hoje de manhã?

Ela encara você com um olhar cético.

— Você pode gostar de encarar cadáveres, detetive, mas eu preferi deixar que os outros fizessem isso. Se não se importam, eu gostaria agora de voltar à minha partida.

— Agradeço o seu tempo, Sra. Nesbitt. Caso se recorde de alguma coisa, entre em contato conosco.

Lançando um olhar desconfiado para você, ela volta para a quadra de tênis.

Anote **C3** *em seu caderno*

Se já tiver interrogado Alina ou Tank, vá para **120**

Caso contrário, escolha uma destas pessoas para interrogar:

- *Para interrogar Alina, a massoterapeuta, vá para* **48**
- *Para interrogar Tank, o figurão da tecnologia, vá para* **73**

178

Parece pouco provável que você vá extrair mais informações do sujeito neste momento.

— Agradeço, isso é tudo por enquanto — você diz, virando-se para ir embora. Então para e pergunta: — Na verdade, tenho outra pergunta: desculpe a minha curiosidade, mas o que o levou a escolher esse novo nome?

Um sorriso malicioso se forma nos lábios de Tank, enquanto ele recolhe seu tapete de ioga e as aparas de videira.

— É uma longa história. Digamos apenas que envolve uma despedida de solteiro com alguns velhos amigos de escola, um campo de treinamento de tanques de guerra desativado em Dorset e champanhe um tantinho além da conta.

McAdam bufa.

— É assim que a outra metade da população leva a vida, né?

Você agradece a Tank e deixa que ele volte para sua aula de ioga.

- *Anote* **T6** *em seu caderno*
- *Se já tiver interrogado Alina ou Carla, vá para* **120**

Caso contrário, escolha uma das seguintes pessoas para interrogar:

- *Para interrogar Alina, a massoterapeuta, vá para* **48**
- *Para interrogar Carla, a parlamentar, vá para* **177**

179

— Então, três semanas atrás, Kennedy pagou à empresa de Carla Nesbitt sete mil libras em honorários de "consultoria". Depois, há quatro dias, ele mandou uma mensagem de texto para ela, usando um código secreto, para lembrá-la do dinheiro e exigir que ela cumprisse sua parte no trato. Isso realmente cheira a chantagem, não?

McAdam faz que sim.

— Mas para quê?

— Supostamente para pressionar o conselho a permitir que Kennedy construísse numa planície de inundação. Ainda que Carla acredite que o projeto seja uma má ideia e não o apoie.

— Não seria a primeira vez que um político dá para trás depois de embolsar o dinheiro. Não podemos esquecer que ela também é proprietária de imóveis através da Standard Umbrella.

— Verdade. Mas então por que ela ainda não exerceu essa pressão? Está esperando o quê? Ah, é claro. A Standard Umbrella é proprietária daquelas casas à venda em Burrowlands.

— Me perdi aqui.

Você reflete sobre a hipótese. Ela parece sólida.

— Carla Nesbitt sabe que construir na planície de inundação vai causar um desvio da água da chuva em direção às propriedades de Burrowlands, o que sem dúvida vai afetar o valor dessas casas e tornar mais difícil vendê-las. Mas, como o conselho não vai aprovar o projeto de Kennedy, não há problema... ainda.

— Ela está tentando vender suas casas enquanto elas ainda valem alguma coisa — diz McAdam, pegando o fio da meada. — Depois de se livrar delas, *então* ela vai convencer o conselho a mudar a decisão, embolsar o dinheiro de Kennedy e dar as costas para tudo isso.

É uma baita jogada e quase impossível de provar. Mas a teoria é válida e combina com o tom da mensagem de texto de Kennedy.

"Não pense que vou ficar de bico fechado se você der pra trás" é uma nítida ameaça à reputação e à imagem pública de Carla. Você resolve confrontá-la sobre isso na próxima vez que falar com ela.

Anote **C11** *em seu caderno, depois vá para* **100** *e pule para o fim da seção.*

180

— Seus próprios investidores parecem peixe pequeno. Como é que um sujeito com seu currículo não tem as grandes empresas de tecnologia fazendo fila para investir na sua?

— Elas não têm visão — diz Tank, fungando. — Ficam só esperando gente como eu inovar para depois comprar a nossa empresa.

— O senhor quer dizer que isso já aconteceu antes? Quando o Google comprou a sua empresa por oitocentos milhões de dólares?

Você não sabe ao certo aonde a sargento pretende chegar com essa linha de interrogatório, mas deixa que ela vá em frente.

— Isso mesmo — responde Tank.

— Tem certeza mesmo? — insiste McAdam. — Porque me informei sobre o senhor e não encontrei registro algum de que sua empresa anterior tenha sido comprada pelo Google ou qualquer outra companhia. Até mesmo todas as referências da Wikipedia apontam para os dois ou três comunicados de imprensa... emitidos pelo senhor.

McAdam lança um olhar para você, que faz que sim, registrando a boa impressão que ela está causando, e a encoraja a continuar.

Ela continua:

— Sr. Destroyer, acho que o senhor não é o multimilionário que gostaria que acreditássemos que fosse. Acho que o senhor é um aproveitador. Convence empresários crédulos de que é um figurão abastado como eles, faz com que invistam nas suas empresas absurdas e depois foge com o dinheiro deles.

Entendendo a implicação agora, você pega a deixa:

— Por isso compra o pacote baratinho aqui no Elysium, e provavelmente numa dezena de outros lugares, onde possa "fortuitamente" encontrar esses empresários e jogar seu charme. — Você sorri para Tank. — Como estamos nos saindo até agora?

A expressão dele poderia derrubar... bom, um tanque. O sujeito se cala, provendo a confirmação de que vocês precisam.

— Harry Kennedy percebeu isso? Foi esse o motivo que o levou a não investir na sua empresa? Por acaso ele ameaçou expor o senhor?

— Caramba, que história é essa? — vocifera Tank. — Harry não era só um parceiro comercial, era meu amigo! Ele não faria isso.

— Não? O senhor o conheceu há apenas poucos meses e ele estava bastante disposto a chantagear Stephen Cheong. Por que não faria o mesmo com o senhor?

— Vocês deveriam estar falando com Stephen Cheong, não comigo! Ele é o louco que persegue as pessoas com um martelo.

Antes que você possa voltar a corrigir Tank, um grito agudo ecoa pelo saguão e é silenciado repentinamente.

Vá para **69**

181

O agente Zwale se prepara para mergulhar, mas você o impede.

— Não vou arriscar a sua vida por conta da de um civil, sobretudo quando ele pode ser um assassino. Não somos soldados.

— Não, mas o nosso dever é proteger os cidadãos, do mesmo jeito — protesta Zwale. — Ele vai se afogar.

— Se você pular atrás dele, ambos vão se afogar! Qual o sentido disso? Vamos, isso foi um erro. Vamos voltar para a mansão.

Com relutância, McAdam e Zwale se viram e seguem você de volta para a mansão. Tank Destroyer já foi levado pelas águas para jamais ser visto de novo.

A tempestade acaba passando, mas a nuvem que paira sobre as suas ações persiste teimosamente. Zwale e McAdam perderam toda a fé que depositavam em você, e, quando finalmente retorna à delegacia nesta noite, você leva uma bronca fenomenal do detetive-superintendente por não ter feito nada enquanto um homem inocente se afogava. Seus argumentos de que talvez se tratasse de um assassino não surtem efeito e o superintendente lhe recorda que todos são considerados inocentes até que se prove o contrário. Você recebe uma suspensão pendente de investigação e é afastado do caso. Será que o assassinato de Harry Kennedy será desvendado um dia? Talvez... mas não por você.

Você pode agora apagar todas as anotações em seu caderno, voltar para **1** *e tentar de novo... talvez da próxima vez recordando mais claramente seus deveres como policial.*

Por ora, porém, este é...

O FIM

182

— Por falar em segredos — diz McAdam —, será que isso confirma que Kennedy e Carla eram amantes, mesmo ela insistindo que não havia um relacionamento entre eles?

— Talvez — você concorda. — Eles providenciaram em segredo para estar aqui ao mesmo tempo, mas, mesmo depois da morte de Kennedy, Carla negou veementemente ter algo a ver com ele. Ela é casada, não?

— Sim, assim como Harry Kennedy.

Você precisa de mais provas para ter certeza, mas o que tem agora sugere que Carla Nesbitt e Harry Kennedy podiam estar tendo um caso secreto, usando o Elysium para explicar por que estavam juntos no mesmo lugar.

Será que Carla escondeu essa informação de você apenas para proteger o casamento dela? Ou existe um outro, e mais sinistro, motivo?

Anote **C12** *em seu caderno, depois vá para* **45**

183

— Em que aula Carla Nesbitt está agora? — você pergunta a Jennifer na recepção. Ela verifica os agendamentos.

— Não há nada agendado. A Sra. Nesbitt parte hoje, lembra? Por isso ela está em seu tempo de lazer pessoal.

— Bom, ela não deve estar nas quadras de tênis com esse tempo — observa a sargento McAdam.

— Não, mas essa é uma boa ideia — você diz. — Srta. Watts, seria possível verificar se a Sra. Nesbitt reservou algum outro local?

Jennifer faz isso e depois assente.

— Temos a reserva do quarto 2H, um dos Santuários. Nossos Amigos os utilizam para meditar, passar um tempo sozinhos, esse tipo de coisa — explica ela.

Você sobe a escada e atravessa um corredor do segundo andar que se assemelha ao último andar dos quartos, margeado por portas a curtos intervalos de distância. Algumas estão abertas, revelando pequenas alcovas acolhedoras, todas mobiliadas de forma idêntica: cada uma delas tem um tapete de ioga, um pufe e uma mesinha baixa, além de várias das plantas floríferas onipresentes. Embora as portas estejam fechadas, você repara que nenhuma tem tranca.

— Provavelmente eram quartos antes de serem reformadas — você sugere. McAdam grunhe.

A porta da 2H está fechada. Vindo lá de dentro, você ouve o que soa como ondas quebrando. Você bate delicadamente.

A voz de Carla está abafada.

— Detetive? Entre.

Você abre a porta e encontra Carla sentada de pernas cruzadas no tapete de ioga. Diante dela está a mesinha baixa com todas as plantas em cima, junto com o celular, que provavelmente é a fonte das ondas, bem como uma garrafa de água.

— Como a senhora sabia que éramos nós? — você pergunta, depois que McAdam fecha a porta.

Carla sorri beatificamente.

— Estou na minha corola astral.

Você aguarda em silêncio, que somente é quebrado pelo oceano eternamente incorpóreo, mas fica claro que essa é a única explicação que vai conseguir.

— Fico feliz de encontrá-la de bom humor — você comenta. — Minhas desculpas por interromper seu lazer pessoal, mas temos mais algumas perguntas.

Ela abaixa o volume do celular. As ondas agora soam como um mar distante.

— Seu agente deixou bastante claro que vocês queriam que eu permanecesse aqui para ajudar nos interrogatórios, detetive, e logicamente quero fazer todo o possível para auxiliar a polícia. Já que jogar tênis é impossível com esse tempo, resolvi meditar.

— Claro. Agradeço por entender.

Apesar da óbvia irritação por conta do pedido para não deixar o Elysium, ela parece muito mais calma do que a personagem cáustica que você conheceu anteriormente. Talvez haja algo de bom nas corolas astrais.

Carla convida você e McAdam a se sentar. Vocês se sentam no chão, só então percebendo que as plantas na mesa impedem parcialmente que a vejam. Você se pergunta se foi de propósito, mas segue o fluxo.

Você decodificou a primeira mensagem de texto no celular de Harry Kennedy? Em caso afirmativo, anote **P3** *em seu caderno. Depois multiplique o número encontrado nessa mensagem por 14 e vá para a seção correspondente.*

Caso contrário, vá para **95**

184

Você olha Carla nos olhos.

— Harry sequer tinha conhecimento da existência do Elysium até pouco tempo atrás. Assim sendo, como ele poderia saber que aquele depósito específico não estava sendo usado e ainda por cima onde encontrar a chave para abri-lo? A senhora, por outro lado, é uma Amiga regular do Elysium. A esta altura, provavelmente conhece os hábitos e as rotinas de todos.

— O que você está insinuando?

McAdam rosna.

— A senhora sabe exatamente do que se trata, Sra. Nesbitt.

— A senhora chegou até a fazer menção a isso — você acrescenta —, quando acusou Jennifer de dormir com o Sr. Kennedy.

— "Aquelas malditas chaves tilintando no cinto aonde quer que ela vá", a senhora disse. Aquilo foi apenas uma tentativa de desviar a nossa atenção, não é mesmo?

— Tanto Harry quanto eu somos casados, pelo amor de Deus. O que esperava que eu dissesse?

— Isso ainda não explica onde Harry conseguiu a chave para o quarto 312. Por acaso gostaria de alterar seu depoimento?

— Muito bem, eu a peguei — cede Carla, frustrada. — Toda noite antes de sair, Jennifer põe o molho de chaves numa caixa, numa prateleira, atrás da recepção. Ninguém a encontraria sem saber onde procurar.

— O armário não é trancado? — pergunta McAdam, incrédula.

A parlamentar a encara com desdém.

— Isso aqui é um spa, sargento, não o cofre de um banco. De todo modo, eu desci uma noite, quando todos estavam dormindo, peguei o molho de chaves, abri o armário e peguei a chave do depósito. Depois a dei para Harry para não ser pega com ela. Tenho uma reputação a zelar.

— Sim, imagino que tenha — você comenta secamente.

Anote **C13** *em seu caderno*

Se já tiver C1 *anotado, vá para* 55

Caso contrário, vá para 93

185

McAdam prende Alina e, depois que a tempestade passa, você a leva para ficar sob custódia na delegacia. Mas a massoterapeuta insiste o tempo todo que é inocente, e você luta para extrair dela qualquer admissão de culpa ou mais provas.

Uma coisa que você efetivamente confirma é que um dos perfis de DNA na pia do quarto que serve como depósito bate com o dela. No entanto, a massoterapeuta trabalha no Elysium há vários anos. Ela diz que utilizava a pia quando o depósito ainda era usado, antes de ser trancado, e que o DNA deve ser dessa época. Você não pode provar o contrário, e isso significa a impossibilidade total de colocá-la na cena do crime ou sequer botar a arma letal em suas mãos. E você ainda não tem uma explicação para a rosa na boca de Kennedy.

Na verdade, tudo que você tem é sua própria especulação — e isso, simplesmente, não basta.

O caso é um fiasco. Ao perder a confiança em você, o detetive-superintendente lhe dá um caso diferente, mais simples, e chama outro detetive para assumir o crime do Elysium.

O assassinato de Harry Kennedy ainda poderá ser desvendado... mas não por você.

Mais tarde, você reflete sobre o que deu errado. Você tem certeza absoluta de que a assassina é Alina, mas não coletou provas suficientes para provar isso. Por quê? O que você deixou passar? Sua desatenção vai continuar lhe assombrando durante muitos dias e noites...

🔎 *Ou ao menos até você apagar tudo em seu caderno, voltar para* **1** *e tentar outra vez.*

Por ora, porém, este é...

O FIM

186

— A senhora respondeu a própria pergunta — você diz. — Um divórcio poderia levar meses, até mesmo anos, para ser concluído. No fim, a senhora talvez ficasse com metade da Kennedy Homes. Mas o negócio já ia mal das pernas, com pouquíssimo dinheiro no banco. Tudo dependia desse novo empreendimento imobiliário, que parece não estar indo a lugar nenhum.

Flora protesta:

— Eu não fazia ideia dos problemas financeiros. Harry me disse que a empresa ia bem. Eu não me envolvia na administração.

— A senhora espera que acreditemos que simplesmente aceitava a palavra dele como verdade? De um homem do qual admite que planejava se divorciar? Mesmo que a senhora acreditasse, seu advogado certamente não acreditaria. Acho que a senhora descobriu que a Kennedy Homes estava em apuros, e talvez também que Harry pagou uma quantia vultosa que mal podia se dar ao luxo de arcar por uma "consultoria" misteriosa, e resolveu dar um basta. Afinal, mesmo que acabasse levando mais da empresa num divórcio, o seu ex-marido continuaria a tocá-la.

— A tocá-la para o buraco — resmunga a viúva.

— Talvez. Mas, com ele morto, a senhora herda integralmente o negócio, que vai poder administrar como achar conveniente.

— Vocês estão esquecendo duas coisas — diz ela. — Primeiro, eu não tinha certeza de que Harry estava aqui. Segundo, como eu poderia ter feito tudo isso sem ser vista? Verifique as câmeras de trânsito. Elas vão mostrar que eu estava indo do escritório do meu advogado para casa.

McAdam faz que sim com a cabeça.

— Mostram, sim... antes de a senhora desviar o caminho para vir em direção ao Elysium. Existe uma lacuna de dez minutos até a senhora aparecer de novo na câmera, momento em que a senhora está se afastando da mansão e tomando o caminho de casa.

— Ora, eu peguei um caminho mais bonito — insiste Flora, quase aos prantos. — Eu estava com a cabeça cheia. Mas nada disso incluiu assassinar Harry!

— Não? — você pergunta. — A senhora tinha motivo suficiente para querer ver o seu marido morto. As câmeras a põem bem próximo, com tempo suficiente para se esgueirar pela mansão, onde não tem câmera nenhuma, e matar o seu marido antes de voltar para o carro e dirigir para casa.

Por fim, Carla Nesbitt assume a palavra.

— Isso parece um esforço e tanto, detetive. Por acaso Flora parece o tipo de mulher capaz de fazer uma coisa dessas? Sem querer ofender, Flora — acrescenta.

— As aparências podem enganar, Sra. Nesbitt. Hoje mais cedo, a Sra. Kennedy saiu por uma janela para escapar do confinamento. E, quanto mais improvável parece o plano, maior a chance de não levantar suspeitas.

Flora Kennedy geme baixinho e se desfaz em lágrimas. Você não se convence de que elas sejam mais reais do que o álibi dela.

— Tem também a questão da rosa na boca da vítima. Uma flor... ou devo dizer *flora*?

A viúva funga.

— Você não pode estar pensando que isso aponta para mim. Por que... Por que eu deixaria uma pista dessas?

— Alguns criminosos inconscientemente querem ser presos e punidos — você diz. — E fico feliz de satisfazê-la. Sargento, prenda a Sra. Kennedy.

Vá para **172**

187

Você começa:

— Olhando em retrospecto, me surpreende a sua reação à morte do Sr. Kennedy quando nos conhecemos. Ontem, a senhora se mostrou desdenhosa, ouso até mesmo dizer irônica, e sugeriu que não se davam bem.

Carla abandona a posição de lótus e estica as pernas no chão.

— O que está insinuando?

— Por que não mencionou que a senhora e ele já haviam sido próximos?

— Quem lhe disse isso?

McAdam ergue o celular e vai passando várias imagens da pasta encontrada no laptop de Kennedy.

— Essas fotos foram encontradas no computador de Harry — você explica a Carla. — Elas sugerem um quadro bem diferente daquele que a senhora pintou.

Carla dá de ombros.

— Isso foi há muito tempo. Éramos jovens e tolos, o que é quase um pleonasmo, não é mesmo?

— Então, para a senhora, isso ficou para trás? Águas passadas?

— Bem por aí. Sim, já fomos um casal. Era divertido até deixar de ser, e desde então o nosso relacionamento tem sido estritamente profissional. Ele constrói casas, eventualmente, eu as compro, e isso é tudo.

— O que não explica propriamente a sua atitude anterior.

Carla respira fundo.

— Sempre desconfiei de que Harry tinha uma paixonite por mim, para ser franca. Ou talvez quisesse apenas dar uma última transadinha. Mas estou casada há vinte anos.

Ela encara você com uma expressão contestadora, quase desafiando você a contradizê-la... mas você não tem provas para fazer isso.

Anote C9 *em seu caderno, depois vá para* **144**

188

— É muito simples — você diz. — Sabemos que o senhor e Harry Kennedy estavam chantageando Stephen Cheong por conta da atitude dele de comprar flores e fingir que eram cultivadas aqui.

Uma exclamação coletiva perpassa o grupo, e todos os olhos se voltam para o gerente. Carla Nesbitt faz um muxoxo, indignada.

Você prossegue:

— Creio que esse é um caso clássico de criminosos brigando pelo botim. Vocês estavam numa situação vantajosa com Stephen e queriam tudo para si. Logo, Harry Kennedy precisava morrer.

— Mas não estávamos recebendo dinheiro dele — protesta Tank —, apenas pacotes Lótus de cortesia aqui no Elysium.

— Por enquanto, talvez, mas, quando se trata de chantagem, sempre existe a possibilidade de mais dinheiro no futuro, não é mesmo?

Tank se mostra confuso.

— Então por que não acusar Stephen? Ele é quem tinha mais a perder. Eu não mataria Harry por causa de um punhado de libras.

— Já vi coisa pior por menos — intervém McAdam. — E tem mais: Alina viu o senhor discutindo com Kennedy depois que ele saiu da sessão de massoterapia, o que o coloca no andar de cima da casa. Ninguém viu o senhor entrar na piscina, e o senhor afirma não saber que horas eram, mesmo havendo um relógio na parede. Também sabemos agora que o senhor tinha motivos de sobra para querer Harry morto.

Tank encara você com fúria no olhar e, por um instante, você teme pela própria segurança.

— Esse foi o motivo real pelo qual o senhor tentou entrar no quarto dele, não foi? — você diz. — Não estava procurando uma garrafa de água. O senhor queria era roubar o laptop dele, caso houvesse ali alguma prova que o implicasse. Mas meus policiais impediram, porque conhecem bem seu dever. — Você se vira para McAdam. — Sargento, cumpra o seu e prenda o Sr. Destroyer.

Vá para **131**

189

Se tiver T6 anotado, vá para **145**
Caso contrário, vá para **47**

190

— Devo lhe recordar que a chave perdida do quarto 312 foi encontrada enterrada num canteiro alto? — você pergunta a Stephen. — As estufas são o seu domínio, como o senhor já deixou claro anteriormente.

— Mas por que eu a roubaria, já que tenho a minha própria chave desse quarto? Mesmo que tivesse roubado, por que eu a enterraria no meu próprio local de trabalho? Alguém está tentando armar para mim!

Você já pensou nisso também.

— Não acho. Ninguém teria como saber que eu ou qualquer outro policial entraria nas estufas. Por que faríamos isso? Harry Kennedy não tinha nada a ver com elas, e a flor que encontramos em sua boca foi arrancada da planta que fica na varanda do quarto. Acabamos interrogando o senhor na estufa por puro acaso, e foi uma coincidência ainda maior termos encontrado a chave nessa ocasião. Acredito que o senhor a enterrou por conta própria, achando que jamais a encontraríamos. O motivo para usar a chave do armário em vez da sua é óbvio. Se ela não estivesse sumida, não teríamos motivo para crer que havia sido usada. Como o senhor tem a única outra chave que dá acesso àquele quarto, a suspeita recairia imediatamente sobre o senhor.

— Isso é ridículo! — protesta Stephen. — Que motivo supostamente eu teria para matar Harry Kennedy? Ele era um dos nossos Amigos!

— Mas não um Amigo pagante — você relembra. — Sabemos que ele não foi cobrado pelo pacote VIP que lhe foi dado. É de presumir que o senhor esperava que ele se tornasse um cliente fiel. Por acaso ele fez ou lhe disse algo para convencê-lo de que só pretendia tirar vantagem? O Sr. Kennedy era esse tipo de pessoa, afinal. — Você se vira para Flora, a viúva. — Peço desculpas, Sra. Kennedy, mas essa é a verdade.

Ela dá de ombros.

— Sei que Harry não era um santo, mas ele não merecia ser assassinado.

— Isso não é motivo suficiente para eu desejar a morte dele! — retruca Stephen.

— Acho que é. Sargento, prenda o Sr. Cheong.

Vá para **76**

191

Você para próximo à entrada de Burrowlands e anda pelo loteamento. Para seus olhos inexperientes, tudo parece igual a qualquer outro empreendimento residencial moderno. Fileiras curvas de casas semiapartadas se sucedem, sem dúvida num padrão otimizado para economizar espaço e abrigar o número máximo possível de residências, que têm minúsculos gramados na frente, ao lado de grandes entradas para carros e cercas de madeira idênticas em torno de cada jardim nos fundos. Todas estão ocupadas, muitas com dois ou mais veículos estacionados do lado de fora, sugerindo que o local é um dos preferidos por famílias jovens.

Quando dobra uma esquina, porém, você se corrige. Quatro casas numa fileira estão desocupadas e à venda, todas por um mesmo corretor imobiliário.

— Talvez eles saibam algo que outros não sabem — murmura McAdam. — Não vejo nenhuma outra à venda.

Ela tem razão. As únicas casas em Burrowlands no mercado são essas quatro, todas numa fileira e do mesmo corretor. Que coisa estranha.

— Quanto tempo tem esse loteamento? — você se pergunta em voz alta.

McAdam pesquisa no celular, mas não encontra de imediato resposta alguma.

— Vou ter que verificar — diz ela. — Mas parece bem recente. Eu diria que não tem mais que uns poucos anos.

Anote **P5** *em seu caderno*
Se já tiver A8 anotado, vá para **27**
Caso contrário, vá para **128**

192

Seus pensamentos se voltam para a nota fiscal do viveiro de plantas encontrada na sala de Stephen Cheong. Naquele momento, você achou estranho que um spa que se orgulha de flores cultivadas no local fizesse negócio com um viveiro. Agora, ouvindo Carla Nesbitt falar a respeito, suas suspeitas aumentam.

Stephen está contornando o mau tempo com a compra de plantas e flores de um viveiro, efetivamente fraudando seus clientes? Por acaso Harry Kennedy suspeitava disso na ocasião em que Carla mencionou os dedos verdes "milagrosos" de Stephen? Tudo que você descobriu sobre Kennedy sugere que ele não teria o menor problema em estar envolvido com chantagem. Se tiver colocado Stephen Cheong contra a parede, estaria explicado como conseguiu uma reserva, apesar de o Elysium estar cheio, e por que ganhou o pacote Lótus de cortesia.

Mais importante, daria ao gerente um forte motivo para proteger seu negócio silenciando Kennedy. Talvez para sempre.

Anote S4 *em seu caderno, depois vá para* 25

193

— Tank mal está gastando o próprio dinheiro, quanto mais apostando com ele — relembra McAdam a você. — Jennifer disse que ele normalmente paga o pacote mais barato aqui, lembra? Só está usando o pacote Lótus essa semana porque Stephen Cheong lhe deu esse upgrade de cortesia.

É um bom argumento. Por que alguém com o dinheiro de Tank não optaria pelo pacote mais luxuoso toda vez? Será que é um pão-duro apesar dos seus milhões? Ou existe algo mais sobre suas visitas ao Elysium do que ele está fazendo crer?

Vá para 65

194

A esta altura, Jennifer já terminou de limpar a pele ao redor do olho roxo de Alina. Ela dá um abraço reconfortante na massoterapeuta.

— Não teve escoriação, meu bem.

Outra funcionária, uma instrutora de ioga a julgar pelas roupas, chega com uma bolsa de maquiagem e começa a camuflar o olho roxo da massoterapeuta.

— Você disse que Stephen está desesperado por dinheiro — você fala, recordando que ele deveria ter falado ao telefone com o banco ontem de manhã e relutou em comentar o assunto. — Por acaso o Elysium está enfrentando algum tipo de problema financeiro? Administrar e manter funcionários num lugar como esse deve ser caro.

— Ninguém diria se visse o que ele nos paga — diz Jennifer, guardando o kit de primeiros socorros no armário. — Mas claro que é caro. Custa uma fortuna manter as estufas, para começo de conversa, mas esse é o nosso diferencial. As pessoas vêm aqui em busca da terapia floral, o que não existe em nenhum outro lugar.

— Por que não? Com certeza é uma ideia relativamente fácil de copiar.

As funcionárias todas olham para você, ofendidas.

— Não se trata apenas de cultivar algumas flores e jogá-las num colchão, detetive — diz a que você supôs que fosse professora de ioga. — Stephen tem dedo verde, mas todas fomos treinadas para trabalhar com flores também. Combinamos determinadas flores com uma estação ou um humor específico, aprendendo como misturá-las para homeopatia. Somos profissionais.

— Lógico — você reconhece com uma leve vergonha pelo passo em falso. — Naturalmente é por isso que as pessoas vêm para cá. Carla Nesbitt é dessas que esbanjam dinheiro também? Ela costuma comprar o pacote Lótus?

— Com certeza — confirma Jennifer. — Stephen corre atrás deles, porque um punhado de Amigos Lótus vale mais que um micro-ônibus de usuários do pacote Rosa. Mas ainda precisamos desses usuários para manter as coisas funcionando.

Relembrando o que descobriu a partir dos registros bancários de Kennedy, você se pergunta se Jennifer pode responder uma pergunta que não lhe sai da cabeça desde então.

— A senhorita pode explicar, então, por que Stephen deu a Harry Kennedy uma cortesia?

Jennifer fica confusa.

— Como assim?

— A senhorita nos disse que os clientes precisam pagar adiantado, mas não há registro de Harry ter pagado sequer um centavo ao Elysium, quanto mais nove mil libras.

Jennifer fica sem palavras diante de tal revelação. A professora de ioga balança a cabeça, perplexa.

— Isso não faz sentido nenhum. Stephen disse a todas nós que cuidássemos de Harry Kennedy porque ele era extremamente valioso para o negócio. Mas como isso é possível se ele estava recebendo uma cortesia?

Ela disse tudo. Haveria algum outro arranjo financeiro entre os dois homens? Será que Stephen deu a Kennedy um presente na expectativa de alguma reciprocidade posterior? Você terá de fazer essas perguntas ao gerente.

— Prontinho. Nada mau — diz a professora de ioga, dando um passo atrás para admirar o próprio trabalho no olho de Alina. Ela começa a arrumar tudo na bolsa de maquiagem.

— Obrigada — agradece Alina baixinho, enfiando uma mecha de cabelo preto atrás da orelha. — Tenho um cliente agora. Preciso voltar ao trabalho.

Jennifer pousa a mão no braço da massoterapeuta.

— Talvez não devesse. Posso achar outra pessoa para substituir você. Ninguém vai culpá-la por isso.

Alina sorri, mas balança a cabeça.

— Não, o trabalho vai me ajudar a esquecer o que aconteceu. Ela sai de cabeça erguida.

— Acho melhor eu tratar de varrer aquelas pílulas azuis espalhadas no chão — diz Jennifer, se levantando.

As outras funcionárias se levantam e você entende que o momento de fazer perguntas passou. Você se despede de todas, se perguntando como McAdam se virou com Flora Kennedy, e volta ao saguão para encontrá-las.

Vá para **101**

195

Você lê de novo a mensagem decodificada, decifrando não apenas as palavras, mas o significado.

— Três semanas atrás uma pessoa anônima enviou para Harry Kennedy uma mensagem sobre um "Cara das Flores" comprando quatro páletes de... alguma coisa... num viveiro.

— Bem, o "Cara das Flores" definitivamente não deve ter ido a um viveiro de animais — graceja McAdam.

— Como comediante, você é uma ótima sargento. Pois é, a resposta óbvia é flores. E "tentando passar despercebido" implica que quem quer que fosse não queria ser visto.

Vocês refletem por um instante, então a ficha cai.

— Stephen Cheong — você diz lentamente. —"Cara das Flores" foi como Tank Destroyer o chamou, lembra?

McAdam assovia.

— Mas por que Tank estaria vigiando Stephen num viveiro? Tudo aqui no Elysium é cultivado na propriedade. Stephen disse que essa é a "promessa de marca exclusiva".

— Precisamente, mas ele também se queixou do mau tempo recente e disse que estava lutando para dar conta. E se, afinal, não estiver lidando e tiver que complementar o próprio cultivo com flores compradas num viveiro? Se o boato se espalhar, a reputação do Elysium ficaria abaladíssima. O retiro de bem-estar poderia até correr o risco de ser processado por fraude. Veja a primeira parte da mensagem.

— "Você tinha razão" — lê McAdam. — Sugere que Kennedy suspeitava de alguma coisa e pediu a Tank que ficasse de olho.

— Não só isso, mas pediu que codificasse a mensagem ao enviar, garantindo que ninguém mais pudesse lê-la.

Essa mensagem por si só não é uma prova, mas, se você a tiver interpretado corretamente, é um indício incriminador contra Stephen Cheong. Se Kennedy sabia que Stephen estava comprando flores e fingindo para os hóspedes que ele mesmo as cultivava, isso deixaria o gerente do Elysium nas mãos dele. Um controle que poderia facilmente se transformar em ameaças ou chantagem — um dos mais velhos motivos para homicídio...

— Só falta responder uma pergunta — você diz, lendo novamente a mensagem. — Por que cargas-d'água essa mensagem foi enviada há três semanas?

A sargento parece confusa.

— Não entendi.

— Harry Kennedy jamais esteve aqui antes e, ao que tudo indica, não era do tipo afeito a retiros de bem-estar, para começo de conversa. Como poderia saber quem era Stephen Cheong e ainda por cima suspeitar de que ele estivesse mentindo? E por que se importaria com isso?

— Não faço ideia. Prossiga

Você ri.

— Essa é a questão. Também não sei, mas espero sinceramente que possamos descobrir...

🔎 *Anote* **S2** *em seu caderno, depois vá para* **100** *e pule para o fim da seção*

196

McAdam prende Carla, e, depois que a tempestade passa, você a leva para que fique sob custódia na delegacia.

Mas a parlamentar insiste durante todo o interrogatório que é inocente, e você aos poucos se dá conta de que não tem um caso para apresentar. A única coisa que você tem é o DNA dela na pia, que ela afirma ter deixado lá quando lavou as mãos, depois que Kennedy a arrastou até o depósito para implorar sua intervenção junto ao conselho. Parece improvável, a princípio, mas com Kennedy morto você não tem como provar o contrário.

Para piorar a situação, Bill Cheong se revela uma testemunha não confiável; ele dá para trás, dizendo não ter certeza sobre quanto tempo Carla levou para voltar à aula de tai chi, nem se esse tempo teria sido suficiente para matar Kennedy.

Você não tem mais nada ligando a parlamentar à cena do crime, nem forma alguma de provar que ela segurou a arma letal. Só restam a você suas próprias especulações — e isso simplesmente não basta, sobretudo sendo defendida por um advogado caro.

Ao perder a confiança em você, o detetive-superintendente lhe dá um caso diferente, mais simples, e chama outro detetive para assumir o crime do Elysium.

O assassinato de Harry Kennedy ainda poderá ser desvendado... mas não por você.

Mais tarde, você reflete sobre o que deu errado. Você agiu certo ao acusar Carla, mas não coletou provas suficientes para provar isso? Equivocou-se quanto aos motivos dela? Ou o assassino foi outra pessoa?

Para descobrir, não se desespere. Apenas apague tudo em seu caderno, volte para **1** *e tente outra vez.*

Por ora, porém, este é...

O FIM

197

— O assassino de Harry Kennedy conhecia a vítima melhor do que ninguém — você diz. Muitos no grupo olham para Flora, mas você balança a cabeça. — Não, não estou falando da viúva dele, mas da mulher que o conheceu muito antes que ele se casasse e em quem Kennedy continuava a pensar até o dia em que morreu. Não é verdade, Carla?

A parlamentar enrubesce.

— Ridículo! — grita ela. — Tudo bem, talvez Harry e eu tenhamos feito certo teatro para a plateia, mesmo sendo velhos amigos. Mas esse é um motivo ainda mais forte para eu não tê-lo matado.

Será que Carla está meramente sendo dissimulada? Ou você tem as provas de que necessita para fazer uma acusação bem-sucedida?

Verifique as pistas em seu caderno na seguinte ordem:

- *Se tiver C10 anotado, vá para* **153**
- *Se tiver C13 anotado, vá para* **38**
- *Se tiver C1 anotado, vá para* **24**
- *Se tiver C6 anotado, vá para* **106**
- *Caso contrário, vá para* **63**

198

— Sra. Kennedy — você diz —, vou perguntar novamente: a senhora planejava se divorciar do seu falecido marido?

— Não, eu... eu já disse. Eu estava me informando em nome da...

— Ah, sim, da sua irmã. Talvez devamos ligar para ela a fim de confirmar. A senhora poderia nos dar o telefone dela?

Pela primeira vez desde que você entrou no aposento, Flora parece de fato nervosa.

— Não a envolvam. Ela não tem nada a ver com isso.

— Sra. Kennedy, estou conduzindo uma investigação de homicídio sobre a desafortunada morte do seu próprio marido e começo a ter a impressão de que a senhora preferiria que eu não o fizesse. Sargento?

McAdam tira o celular do bolso.

— Vou ligar para o pessoal do departamento de informações e pedir que me conectem com ela.

Flora observa com nervosismo e de repente derruba da mão de McAdam o celular, que cai no cão.

— Está bem! Sim, eu sabia que ele tinha casos e, sim, eu estava planejando me divorciar dele. Isso vem acontecendo há anos e estou farta de tudo.

— Ele era um galinha? — pergunta McAdam, enquanto pega o celular no chão.

— Harry era fraco, isso sim. O nosso negócio está cheio de mocinhas bonitas. São corretoras, secretárias, marketeiras... Ele não conseguia se controlar. Houve uma época que ele andou com três ao mesmo tempo, com metade da idade dele e cérebros compatíveis. Ah, depois ele sempre me pedia desculpas e jurava que era a última vez. Sei que era sincero. Então outra chamava a sua atenção e lá ia ele de novo atrás dela.

Anote **F3** *em seu caderno, depois vá para* **114**

199

Você se divide entre duas opções.

Por um lado, planejava confrontar Stephen Cheong de uma vez por todas sobre seu comportamento fraudulento. É possível que ele tenha matado Harry Kennedy para encobri-lo e proteger a própria reputação — bem como a do Elysium.

Por outro lado, foi sem dúvida um erro deixar que Jennifer descesse até aqui sozinha e talvez Flora Kennedy esteja sabendo alguma coisa sobre o relacionamento da recepcionista com a vítima. Você poderia mandar McAdam interrogar Stephen e enquanto isso ajudar Jennifer a ligar o gerador, aproveitando a oportunidade para ver o que mais consegue descobrir. Mas é necessário fazer uma escolha:

Para sair do porão e interrogar Stephen, vá para **102**

Para ajudar Jennifer com o gerador, vá para **13**

200

O agente Zwale acompanha Alina de volta ao centro da sala. O grupo abre caminho, observando a cena sob um silêncio chocado.

Alina encara você com um olhar desafiador.

— Você não sabe nada.

— Pelo contrário — você retruca. — Mas comecemos pela manhã de ontem. Harry Kennedy tinha marcado uma sessão com a senhorita das dez às onze. Por que a senhorita? Porque era a única massoterapeuta com quem ele ainda não havia tido uma sessão, e nenhuma das outras "Rosas" aceitaria vê-lo novamente após terem sido assediadas e molestadas durante essas sessões. A senhorita mesma disse que a reputação do Sr. Kennedy era conhecida. Me pergunto se o advertiu, se comunicou logo de início que não toleraria tal comportamento.

Alina dá de ombros.

— Eu não deveria precisar dizer algo assim. Ninguém deveria, é óbvio.

— Tem razão, mas gente como Harry ainda o faz. Aconteceu antes ou depois de a senhorita ouvi-lo falar com a sua irmã? Desconfio de que a ligação veio primeiro. A senhorita mentiu para nós sobre o horário da ligação, porque é muito protetora em relação a Roxana e não queria que a ligássemos a Kennedy. Na verdade, ela ligou enquanto ele estava na maca de massagem e quando a senhorita o ouviu dizer o nome dela, percebeu quem ele era, ou seja, o sujeito que durante os últimos dois anos tem feito da vida de Roxana um inferno. Inflamada pela raiva, a senhorita o queimou de propósito com pedras quentes. Foram essas as marcas que descobrimos no corpo durante o exame pós-morte.

Uma exclamação coletiva se eleva do grupo, sobretudo da parte das outras massoterapeutas.

— Durante algum tempo, achei que fosse esse o seu motivo: se vingar do homem que fazia sua irmã e a família dela sofrerem. Mas havia mais, não é verdade? Um motivo forte ligado à razão pela qual a senhorita partiu da Romênia.

Alina não responde.

— Foi na Romênia que a senhorita aprendeu a ser massoterapeuta... E onde também foi vítima de agressão sexual por parte de um cliente. Só que, quando relatou o fato ao seu patrão, ficou perplexa ao descobrir que ele não ia fazer nada. Tanto ele quanto a polícia descartaram a sua acusação sem hesitar. A senhorita decidiu que, com a sua irmã, buscaria uma vida melhor na Inglaterra... Mas, quando começou a trabalhar no Elysium, se deu conta de que as coisas não eram tão diferentes afinal. Stephen Cheong era apenas mais um patrão que permitia que seus clientes usassem o seu negócio como um playground para assediar as funcionárias.

— Isso não é verdade — protesta Stephen. — Eu investigo todos os incidentes relatados.

Jennifer Watts revira os olhos.

— Não minta, Stephen. Na maior parte do tempo, você sequer admite que houve uma queixa. Quando se dá a esse trabalho, chama a situação de "mal-entendido" e a ignora.

— Motivo pelo qual Alina decidiu agir por conta própria — você explica. — Ela sabia que Harry Kennedy não sofreria qualquer consequência por seus atos, ainda que todas as funcionárias aqui confirmassem o que ele fazia... Mas não botemos a carroça na frente dos bois. Primeiro, precisamos saber o que aconteceu naquele quarto. Quando ele atacou você, Alina? Foi depois de ser queimado? Ele se voltou contra você furioso?

A massoterapeuta parece prestes a explodir, como se estivesse tentando desesperadamente conter alguma coisa que se recusa a permanecer contida.

Coisa essa que acaba sendo extravasada.

— O canalha safado! — grita ela, dando um susto no agente Zwale. — Sim, eu adverti Kennedy no início da sessão, e ele se comportou durante algum tempo. Foi então que o ouvi brigar com Roxana e o queimei. Ele pulou da maca e me agarrou. Começou a me enforcar e isso... isso o excitou! Aí começou a... começou a me tocar. Por isso o chutei, empurrei e peguei as minhas pinças. Avisei que se não saísse eu o queimaria outra vez. Ele disse que iria contar a Stephen e mandar me demitir.

— Isso foi quando ele saiu a toda e encontrou Tank no corredor, não? Não me espanta que não estivesse a fim de parar e papear. Você o perseguiu, Alina? Ou ele voltou para o quarto?

Ela baixa o olhar para o chão.

— Depois que ele saiu, eu vi logo o que ia acontecer. Ele contaria a Stephen, que me demitiria em vez de mandar Harry pro inferno. Meu visto ia perder a validade e eu ia ter que voltar para a Romênia. Precisaria abandonar Roxana.

— Foi então que você se deu conta de que havia um meio mais simples para solucionar seus problemas, não é mesmo? Você poderia ficar aqui, sua irmã não teria mais que lidar com ele e você garantiria que Harry Kennedy jamais voltasse a assediar alguém... Bastava estar morto.

— Ele mereceu! Ele só queria uma coisa. Foi fácil convencê-lo de que eu cederia para manter o emprego.

— Por isso você foi atrás de Harry e o seduziu, fazendo com que ele prometesse não dizer nada a Stephen. O velho quarto que servia como depósito foi ideia dele?

Alina faz que sim.

— A chave estava no bolso dele. Quando entramos, ficou óbvio que ele conhecia o lugar e já o havia usado antes. Eu pedi que deitasse que eu lhe faria uma massagem.

Flora Kennedy vinha escutando com um misto de horror e surpresa o tempo todo. Agora, ela enrubesce de vergonha e parece querer estar em qualquer lugar menos aqui. Mas Alina está contando sua história com vontade, esvaziando o peito.

— Tirei a blusa e pedi a ele que se deitasse — continua ela. — Ele pensou "consegui, é agora!", o safado. Bom, era mesmo, mas não do jeito que ele imaginava! Vi o forcado de jardinagem numa prateleira...

O silêncio cai sobre o grupo, enquanto todos imaginam o momento fatal.

— Depois você pegou uma rosa na varanda, não foi? — você pergunta. — Nós a encontramos na boca do morto.

— Peguei — confirma Alina. — Por todas as "rosinhas" que ele não atacaria mais. Mas olhei para dentro do quarto e ele estava, sei lá como, de pé, embora sem equilíbrio. Ele...

Ela luta para encontrar a palavra.

— Cambaleou — você sugere — na sua direção, e você tentou fechar as portas-balcão para não deixá-lo passar. Ele desabou de encontro a elas e cortou o braço.

Alina assente.

— Ele caiu na varanda. O celular escapou do bolso. Achei que ele ia morrer, finalmente, deitado ali, e botei a rosa na sua boca. Eu queria que Stephen soubesse por que Kennedy tinha morrido.

O gerente parece adequadamente repreendido, mas não diz nada.

Ela prossegue:

— Mas aí ele se levantou de novo! Não consegui acreditar. Eu o empurrei e dessa vez ele caiu da varanda. Então quebrei o celular dele e o atirei lá embaixo.

— Mas isso não foi tudo, certo? Depois você lavou o sangue na pia, vestiu de novo a blusa, trancou o quarto e escondeu a chave numa das estufas de Stephen. Por que fez isso?

Alina fulmina você com o olhar.

— Acho que você sabe.

— Sim, eu sei. Mas preciso ouvir você confirmar.

— Porque ele é um covarde — grita Alina, apontando para Stephen. — Não nos protege, não nos escuta. Ele só quer o dinheiro dos hóspedes e não se importa com o que eles fazem. Jurei quando saí da Romênia que homem nenhum faria isso comigo de novo. — Lágrimas furiosas escorrem pelo seu rosto. — Mas aquele homem fez, por causa *dele*! Sim, eu matei Harry Kennedy, mas Stephen é o culpado.

— Então você queria que pensássemos que ele era o assassino. Você queria que Stephen sofresse, mesmo que isso pudesse resultar no fechamento do Elysium.

Alina funga e seca as lágrimas.

— Jennifer poderia gerenciar esse lugar. Ela faria um trabalho melhor, inclusive.

— Isso pode ser verdade, Srta. Martinescu, mas não justifica um homicídio.

Novamente se instala o silêncio — um silêncio genuíno, pela primeira vez nesta tarde, quando a tempestade já cessou e a chuva finalmente parou. Logo você conseguirá voltar para a delegacia.

Logo a normalidade será restaurada.

— Sargento, prenda a Srta. Martinescu.

— Com prazer — diz McAdam, observando o céu ficar livre das nuvens. — Parece que o dia já está clareando.

George, o bode, observa atentamente a sargento McAdam, parado entre ela e as ovelhas da Dra. Wash numa pose que sugere que não vai tolerar disparates. Os dois parecem travar uma competição de olhares.

Próximo dali, enquanto a Dra. Wash serve bebidas para você e para o agente Zwale, você ocupa um banco em frente a uma mesa no pátio da patologista, com a fazenda à sua volta. Um leitãozinho corre na direção de um dos muitos chiqueiros dentro do celeiro de telhado de zinco vigiado por George. Vêm lá de dentro os sons tranquilos de ovelhas, bodes, porcos e outros animais, todos fungando, comendo e roncando. Para além da casa ficam os pastos. O sol começa a se pôr.

— Pegamos um desvio que passava pelo loteamento de Burrowlands a caminho da estação — você diz, aceitando sua bebida. — Não houve enchente, felizmente. A planície de inundação fez seu trabalho.

— Espero que este seja o último prego no caixão do projeto de construir novas casas ali. Aff. — A Dra. Wash termina de servir e se levanta devagar, gemendo por conta das juntas. — Joseph, venha me dar uma mãozinha aqui.

Ela leva Zwale até a casa principal. Quando passam por McAdam, a doutora grita:

— Sargento, se você ficar aí parada mais tempo, George talvez não tenha alternativa senão supor que uma carnívora convicta como você pretende matar e assar uma de suas ovelhas. Não serei responsável por nenhuma chifrada que ele decida dar.

McAdam resmunga e cede, com um último olhar para George antes de se juntar a você no banco. O bode roça os cascos na lama deixada pela chuva e depois reassume sua função de vigia protetor dos celeiros.

— Ainda acho que ela podia simplesmente arrumar um cachorro — resmunga McAdam, pegando uma taça de vinho. — Por que o nome dele é George, afinal? Nome estranho para um bode.

— Bom, o nome completo é George Washington — você responde.

McAdam continua sem entender, mas você se nega a dar mais explicações. Ela que descubra por conta própria.

A Dra. Wash e Zwale voltam da casa carregando bandejas de comida e as colocam sobre a mesa. Elas estão cheias de hambúrgueres e batata frita. A sargento imediatamente agarra um hambúrguer, mas, antes que possa colocá-lo na boca, a doutora intervém:

— Devo avisar que não é de carne, caso isso viole os seus princípios.

McAdam para e olha com desconfiança para o hambúrguer. Depois dá uma mordida, enquanto todos vocês observam para ver a reação. Ela mastiga, engole e depois dá de ombros.

— Olha, parece bom, acho.

— Acredite, isso é um grande elogio — você diz aos outros e ergue sua taça para um brinde. — Aos homicídios solucionados e ao cumprimento da justiça.

Vocês quatro fazem tim-tim e bebem.

A Dra. Wash se dirige à McAdam:

— Meu marido investiu cada fibra do seu ser neste lugar. Quando ele faleceu, minhas opções eram me tornar fazendeira, vender a fazenda ou fechá-la. A primeira não era de fato uma escolha na minha idade, mas eu também não podia conceber deixar para trás todas as lembranças que guardo aqui. Por isso, rejeitei todas as três opções e segui meu próprio caminho. Vejo a morte todos os dias da minha vida, sargento. Consequentemente, pareceu apropriado transformar o meu lar num santuário da vida.

— Também foi nessa ocasião que você se tornou vegetariana? — você pergunta.

— Nunca é tarde demais — diz ela, com uma piscadela.

— A senhora podia cobrar entrada para esse lugar — sugere o agente Zwale. — Deixar os alunos da escola da região darem de comer aos porcos.

— Quem sabe um dia — responde educadamente a Dra. Wash, o que você traduz por um veemente "não".

Você suspeita que ela curta demais a própria solidão e as lembranças do marido para deixar que a fazenda se torne uma atração turística.

— Muito bem. Agora me digam o que aconteceu com Alina Martinescu. Que desfecho trágico, de verdade. Vocês viram os resultados da comparação de DNA?

— Sim, agradeço. Eu tinha certeza de que a amostra dela combinaria com o terceiro perfil que encontramos na pia, mas é sempre bom ter a confirmação. Mais de trinta testemunhas a ouviram confessar, de todo jeito, logo não restava alternativa a ela senão admitir o que tinha feito. Agora, ela está alegando que agiu em legítima defesa.

McAdam bufa.

— É a palavra dela contra a de um morto, suponho, mas ainda me parece que ela está sendo o bode expiatório. Sem querer ofender, George — acrescenta ela, olhando de soslaio para o chifrudo beligerante.

— As outras massoterapeutas do Elysium se uniram em grupo — diz Zwale —, Jennifer inclusive. Todas confirmaram que Harry Kennedy era um assediador, o que deve contribuir para que haja alguma atenuação da sentença de Alina.

— Eu não me oporia a isso — diz a Dra. Wash, com um olhar cheio de implicações para McAdam. — Acho que todos concordamos que condenar uma jovem traumatizada não faria bem a ninguém.

Com a boca cheia de hambúrguer, a sargento rosna em resposta.

— Não está mais nas nossas mãos agora — você diz, concluindo. — O nosso trabalho era pegar o assassino e foi o que fizemos. Bom trabalho, pessoal.

O agente Zwale concorda com um murmúrio, consulta o relógio e se despede.

— Vai dormir cedo, agente? Para acordar lépido e fagueiro?

— Hummm... Não exatamente. Tenho um encontro. Até amanhã.

Você não precisa perguntar com quem é o encontro. Depois que ele vai embora, a Dra. Wash solta as ovelhas num campo próximo, enquanto McAdam vaga, silenciosamente perplexa, por entre os animais da fazenda. A doutora volta e pergunta:

— Qual a sua avaliação depois do primeiro caso dela?

— McAdam? Ela é uma mulher simples — você responde com um sorriso. — Definitivamente, um diamante bruto, com... digamos, um desrespeito saudável pelas convenções. — A doutora suspira. — Mas ela tem bons instintos e potencial. Acho que vamos nos dar muito bem.

Você e a Dra. Wash se voltam, num silêncio satisfeito, para os campos e os morros em volta, contemplando as ovelhas pastarem enquanto o sol da tarde se põe preguiçosamente no horizonte.

O FIM

Pontuação

Parabéns, você *conseguiu* desvendar o crime! Daria um bom detetive ("Sim, com uma ajudinha", diz McAdam).

Mas *quão* bom detetive, exatamente? Aqui você vai descobrir.

Abaixo há uma tabela de *números de pista* que você talvez tenha encontrado enquanto lia *As flores do Elysium*. Verifique cada *número de pista* que tiver encontrado e some o número de pontos que ele vale ao seu total.

Nem todas essas pistas foram necessárias para solucionar o crime, mas elas causam um bom impacto quanto aos seus poderes investigativos. Ao mesmo tempo, observe que algumas pistas eram equivocadas e valem pontos *negativos*!

Por fim, nem toda pista no livro está listada nessa tabela, já que algumas eram inofensivas e não afetam sua pontuação nem de um jeito nem de outro.

PISTA = PONTUAÇÃO

A1 = +10
A2 = +5
A3 = +5
A4 = +5
A7 = +10

C1 = +5
C4 = +5
C5 = +5
C6 = +5
C10 = +5

C11 = +5
C12 = +5
C13 = +10

F3 = +5
F4 = +10
F6 = +5

J2 = +10
J5 = +10

P4 = -5
P7 = +5
P10 = +5 (pela coragem!)
P12 = -10

S1 = -10
S2 = +10
S4 = +5
S5 = +10
S6 = +10
S7 = -10

T2 = +5
T3 = +10
T5 = +5
T7 = +5

MENSAGENS DE TEXTO CODIFICADAS

Se você copiou à mão as mensagens de texto codificadas quando elas lhe foram apresentadas pela primeira vez, atribua-se **+5 pontos extras** pelo esforço.

Se você decifrou qualquer uma das mensagens *antes* de Penny lhe dar o código, atribua-se **+10 pontos extras por mensagem** corretamente decifrada.

Para cada mensagem decifrada após Penny ter explicado o código, atribua-se **+5 pontos extras por mensagem**.

Se você falhou em decifrar qualquer uma das três mensagens, deduza **-10 pontos** (no total, não por mensagem) da sua pontuação.

E para todos vocês que continuam se esforçando, seguem abaixo as mensagens originais decifradas:

Mensagem de texto nº 1: de Harry Kennedy para Carla Nesbitt, 3 dias atrás

Você sabe para que eram aqueles sete mil. não pense que vou ficar de bico fechado se você der pra trás

Mensagem de texto nº 2: de Harry Kennedy para Carla Nesbitt, 13 dias atrás

Mande as suas datas e vou reservar os mesmos seis dias, ele dará um jeito de me encaixar se tiver juízo

Mensagem de texto nº 3: de desconhecido para Harry Kennedy, 20 dias atrás

VOCÊ TINHA RAZÃO, ACABEI DE VER O CARA DAS FLORES TENTANDO PASSAR DESPERCEBIDO NUMA LONGA VISITA AO VIVEIRO. ELE COMPROU QUATRO PÁLETES

Verifique agora a sua pontuação para saber como você se saiu:

20 OU MENOS PONTOS: AMADOR

Ufa... É de admirar que você tenha conseguido desvendar o crime. Deve ter escapado por um triz de fracassar. Sugerimos que volte ao começo e tente novamente para melhorar sua pontuação.

20 — 60 PONTOS: AGENTE-DETETIVE
Você é um bom detetive, trabalhador e competente. Pode não ser capaz de chamar a atenção, mas sem alarde consegue resultados consistentes. Por que não fazer mais uma tentativa de solucionar o caso? Foque sua investigação em seguir o caminho correto, isso traz potencial para fazer mais pontos.

60 — 120 PONTOS: DETETIVE-INSPETOR
Você é um grande detetive! Seguiu todos os caminhos corretos, fez todas as perguntas pertinentes e revelou o assassino. Mais que isso, você evitou muitas das pistas falsas e dos becos sem saída que surgiram no caminho ao longo do percurso. Você é valioso para a força policial e uma promoção lhe aguarda no futuro.

120 OU MAIS PONTOS: MESTRE-DETETIVE
Incrível. Você desenvolveu um caminho dedutivo quase perfeito, evitando pistas falsas, magistralmente decifrando códigos e seguindo as linhas de interrogatório mais relevantes e acertadas, um feito extraordinário e quase impossível — mas você o realizou!

Então, como *você* desvendou o crime? Eu adoraria saber! Você pode me encontrar nas redes sociais em **@AntonyJohnston** ou me enviar um e-mail via meu site **antonyjohnston.com**.

Resta apenas uma pergunta: você conseguirá se sair melhor da próxima vez?

Só existe um jeito de saber...

Agradecimentos

Em 1981, aos 9 anos, eu tinha a sorte de estudar em uma escola com uma biblioteca bem provida. Nela, esbarrei em *Escolha sua própria aventura: A Gruta do Tempo*, de Edward Packard, um livro estranho e empolgante cujo enredo continha reviravoltas alucinantes: eu, o leitor, detinha o poder de decidir o que o personagem principal da história faria, e assim determinar o desenvolvimento dela. Fiquei imediatamente fascinado e querendo mais, porém esse era o único livro do gênero na biblioteca.

Um ano depois, Steve Jackson e Ian Livingstone publicaram *O feiticeiro da Montanha de Fogo* — outro livro no qual os leitores controlavam a história, só que agora com regras para lutar contra os monstros e realizar feitos de habilidade jogando dados. Eu era adepto de jogos de tabuleiros, mas esse livro-jogo híbrido de aventura fantástica estava além de tudo que eu já havia encontrado.

O *feiticeiro* foi uma sensação e "livros-jogos" logo se tornaram um fenômeno global. Ao longo da década de 1980, li/joguei todos que encontrei, sempre ávido por novas aventuras. Eles também foram a minha porta de entrada para o mundo dos RPGs, como *Dungeons & Dragons, O chamado de Cthulhu, Vampiro: A Máscara*... que me levaram aos meus primeiros "bicos" como escritor, para a revista de RPG *Arcane*, em 1996. Uma década depois, comecei a escrever para videogames. Desde então, segui essa carreira paralelamente à de escritor de ficção, sempre mantendo ambas separadas — até agora.

Meus maiores agradecimentos, portanto, vão para Edward Packard, criador da série Escolha sua Própria Aventura; para Steve Jackson e Ian Livingstone, juntamente com a editora Geraldine Cooke, pelos livros de aventuras fantásticas, que realmente fizeram de mim um entusiasta; e para o falecido Joe Dever, cuja série inesquecível Lobo Solitário desafiou os limites do que um livro-jogo pode ser.

Também quero agradecer a dois dos meus mais velhos amigos, Dave e Jon. No início da década de 1980, nós três éramos os maiores fãs de livros-jogos do pedaço, emprestando e pedindo emprestado uns dos outros, toda vez que um novo título ou uma nova série era lançado. Cheguei até mesmo a fazer com eles jogassem as minhas tentativas amadoras de produzir nesse segmento — criadas quando eu tinha 11 anos, com títulos ambiciosos como *Hellfire of Death's Caverns* [Fogo do Inferno das Cavernas da Morte] —, pelas quais só me cabe pedir desculpas.

Você consegue desvendar esse crime? não existiria sem essas primeiras experiências que instilaram em mim um amor pelo romance interativo — e me fizeram imaginar, muitos anos depois, se eu conseguiria escrever um mistério criminal no mesmo formato...

Meu obrigado a James Thomson e Jonathan Whitelaw, que leram meus primeiros protótipos experimentais em 2023. Ninguém havia feito nada parecido antes, razão pela qual o feedback e o encorajamento de ambos foi inestimável.

James também foi um leitor beta e "testador" para este livro, juntamente com Kathy Campbell, Rich Dansky, Heather Fitt, Jonathan Green e Victoria Hancox. Meus agradecimentos a todos, sobretudo a Kathy e Victoria, que forneceram um feedback abrangente que melhorou imensamente o livro.

Submeti *Você consegue desvendar esse crime?* à minha agente Sarah Such debaixo de uma chuva gélida do lado de fora de um pub lotado e barulhento numa noite fria de dezembro. Não recomendo essa abordagem! Mas o entusiasmo de Sarah com a ideia foi um atestado da crença que ela tem em mim, e não tenho como lhe agradecer o suficiente pelo trabalho incrível que ela e sua equipe, na Sarah Such Literary Agency, fizeram para vender este livro no mundo inteiro. Obrigado, igualmente, a Jessica

Buckman, na Buckman Agency, por seu trabalho impecável com relação aos direitos internacionais.

Para minha grande surpresa, muitos editores se interessaram em adquirir *VCDEC?*, mas foi Finn Cotton, da Transworld, que realmente entendeu o conceito e seu potencial. Finn tem me apoiado e apoiado o livro ao longo do processo de sua publicação; agradeço seu enorme suporte e árduo trabalho. Agradeço também a Claire Gatzen pela edição de texto, Sarah Coward e Ian Greensill pela revisão, à equipe editorial de Judith Welsh e Barbara Thompson, Emma Fairey pela publicidade, a Sophie MacVeigh pelo marketing, a Phoebe Llanwarne, Deirdre O'Connel e Tom Chicken pelas vendas, a Patrick Knowles e Marianne Issa El-Khoury pelo design e a Hannah Cawse pelas negociações para o audiolivro. Também desejo agradecer a Jeramie Orton e Bhavna Chauhan, meus editores dos Estados Unidos e do Canadá, pela enorme ajuda para aperfeiçoar a história.

Obrigado a vocês, leitores, por darem uma chance a este livro incomum. Estou nas mais populares redes sociais como o usuário @AntonyJohnston — sigam-me e, é claro, me digam se desvendaram o crime.

Por fim, como sempre, agradeço a Marcia por estar ao meu lado o tempo todo.

Antony Johnston
Outubro de 2024

Anotações de detetive

Este livro foi composto na tipografia Berling LT Std,
em corpo 11,5/15,8, e impresso em
papel off-white no Sistema Cameron da
Divisão Gráfica da Distribuidora Record.